万里征程岁月情

——汪润诗词选

汪润　著

南京出版传媒集团
南京出版社

图书在版编目(CIP)数据

万里征程岁月情:汪润诗词选/汪润著. --南京:南京出版社,2014.12

ISBN 978-7-5533-0716-9

Ⅰ. ①万… Ⅱ. ①汪… Ⅲ. ①诗集-中国-当代 Ⅳ. ①I227

中国版本图书馆 CIP 数据核字(2014)第 230723 号

书　　名: 万里征程岁月情——汪润诗词选
作　　者: 汪　润
出版发行: 南京出版传媒集团
　　　　　南　京　出　版　社
社址:南京市太平门街 53 号　　邮编: 210016
网址: http://www.njcbs.com　　淘宝网店:http://njpress.taobao.com
电子信箱: njcbs1988@163.com
联系电话: 025-83283871、83283864(营销)　025-83112257(编务)

出 版 人: 朱同芳
责任编辑: 严行健　沈丽国
装帧设计: 张　淼
责任印制: 杨福彬

排　　版: 江苏凤凰制版有限公司
印　　刷: 南京玉河印刷厂
开　　本: 890 毫米×1 240 米　1/32
印　　张: 16.75
字　　数: 450 千字　插页 4
版　　次: 2014 年 12 月第 1 版
印　　次: 2014 年 12 月第 1 次印刷
书　　号: ISBN 978-7-5533-0716-9
定　　价: 60.00 元

营销分类: 文化

金戈铁马英雄气，浪漫诗情爱国心

成都军区原政治委员、上将　刘书田

在纪念原炮兵第十二师赴云南前线执行对越防御作战任务三十周年之际，作者汪润邀我为《万里征程岁月情》这部诗词选集作序，我欣然应允，因为在那战火纷飞的岁月，我时任该部政治委员，作者是我的部属，又是同一战壕的战友。他的部分战地诗三十年前曾在军内外的刊物上发表过，并已分别选入解放军文艺出版社、山东人民出版社和云南人民出版社的《猫耳洞诗选》和《炮火中绽开的诗蕾》等诗集中。我曾经看过，且有印象。

本部诗词选创作时间跨度 40 多年，作品新、旧体诗共 1500 余首。就其内容而言，以军旅题材为多。在其军旅诗词中，又以反映南疆前线参战的诗词分量最重。在前线，作者于紧张激烈的战斗生活间隙，以自己的诗笔“笔耕焦土植诗行，铁马金戈谱乐章。炮火轰鸣歌壮烈，枪声平仄韵铿锵。”用诗的语言真实地记录我前线将士浴血奋战的壮烈场景，热情讴歌我们的战士赤胆忠心、甘洒热血、誓死捍卫祖国疆土的英雄气概。在读完诗词选后，掩卷思之，感慨万千。作为戎马一生的老兵，此刻又仿佛回到了三十年前那炮火连天、硝烟弥漫的祖国南疆——云南老山前线。

在 20 世纪八十年代，老山，不只是一座山峰，她更是一座耸峙在战士和祖国人民心中的时代丰碑。“舍小家，为大家。牺牲我一个，幸福十亿人”这无私奉献的老山精神，是爱国主义和革命英雄主义的象征，是我军长征精神、延安精神和抗美援朝光荣传统的延续，当时已成为激励全国人民，特别是一代青年为献身祖国四化建设而忘我工作的强大精神动力。我们的战士被誉为“新一代最可爱的人”。

值得一提的是，作者以旧体格律诗的形式描述炮兵作战壮怀激烈，不同凡响。其中尤以写军列过大渡河的七律组诗一韵到底，运笔落墨犹如流水行云，酣畅淋漓。“炮口指天天让路，轮声撼地地同歌”“骤响迅雷呼炮火，狂飙席卷灭残倭”“浊水闻声流碧玉，怒涛听令化清波。旌旗飘展班师日，浪拍岩崖奏凯歌！”生动地勾画出我部万里南征开赴前线与班师凯旋的豪迈气势。在战场上，我部以猛烈准确的炮火有效地进行了火力支援和“拔点作战”，打得敌人溃不成军，展现了国威军威。“炮兵万岁！”这是前沿阵地一线步兵战友发自内心的呼声，也是对我们最大的褒奖。

诗言志，发于情。感人心者，莫先乎情。作者以爱国主义、英雄主义和诗人特有的浪漫主义的情怀与笔触深入部队生活的沃土，无论是新旧体诗均写出了我们时代军人所独有的喜怒哀乐及其丰富多彩的精神世界。作者不仅以其诗笔，写出我们全体参战将士同仇敌忾的战斗激情、亲如兄弟的战友情、军民团结的鱼水情、精忠报国的爱国情，还浓墨重彩地抒写了人与自然的和谐愉悦情、改革开放的弄潮情，温馨甜蜜的爱恋情，以及悠远绵长的思乡情……诗词选冠之以《万里征程岁月情》的书名，是名副其实的。

文如其人，诗如其人。难能可贵的是，作者脱下戎装转业地方工作后，军魂仍存。“转业从未忘忧国，退伍不褪军人志”。始终保持在人民军队中干一行，爱一行的优良传统，创造了一流的业绩，并一直笔耕不辍，依然是“志壮心雄诗笔健，战歌续写再挥毫”。其诗词的写作仍然气势雄浑、韵味醇厚，明显带有军人气吞万里如虎的豪迈气度与激昂慷慨的风格，并多次在地方相关报刊发表，曾数次获奖。

总体说来，《万里征程岁月情》这部诗词选集，文学性和艺术性都有值得欣赏之处，特别是有军旅经历的同仁和当代中青年朋友们不妨一读，会为弘扬良好的社会风尚，培育和践行社会主义核心价值观，培养不负时代、敢于担当的创新精神，实现中华民族伟大复兴的中国梦、强军梦，增加正能量。

2014 年 11 月

万里征程岁月情

七律　万里征程岁月情

铿锵诗韵记生平，万里征程岁月情。热血青春书战史，硝烟炮火铸军魂。千章壮烈凌云志，一片丹诚报国心。笔墨留香寻足迹，浅深由待后人评。

在战友、朋友及家人的鼓励和支持下，本人的诗词选集《万里征程岁月情》终于要正式出版了。作为一名诗歌爱好者，能够将自己数十年来呕心沥血、苦吟积累而创作的诗句结集出书，这对于远在20世纪六七十年代开始学习写诗的我，当时看来，简直是一个极其遥远而美丽的梦。

自古以来的诗人，无一不是坚定而又执着的追梦者。如大诗人李白的《梦游天姥吟留别》就是浪漫奇幻的追梦之作。陆游的“铁马冰河入梦来”，李清照的《渔家傲》“天接云涛连晓雾，星河欲转千帆舞。仿佛梦魂归帝所”……　现代诗词巨擘毛泽东的“我欲因之梦寥廓，芙蓉国里尽朝晖”等名篇佳句皆千古为人称道。

读万卷书，行万里路。梦想和理想的诱惑与感召激发了我奋笔写作的热情，从戎入伍、军校学习、军训军演、国防施工、野营拉练、南疆参战的军旅生活，转业后在地方的工作，不同的岗位、不同的环境，使我接触到社会万象，丰富多彩的人生阅历为我的诗词创作提供了取之不尽用之不竭的创作之源。

通过从李杜、苏辛及毛主席等诗词泰斗的名篇佳作和中华民族优秀的历史文化遗产汲取营养，消化吸收，以及持之以恒的学习和写作实践，我的视野和写作境界不断开阔，我也深深地感到写诗的艰难，写好诗则更难，但我始终没有放弃自己最初的精神追求，向着那看似遥远，可望而不可及的目标一步一个脚印地艰难迈进。

古人云："登山则情满于山，观海则意溢于海"。诗言志、诗言情。多年来我一直在模仿效法诗词界的先贤巨擘，努力以诗人的眼光和视角观察生活和世间万物，高山平原、江河湖海，风雨征程、战地硝烟，同志情、战友情，恋情爱情、思乡情随时都可以触发创作的灵感。这些心灵的感悟形成的最初的诗句犹如电光火石，稍纵即逝，必须及时捕捉。久而久之我就养成了一个习惯，就是笔和小本随身携带，偶得佳句及时记录，有待闲暇时抽空补缀完善。正如毛主席谈及的他不少诗词都是马背上得之，哼哼几句。本人虽不敢与主席等大手笔相比，但感触的确相同。如"阴风万里云垂地，浊浪千重水拍天"（《七律》），"飞星传急令，缺月举弓刀。露洗长天碧，风雄雁阵高"（《野营部队过沂蒙山》）和"炮口指天天让路，轮声撼地地同歌。青山笔立迎仪仗，碧水洄漩泛笑涡。"（《七律 赴云南前线作战军列过大渡河》）等诗句就是由被此情此景触发的瞬间灵感而写就的。

本诗集分旧体诗词和新体诗两部分，新体诗大致按照写作时间或发表时间顺序编排。旧体诗词则分别按五言绝句、七言绝句、五言律诗、七言律诗、词作和不入律的五六七言诗顺序编排，在每一类别中仍大致依诗作写成时间排序。

本集从入选诗词的风格来讲，大部属于铁马金戈式的豪放之作，也收入了少许的抒情写意婉约风格诗词，约占百分之十左右。毛主席说过他喜欢豪放，但不废婉约。其《贺新郎·别友》与《蝶恋花·答李淑一》就是例证。

我的新体诗写作数量不及旧体诗词多，多年的写作实践使我认识到：要想写好新诗，必须打好旧体诗词的基础，换言之即是要从旧体诗词中汲取营养。中国的古典诗词从最早的《诗经》，到唐诗宋词这一路走来。上下几千年的历史进化沿革，不断趋于完善，唐宋时期达到鼎盛，产生了灿若星辰般众多的诗词大家，也留下了浩如烟海的历史名篇。这是我们中华民族的骄傲，也是人类文明宝贵的精神文化遗产，非常值得我们现代诗作者认真学习借鉴和继承。中国新诗从上个世纪五四至今不足百年。但新诗不受旧体格式的束缚，自由灵活的句式，便于承载包容更多的内容，也更有利于情感的宣泄与抒发。然而，新诗写作最近些年的确有过于散文化的倾向，有人认为分行写来，随便拼凑就可成诗。不讲诗韵的大白话屡见不鲜。更有甚者，有些所谓“朦胧”诗，朦胧得如同天书，让人看不懂。试想，这种叫人看不懂的“新诗”写出来又有什么意义？这不能不说是新诗读者越来越少的原因之一。

诗歌是思想情感的浓缩，语言精华的结晶。是有韵味、耐品味、可反复唱咏与朗诵，并可借助于音乐的旋律而广泛传播的文体，否则就不能称之为诗歌。本人认为：新诗写作应注重两点：在保证抒情写意的前提下，一定要让人看懂，首先是要站在读者的角度动笔写诗。二是保证有诗的韵律与节奏，便于阅读和朗诵。要有诗词的音乐之美感。继承和借鉴旧体诗词的韵律和对仗之美，对于新诗写作是非常有益的。

关于旧体诗词的写作，有种说法叫“戴着镣铐跳舞”，平仄对仗格律之严苛约束很难使思想情感得以充分发挥。毛主席就曾经说过：不宜在年轻人中提倡。但是如果能够驾驭格律熟练地运用，使之更好地为内容服务，则是件相得益彰的好事。因为旧体诗词的韵律节奏、抑扬顿挫的音乐美，以及词句的高度浓缩凝练，含蓄包容量之大，耐人咀嚼、回味悠长更是新体诗难以企及的。

不过，在我的旧体诗词中，有时为了照顾和服从内容需要，也有突破诗词格律之句式，尽管不多但时有之。

特别要提及的是，诗集选入了几首本人20世纪六十年代末期刚开始学习写诗的“诗”。从严格意义上讲，这些较为浅显的诗作本不该录入，但最终还是选几首在内。之所以不能割爱的原因是：这些“诗”一则是本人最初学步的足迹，具有明显时代特征和印记。再者，它也能够完整真实地显现出本人诗歌写作逐步成长的历程。

如鱼饮水，冷暖自知。当由个人自娱自乐、长吁短叹、浅吟低唱的诗句最终变成白纸黑字，经过出版后公诸于众，此刻，我又确有点诚惶诚恐，惴惴不安。书是让别人、让后人阅读品评的，不怕先生怕后生。

最后，就用我在梦溪园诗作中的一句：“亦有微瑕瑜未掩，后人评点说风流”作为结语吧！

汪润

2014年11月

目录

上部·旧体诗词

五绝

词

下部·新体诗

上　部

旧体诗词

五绝

感时

1968 年 3 月 8 日

岁月如流水，年华度若飞。冬去冰霜化，春风紫燕回。

红画笔

1968 年 5 月

手执红画笔，热血沸腾急。描绘新世界，歌颂毛主席。

参观歌乐山烈士墓

1973 年 11 月 17 日

歌乐山苍碧，飞泉万古流。忠骸化青松，英名颂千秋。

三峡

1975 年 7 月

云霭迷天日，奔涛动地来。江流如剑利，怒斩三峡开。

沂河早秋

1976 年 10 月作于沂水

早雁拂天秋，沙明水碧流。斜阳临古渡，不见向南舟。

回母校

1977 年春

自别华中久，重来十度秋。依依垂杨柳，牵袖欲人留。

月夜吟

1978年11月

长天唯雁过，旷野断人行。一轮边关月，光流海畔营。

关山月夜思

1978年12月

匹马立雄关，刀光剑影寒。月轮悬玉镜，万里照云鬟。

代内人作

1979年秋

断雁惊残梦，纱窗北斗斜。愿随深秋月，万里照天涯。

在京重会李文杰战友感慨

1980年1月25日

五年劳梦想，战友各何方。雨雾雄关险，巴山蜀水长。

再咏梅

1982年

不畏寒侵骨，芳心蝶未采。冰天唯一朵，笑对北风开。

咏菊

1982年秋

战地谁相伴？西风菊自芳。经霜花不落，为我送清香。

注：野营门前数丛雏菊经霜依然不败。

风雪梅花开

1983年春

芳姿冠万树，素艳最先开。香透寒云外，纷纷玉蝶来。

天街

1983 年 3 月

星月亮街灯，杳然出世尘。寻游天夜市，充耳尽人声。

无题

1983 年 11 月

凝泪立轩窗，天涯思念长。一轮秋夜月，万里共凄凉。

赴云南前线参战临别赠弟

1985 年 3 月

君赴南征路，天涯万里遥。垂杨知别意，不雨亦潇潇。

前线文工团女战友演唱

1985 年 9 月

曲奏春风暖，开口吐芳菲。萦绕军旗舞，清歌战地飞。

别昆明　过滇池

口占于 1986 年 5 月 27 日下午

云岭郁苍苍，滇池水茫茫。不舍雄师去，山花吐异香。

题婉约诗词二首

2012 年春

一

襟怀江海阔，书卷自胸藏。谈吐抒兰气，诗句韵飘香。

二

兰气飘香远，清歌流韵长。胸存诗万卷，谈吐自芬芳。

春雪

2012年

一

玉蝶寒敛翅，风旋作雪飞。天涯迷路径，谁伴彩云归？

二

戏逐寒风舞，翩翩玉蝶飞。瑶台春梦醒，相约彩云归！

春雪　又三首

2012年

一

纷飞玉蝶飘，天地遍琼瑶。雪蕊寒梅笑，春风晚约邀！

二

急雪回风舞，飞花映玉颜。诗歌情送暖，何畏倒春寒？

三

风舞雪飞飘，江山琼玉雕。寒梅花竞放，大地涌春潮！

七绝

庆甘肃省革命委员会成立

1968 年 3 月

红旗漫卷白云间，一片欢腾红万山。主席思想光普照，春风吹遍玉门关。

赠葛恒亮君

1968 年 11 月

同学三年识真君，惜别之泪如雨倾。但愿亮君鹏翼展，乘风万里上青云。

新兵连军训

1969 年 12 月

凛冽冬风彻骨凉，伏冰卧雪更披霜。天寒地冻心犹暖，刻苦练兵保国防。

献给英雄盛习友

1970 年 1 月 27 日

搏击惊涛战洪峰，献身英勇救亲人。英灵长共山河在，浩气永同日月存。

新兵下连队授枪仪式

1970 年 2 月

五尺钢枪攥手中，此身入伍万夫雄。喜圆铁马金戈梦，更盼疆场立战功。

春节晚会思家

1970年春节

漫天雪舞送春回，佳节思亲不得归。军营战友同兄弟，欢歌笑逐雪花飞。

吾与弟参军第一个春节

1970年2月

铁血男儿赴远征，新年戍守国家门。全家欢聚团圆宴，杯盏满斟少二人。

曲阜九龙山施工

1970年4月21日

九龙山下聚英豪，战地歌声上九霄。万险千难脚下踩，劈山修筑通天道。

纪念毛主席畅游长江四周年
我部在枣庄与436仓库战友同渡枣庄水库

1970年7月16日

烟波浩淼战旗红，汹涌波涛渡大军。浪拍长天等闲视，神兵击水似蛟龙。

车队开进沂蒙山

1971年5月

白杨列队行军礼，山溪弹琴问早安。五色朝霞铺彩路，迎我飞车进深山。

舟渡嘉陵江

1973年10月

嘉陵碧水泛轻舟，两岸青山立素秋。画幅天垂三百里，诗情滚滚逐江流。

七绝

1973 年秋

一去关山几度秋？西风残月坠江楼。归心万里无归路，流水悠悠诉别愁。

参观歌乐山烈士墓

1973 年 11 月 17 日

当年笑赴断头台，革命接班有人来。歌乐山是英雄地，遍野山花带血开。

赞江竹筠烈士

1973 年

尖尖竹签痛钻心，世之酷刑皆用尽。共产党员钢铁志，可笑敌人枉费心。

渣滓洞监狱

1973 年

一

魔窟阴森地狱门，阵阵血雨伴腥风。罄竹难书美蒋罪，残杀多少革命人。

二

牢笼铁窗仅囚身，怎羁雄心破狱门？屠刀岂断革命草，野火春风吹又生！

野营歌

1973 年 11 月 29 日

野营露宿长江边，鼾动江潮共浪眠。梦里犹恋行军路，明朝蜀道上青天！

野营驻綦江接龙

1973 年

野营部队驻山村，箪食壶浆慰洗尘。军民月下联欢会，情同鱼水一家人。

行军赴龙胜

1973 年

石径苔滑路难行，霏霏细雨更泥泞。翠竹牵衣拦不住，山花含露笑相迎。

野营归途到重庆南温泉沐浴

1973 年 12 月 20 日

缥缈云飞绕碧溪，苍松滴翠注汤池。南山汩汩温泉水，浴洗征尘濯铁衣。

战地野炊

1973 年 12 月

劈折松枝燃灶中，汲泉煮米味香浓。野炊午饭分班爨，灶火山花笑映红。

重庆南温泉

1973 年 12 月

山色青青碧水长，温泉翻涌沸如汤。千秋滋润风流地，杂树飞花草亦香。

野营归来渡江

1973 年 12 月 25 日

雾锁牛沱古渡头，演兵奏凯跨飞舟。军歌声激滔滔浪，喧天角鼓逐江流。

注：牛沱即重庆长江牛角沱渡口。

夸故乡

1974 年 10 月 1 日

少年征戍走天涯，战士爱把故乡夸。遥指旭日东升处，五彩云中是我家！

注：1974 年国庆节与同班战友谈及各自的家乡时，余自豪地手指东方曰："江苏沭阳！"

于重庆钢铁公司 102 厂义务劳动

1974 年 10 月

嘉陵江水绿溶溶，十里钢城高入云。挥汗添煤炉火旺，钢花飞舞照天红。

参观红岩村

1974 年 10 月

细雨蒙蒙雾锁天，万山丛中立红岩。身居虎穴英雄胆，真理在胸斗志坚。

送友人

1974 年

愿随流水送君还，望尽烟波泪未干。此去天涯人万里，孤舟夜泊梦魂间。

答弟

1974 年秋

同年入伍赴山东，乡情无限寄诗中，秋云漠漠遥相望，千里归心一梦同。

临江

1974 年秋

雁行横截碧天秋，浩渺烟波送远舟。千帆不载归心去，斜阳无语大江流。

演习晚宿虎峰

1975 年 3 月 25 日

竹海青苍染落霞，帐篷撑起即为家。虎峰山下野营地，红映军旗树树花。

野营战士家

1975 年 3 月

遍野芳香树树花，春风万朵灿红霞。花开无限拥军意，环抱野营战士家。

注：本诗作于四川壁山县(今为重庆市壁山县)。

嘉陵江春晚

1975 年 3 月 25 日

碧水南流滋岸花，清波源远自天涯。嘉陵坐爱春江晚，帆影悠悠送落霞。

野营地

1975 年

炊烟袅袅晚风斜，数树桃红灼灼花。燕语莺啼声伴奏，军歌嘹亮野营家。

瞻邱少云烈士塑像

1975 年 3 月 29 日

血沃江山三千里，金达莱花开异邦。塑像巍巍名万古，南天一柱立铜梁。

注：本诗作于四川铜梁。

北温泉

1975 年 4 月

如玉清纯火热心，温情脉脉恋山青。碧流弹奏潺潺韵，伴咏松风到古今。

浴洗重庆南北温泉

1975 年 4 月

血脉同连大地心，双流千古自温情。清纯汩汩无穷爱，浴洗人间气象新。

重庆缙云山远眺

1975 年 4 月 29 日

群峰缥缈白云间，万顷松涛涌翠澜。无限风光收眼底，嘉陵江水绕萦环。

注：本诗写于重庆北温泉。

嘉陵江晚眺

1975 年春

一江春水碧盈盈，两岸群峰叠翠青。疑是遥天飞瑞雪，橹声激浪白鸥惊。

重庆枇杷山观山城夜色

1975 年 5 月 1 日

群楼山势竞嵯峨，江水双流绕碧波。夜降西南天不夜，万家灯影浴星河。

重庆朝天门码头　观嘉陵江汇入长江

1975 年 5 月

逝者如斯岁月悠，风波日夜送行舟。嘉陵浩荡三千里，并入长江一脉流。

毕业乘舟别重庆

1975 年 7 月 14 日

一

壮别山城热泪潸，长风浩荡送征帆。青春易逝同江水，滚滚东流去不还。

二

裂肺撕心汽笛声，依依不舍别山城。深情自爱长江水，相伴东流送故人。

注：本诗作于东方红 37 号轮。

毕业重庆朝天门赠别许先立同学

泣别渝州赴远游，烟波万里去悠悠。明朝酒醒知何处？一片孤帆任碧流。

船过瞿塘峡口占

1975 年 7 月 15 日

惊涛急水啸猿哀，千里飞舟破浪开。峻岭奇峰迎肃立，风光无限壮诗怀。

过瞿塘峡船遇大漩涡

1975 年 7 月 15 日口占

江流到此却回流，疑是前方路断头。无限情深巴渝水，徘徊不忍送行舟。

夔门雪浪

1975 年 7 月 15 日

波花六月雪飞寒，拍击夔门险峻关。莫道柔情终是水，于无路处力穿山。

神女峰回望

1975 年

东流碧水恨千年，云雨高唐尽谎言。今酿春江都是酒，女神醉卧夕阳边。

过三峡

1975 年 7 月 15 日

日照三峡紫雾开，纤歌汽笛共萦徊。一江碧水东流去，两岸青山叠翠来。

瞿塘峡夔门

1975 年 7 月

擎天拔地世称雄，万古森然造化功。浪劈夔门开两扇，拱手礼让大江东。

夔门

1975 年 7 月

一

夔门猿啸半空哀，浪卷飞花峭壁开。天险岂拦东逝水，千帆驶过万舸来。

二

飞帆一片似云裁，万仞高山立两排。滚滚涛声捶地动，夔门开处大江来。

注：此诗发表在1989年4月25日《江南游报》。

三

夔门怒涌浪滔滔，对峙奇峰插碧霄。锦绣江山夸壮丽，诗情奔泻大江潮。

舟过瞿塘峡

1975年7月

天遣高峡束苍江，百里风光诗画廊。最是人生惊险处，奔涛怒涌出瞿塘。

注：此诗发表在1989年4月25日《江南游报》。

巫山神女峰回望

1975年7月

一

雾掩瑶台云是家，大江流水送年华。夕阳难舍神女爱，留赠飞霞遮面纱。

二

丹霞缥缈迤裙裾，烟笼芳姿绝代无。云雨荒台同一梦，江流千古下三吴。

巫山十二峰

1975 年 7 月

瑶台云雨属虚无，滴翠巫山展画图。十二碧峰争婷秀，影照江流共洗梳。

再咏三峡

1975 年

天河倒泻大江来，浪劈夔门两扇开。自古难寻神女梦，千秋云雨锁荒台。

过巫峡回望

1975 年 7 月

片帆高举大江天，回首山城路几千？水碧霞明惊落鹜，巫山醉卧夕阳边。

西陵峡纤夫赞

1975 年 7 月

惊滩急水出西陵，脚踩风波万里行。两岸青山皆致意，长绳力挽大江平。

注：此诗发表于 1989 年 8 月 29 日《江南游报》。

长江纤夫曲

1975 年 7 月

一

世代弓腰挺脊梁，风云雨雾路茫茫。纤绳力挽乾坤转，牵引江流万里长。

二

弓腰赤足曳行舟，搏击风涛战逆流。万里长江人生路，该低头处即低头。

三

劈浪斩波江路长，风帆一叶是家乡。高山亦惧船工号，肃立分开立两旁。

致屈原祠

1975 年 7 月

一

大江怀抱屈原村，水诵风骚泣鬼神。后浪继追前浪涌，我今弄斧到班门。

二

青山绿水育诗人，独占风骚此处村。似为英魂翻雪浪，江流千古共悲声。

香溪王昭君故居

1975 年 7 月

灵山秀水孕仙姿，绝代红颜志亦奇。永共芳魂江声远，诗名千古话香溪。

长江

1975 年

源头高远水流长，天上银河是故乡。神女仙娥留不住，兼程日夜向东方。

注：此诗发表于 1989 年 8 月 29 日《江南游报》。

毕业归

1975 年 7 月 16 日

万里长江破浪行，波涛澎湃片帆轻。归心更比江流急，舟泛楚江心到宁。

注：本诗作于宜昌。

神女峰遐想

1975 年 7 月

千秋云雨话沧桑，江水流长爱恋长。缥缈巫山思神女，瑶姬何日会襄王？

葛洲坝 330 工程

1975 年 7 月

倒泻银河贯九州，风波一洗古今愁。人民智慧超神禹，欲截江流作电流。

330 工程

1975 年 7 月

大江东去几千秋？不尽啼猿共号愁。云雨巫山皆旧梦，闸开浊浪变清流。

武昌黄鹤楼旧址有怀

1975 年 7 月 17 日

故地已无黄鹤楼，大江日夜去悠悠。千秋名胜空名字，不尽诗思逐水流。

汉阳琴台

1975 年 7 月

余音袅袅万民怀，乐奏江花四季开。自古瑶琴弦未断，知音人似水流来。

长江夜航

1975 年 7 月

激浪如山涌月光，标灯警醒戒舟航。江风更鼓征帆满，稳枕波涛入梦乡。

船泊九江

1975 年 7 月 20 日

汉口朝辞暮九江，江山如画入诗行。长风浩荡征帆疾，几日东流还故乡？

自汉口转乘船赴南京

1975 年 7 月 20 日

云淡天高水路长，轻舟一叶去何方？万里长江情不尽，送我东流返故乡。

江上吟

1975 年 7 月

江天朗月挂吴钩，心似长江水急流。快意雄风催壮士，征帆千里下扬州。

记莫愁湖泛舟姑娘

1975 年

水碧天青翔白鸥，飞歌袅袅漾轻舟。花容笑映春波绿，当代姑娘自莫愁。

车过南京长江大桥

1975 年 7 月

气壮河山第一桥，千秋历史水滔滔。大江岂敢掀狂澜，钢铁长虹紧束腰。

泗水

1975 年秋

迷蒙山色隐烟涛，一片孤帆泗水遥。秋夜他乡黄叶树，冷风瑟瑟雨潇潇。

孤雁

1975 年 10 月

羽翎一展一声哀，戴月披星自北来。万里霜天离别恨，几时孤影过江淮？

诗寄杜英才同学

1975 年 12 月

山城阔别逾秋冬，暮想朝思两意同。地远天长情不断，笑逢多次梦魂中。

毛主席《重上井冈山》、《鸟儿问答》两首新诗词读后感言

1976 年元旦

一

雄词丽句响春雷，灿烂光同日月辉。大地神州添壮美，莺歌燕舞万花飞。

二

敢上九天揽明月，敢下五洋捉鳖归。自古世间无难事，英雄谈笑凯歌回。

三

闻如战鼓旌旗奋，更似冲锋号角吹。激励三军凌云志，一往无前战马催。

痛悼周恩来总理

1976 年 1 月 8 日

海角天涯奏挽歌，悲风骤起恸山河。尽倾银汉滔滔水，不及神州泪洒多。

海岛雷达站

1976 年

天线回旋日月明，浪涛深处驻雄兵。海防千里金汤固，战士热血与丹心。

恸哭毛主席

1976 年 9 月 9 日

一

天倾华夏失雄才，万里神州九亿哀。湖海江河翻雪浪，滂沱泪雨唤公来。

二

红旗半降黑纱垂，国际歌悲哀乐回。九亿神州流泪血，晴空倾洒雨纷飞。

7609 演习开进

1976 年 10 月

铁流千里炮车驰，兵贵神速捕战机。号角声催风雷动，滚滚尘烟扑旌旗。

注：本诗作于临沂。

沂蒙山秋色

1976 年 11 月

一

深秋谁道色凄凉？沂蒙秋色胜春光。西风残照霜林晚，树树飞红竞艳妆。

二

千里蒙山远望迷，风凋万木叶疏稀。但见霜枫云岭上，瑟瑟飞红舞战旗。

三

岁晚秋深勿感伤，江山如画似春光。沂蒙树色严霜后，万岭飘红醉夕阳。

红枫三首

1976 年

一

不共群芳竞艳春，丹心似火是英雄。千花万卉凋零后，独战西风一树红。

二

心寒肃杀妒芳容，国色天香一扫空，谁道秋风情冷酷？萧萧声唤晚枫红。

三

不争芳艳不争春，历尽霜摧色愈浓。挑战西风擎火炬，心头自有血殷红。

返乡二首

1977年春

一

返乡不觉路途长，备尝辛苦亦甜香。飞车怎比归心急，先乘春风到沭阳。

二

杨柳青青竞发芽，春回大地又还家。莺啼燕语声声唤，一路飞红桃杏花。

重游华中西河岸边

1977年春

幽幽曲径满苍苔，无主蓼花寂寞开。春波滟滟西河水，八年又照故人来。

又见桃花忆故人

1977年春

桃花试问几芳菲？笑靥迎春我又归。万朵千枝红吐艳，当年曾伴彩云飞。

清明祭伟大领袖毛主席

1977年

哀乐低回国际歌，悲天恸地泣山河。清明时节纷纷雨，洒向人间涕泪多。

西河忆

1977年

漂泊曾经无数舟，西河追忆少年游，悠悠往事知多少？共付春波日夜流。

华中旧地重游

1977 年春

雕栏玉砌覆苍苔，无主桃花寂寞开。依旧春风穿庭树，年年只有燕飞来。

西河岸漫步

1977 年春

西河阔别十年期，碧水潺湲流泪涕。杨柳春风留客住，枝条袅袅欲牵衣。

和汛弟惜别原韵（作现修改后）

1977 年春

同是天涯远戍人，弟兄挥泪别春风。何期淮沭河流水，尽洗辽西塞北尘。

附汛弟原作

假期急迫不等人，依依不舍又启程。汽笛声声频回首，兄弟惜别兖州城。

西河岸

1977 年

风梳杨柳淡如烟，芳草青青浸麦田。两岸莺歌啼不住，一河春水送流年。

西河

1977 年

归寻岸草碧芊芊，百战征人驻马鞭。手折垂杨思旧事，悠悠春水浴童年。

玉米地锄草

1977年6月25日

暑气蒸腾垄亩长，把锄弓背灼骄阳。汗流入土同甘露，滋润禾苗孕穗香。

注：本诗作于部队生产基地。

中秋望月

1977年9月26日中秋节

月到中秋分外明，万里云天水碧清。南望家园何处是？长空欲渡羡流星。

中秋忆曾广清战友

1977年中秋节

战友情深忆旧时，绵绵思念续成诗。诗成欲寄衡湘远，但恨秋风雁到迟。

登高

1977年秋

秋风岁岁雁飞南，八载征人几度还？此日登高抬望眼，白云尽处是乡关。

秋忆华中

1977年秋

十年未见故园秋，每忆华中野外游。瑟瑟西风吹雁过，芦花拂水碧悠悠。

金陵怀古

1977年秋

六朝曾是帝王家，故国钟山染曙霞。日夜征帆东入海，大江千古浪淘沙。

思念同学二首

1977 年 12 月

一

思君日夜恋渝州，碧水嘉陵梦里流。海北天南人万里，情同歌乐耸千秋。

二

何日重逢未有期，情深兄弟两心知。悠悠魂魄常来往，缥缈虚无远梦思。

悼郭沫若副委员长逝世

1978 年 6 月 20 日

惊闻哀乐掩啼痕，华夏文坛失巨人。雨泣风凄同一哭，江河呜咽共悲声。

济南泺口望黄河

1978 年

奔涛滚滚响惊雷，万里东流去不回。洛口黄河观潮壮，云帆追逐浪花飞。

夜行军

1978 年

霜天夜静雁声哀，凄劲西风草木衰。峻岭雄关山月冷，铁流滚滚大军来。

渡黄河

1978 年

孤烟落日渡长河，铁马声嘶激浪波。千古群雄争战地，于今我唱大风歌！

自责

1978 年 8 月

未建军功报党恩，每思往事愧惭深。昔年重庆谁深造？济南炮兵我一人。

说明：当年赴重庆后勤工程学院本专业学习，济南军区炮兵共四个师的部队，仅选送余一人。毕业数年愧无建树，每思及此事而深深自责。

夜过微山湖

1978 年 9 月

浩渺迷蒙水墨图，微山夜色世间无。月轮自爱秋波澈，倾尽银光泻此湖。

诗寄重庆后勤工程学院曾广清、李文杰、杜英才诸战友

1978 年

每怀战友倍思渝，歌乐红岩两度居。不尽长江东逝水，友谊试比问何如？

重阳节

1978 年重阳节

匹马雄关独异乡，思家倍觉夜遥长。登高岁岁秋风爽，泪洒重阳绽菊黄。

注：本诗作于山东薛城炮四团集训地。

行军路

1978年秋

边塞霜寒风劲凄，萧萧万木叶疏稀。征人遥指行军路，误把枫红认战旗。

军演乘军列开发

1978年11月5日

气挟风雷出兖州，战车长啸动高秋。挥师渤海雄兵演，千里奔驰滚铁流。

注：本诗作于9002次军列。

军列过泰山

1978年11月5日

不用征夫战马鞭，车飞汽笛啸霜天。泰山礼让雄师过，军列风驰吐白烟。

雪中行

1978年

堪笑当年咏絮才，战车碾破雪皑皑。飞花似恋军衣绿，万片纷纷扑面来。

与战友忆及在四川野营拉练行军之事

1978年12月

自古巴山蜀道难，野营千里吾曾攀。每忆当年雄关险，饭后茶余付笑谈。

雪里行军

1978年冬

风回雪舞路途迷，千里鏖兵跨铁骑。天地英雄同一色，雪花飞扑绿征衣。

沭河

1979年5月

青青杨柳岸花开，水碧天蓝白鸟徊。伴舞春风翻雪浪，远迎千里故人来。

西河三首

1979年5月

一

阔别西河久戍边，重游故地赋诗篇。千丝岸柳迎风袅，影照春波不少年。

二

夹岸桃花水碧流，片帆云影日悠悠。西河风景今无异，唯我春风一叶舟。

三

久盼西河更一游，今朝如愿却添愁。清波不管春将老，飘卷残红日夜流。

西河边老柳树

1979年春

扎根乡土志难移，雷火犹存劫后枝。战士十年寻故地，春风老柳袅新丝。

沭阳闸口遇程正流同学　二首

1979 年 5 月

一

十载重逢话别离，悠悠往事梦依稀。情深自比沂河远，碧水长流是友谊。

二

华中久别日三千，惊喜重逢忆少年。碧水悠悠情不尽，春风化雨泪涟涟。

旧地游

1979 年 5 月

幽然曲径满苍苔，梦里桃花几度开？树树春荫撑绿伞，故人今又乘凉来。

淮河头即景五首

1979 年 5 月

一

千里长河漾碧波，春风两岸柳婀娜。愧惭拙笔情难赋，佳句寻师问汨罗。

二

长淮碧水望无涯，万里春风拂浪花。片片云帆争海路，悠悠白鸟戏明霞。

三

疑是银河此路通，翩翩帆影掠行云。乘风可上青天去，自把牛郎织女寻。

四

春水奔流坝闸开，飞帆疑似白云裁。长风浩荡三千里，满载歌声向未来。

五（沭阳港码头）

一河春水接天流，传说张骞曾泊舟。万艘千船装不尽，故乡岁岁大丰收。

曲阜孔庙杏坛

1979 年夏

杏坛袅袅绕香烟，世运重开日月天。岂止三千贤弟子？人民亿万可称贤。

曲阜孔林

1979 年夏

人杰曾因得地灵，悠经风雨郁青青。良材千亩人民树，何故讹称至圣林？

读论语

1979 年 7 月

古来学海望无涯，夫子渊深是大家。后辈追怀思历史，当除糟粕取精华。

相思

1979 年

日夜相思梦寐多，与君牛女隔天河。悠悠不尽春江水，长诉深情爱恋歌。

咏菊(重阳节代内人作)

1979 年重阳

幽香淡淡沁心怀,准定一年一度开。长恨君心不似菊,重阳又到未归来。

暮归

1979 年秋

久为迁客易悲秋,立马霜风沂水头。落叶有情声似雨,夕阳无语下西楼。

望乡

1979 年秋

霜枫十度叶飞红,故国青山隔万重。泗水悠悠流天外,归鸿数点晚霞中。

秋思

1979 年 11 月

芦花飞白水茫茫,一笛秋风客恨长。归心无限归无路,独立寒汀数雁行。

渡工程兵黄河架设舟桥

1979 年秋

天险黄河鲁北秋,奔涛滚滚泻洪流。雄风铁甲强飞渡,激浪平铺桥是舟。

观我师火箭炮 204 团抢占阵地并实施快速射击

1979 年

长途奔袭战奇寒,抢占滩头汗未干。壮志豪情催炮火,能融雪海化冰山。

送别刘广东战友赴新疆军区二首

1979年

一

忠心赤胆卫中华，海北天南自是家。从此昆仑冰峰上，又开一朵雪莲花。

二

天山遥指路无涯，热血满腔报国家。壮志雄心驰万里，冰峰雪岭亦开花。

送战友赴昆明军区

1979年

万里神州到处家，为民为国成天涯。南疆遍野红棉树，敬献英雄绽血花。

毕业四年有感

1979年7月14日

当年此日别渝州，壮志豪情逐水流。不尽江声离别意，奔腾万里送飞舟。

贺杜英才同学建国三十年大庆新婚

1979年国庆

双喜欣逢大庆年，秋风万里菊花天。风流才子佳人配，共祝明珠玉壁联。

渤海湾野营

1979年

战旗猎猎卷风沙，渤海深秋飘雪花。水阔天长征路远，戍人惟梦可归家。

离别

1980 年 3 月 19 日

一

关山此去几时还？别泪强吞作笑颜。幼女不知离别苦，襁褓安睡梦甜酣。

二

回首频频不舍家，沭城远去没平沙。春风似解离别恨，三月桃红未放花。

注：休假归队，临行时女儿骏原正酣睡。

南望

1980 年春

相思无尽路无穷，影断飞鸿信未通。多少不眠明月夜，星空仰望与君同。

忆朝天门送别许先立同学

1980 年 9 月

忆别山城五度秋，朝天门外送行舟。心随帆影云天远，情共江波脉脉流。

行军

1980 年秋

孤鸿渺渺没平沙，旌旆飘飞耀晚霞。夕照野营征路远，奔驰铁马啸清笳。

送妻儿返故里

1980年8月26日

一

露湿征衣杂泪痕，更闻汽笛断肠声。可怜明月秋风夜，从此天涯万里人。

二

夜半清风汽笛哀，列车缓缓不忍开。水远山长从此后，亲人唯有梦中来。

注：本诗为夜送妻儿登火车返乡，有感而作。

九月九日祭毛主席

1980年9月9日

一

四年回首倍心伤，秋水悠悠思念长。领袖一从辞世后，花开九九不飘香。

二

思想蒙尘雕像残，丰功伟绩共青山。流言恶语休狂吠，恩在民心记忆间。

有感

1980年10月

自古人生风雨多，雄关漫道险嵯峨。心中自有光明在，何惧前途路坎坷！

寄广州军区曾广清战友

1980年10月

衡阳远隔万重山，君戍衡阳更向南。欲托飞鸿书问讯，岂知雁不过衡山。

注：湖南衡山有回雁峰，传说每年南飞越冬的大雁到此不再向南，只待春来而北返。

漫步青岛栈桥

1980年12月

绿树红楼映碧涛，晴风一扫雾云消。征衣未解踏浪涌，栈桥漫步自逍遥。

前海栈桥

1980年12月

横卧风波枕海潮，长虹出水自娇娆。千秋屹立诗篇里，浪击风催不动摇。

海望

1980年12月

楼台红紫静斜晖，浪击礁磐雪乱飞。一碧海天三万顷，片帆点点乘风归。

咏桃花(代内人作)

1981年春

一

经年无日不思君，入海归心水向东。幽香千里桃花梦，明月关山夜夜同。

二

幽香袅袅透帘栊，浴露和烟数朵红。梦断关山云路远，风清月白夜孤魂。

探亲返部队途遇小雨

1981 年 3 月

乡关回首倍伤情，漠漠阴云柳色青。天亦同怀离别恨，替人挥泪雨淋淋。

梨花

1981 年春

玉树琼花耀眼开，微微寒气袭人来。若非耳畔春莺叫，疑认芳枝瑞雪埋。

注：本诗作于曲阜梨园。

怀李文杰同学

1981 年

怅望西南欲断肠，山城久别雾茫茫。友情堪比嘉陵远，碧水悠悠万里长。

登泰山十八盘

1981 年春

曲折盘空险径斜，彩云飘逸护山花。艰辛莫畏攀登上，可到碧霞玉女家。

注：泰山顶建有碧霞元君祠，供奉泰山女神碧霞元君铜像。

泰山碧霞祠

1981 年 5 月

帝女元君号碧霞，高居坐享日光华。香烟永伴云烟绕，古刹东天第一家。

致泰山

1981 年 5 月

乡心归梦两悠悠，花易飘零水易流。惟有泰山真知己，默然伴我十春秋。

注：余自入伍，在山东先后共计已有十个春秋。

泰山松

1981 年

一

霜天高举耐寒枝，万树千山落叶时。永驻青春心不老，风中雪里斗英姿。

二

傲然昂首万山低，画笔难描云雾姿。力挽惊雷排骤雨，长风舒展栋梁枝。

访泰山中守林人家

1981 年 5 月

苍松如醉卧云霞，万丈飞流劈断崖。不见炊烟青袅袅，岂知绝顶有人家？

忆张金宝、邢长胜等同学

1981 年 5 月 20 日

塞北江南各远征，如烟往事忆山城。流年似水音书断，俱是天涯梦里人。

赠郭钦茂同学

1981 年 8 月 31 日

昔年同学共山城，今日周村会议逢。畅叙友情抒壮志，扶摇万里借长风。

注：本诗写于山东周村，在199师召开全军车辆维修工作现场会议之际。

父母送儿返部队

1981年10月14日

一

军纪难违令如山，只盼来年早日还。目送儿郎车去远，心随万里祝平安。

二

匆匆休假又归期，落叶萧萧送别离，回首双亲秋风里，纷飞泪雨湿征衣。

漱玉泉李清照纪念堂

1981年10月

清泉漱玉日悠悠，风袅垂杨景色幽。文采遗芳词万古，后人谁不仰风流？

李清照故居漱玉泉

1981年10月

摇漾天光似镜明，清波曾与照冰心。词同泉水流芳远，无愧千秋漱玉名。

泉城

1981年10月

富集名泉冠九州，自疑琼海是源头。中华大地藏珠玉，齐向人间涌碧流。

过微山湖问访渔民问答

1981 年秋

汪洋一片水浮天，祖辈生涯系钓船。日夜颠簸风浪里，渔家辛苦甚耕田。

为连队战士之家题词

1981 年 10 月 30 日

一

五湖四海幸相逢，革命征程同路人。战友情深如兄弟，青春共献筑长城。

二

阳光雨露育新花，和煦春风战士家。壮志雄心忠于党，满腔热血献中华。

暮色

1981 年 11 月

西风瑟瑟送凄凉，剩水残山掩夕阳。暮色苍茫家何处？一声归雁断人肠。

送别于国庆战友退伍回烟台

1981 年 11 月

一

君罢兵戈脱战袍，秋风别意雨潇潇。从今佳句谁同论？东望烟台渤海遥。

二

西风落叶送君还，东去茫茫渤海湾。壮志雄心犹万里，军魂不退跨征鞍。

早操

1981 年冬

军号声催天未红，神州尚在梦魂中。寒风凛冽云旗动，一箭流星月射弓。

秋思

1981 年 11 月

秋风落叶客思乡，铁马西风征路长。目断遥天归雁尽，远山无语立斜阳。

送别

1981 年秋

明日征程路不知，送君千里盼归期。家山落叶风吹雨，一夜潇潇共泪啼。

元旦咏雪

1982 年 1 月

茫茫风雪漫天涯，雪落野营战士家。片片飞花翻旧岁，雪花本是报春花。

咏飞雪

1982 年 1 月

万片飞花万点愁，北风旋舞自悠悠。九天谪落无穷恨，一夜群山染白头。

再咏雪花

1982 年

高天宫阙未曾留，飘忽凡尘降九州。只盼阳光临大地，何辞身殒化春流？

红梅赞

1982 年 2 月

凌霜傲雪是英雄，战士讴歌志亦同。万里雪飘冰世界，寒梅一树笑飞红。

再咏梅

1982 年

千里冰封有尽时，铮铮铁骨耐霜欺。红梅残雪倚桥断，笑绽春风第一枝。

写诗自励

1982 年 3 月 30 日

雄心欲挽大江潮，勃发诗情似火烧。志为河山书锦绣，倾将热血蘸霜毫。

再度到南京

1982 年 5 月

问君几度下江南？八载年华一梦间。无限诗情同江水，愧无佳句赠钟山。

长江

1982 年 5 月

波连九派贯神州，横贯中华血脉流。吞吐风云东入海，更为大地送清悠。

石头城

1982 年春

岁月江波一并流，六朝胜地后人游。千年无限英雄恨，日夜涛声打石头。

南京长江远眺

1982 年春

桃红翠柳夹春江，一路飞花逐水香。壮阔波澜东入海，千帆竞发鹜争翔。

李清照纪念馆　漱玉泉

1982 年

绿树红花掩故居，春风杨柳拂流苏。名泉千古清波漾，一代词宗女丈夫。

上弦月

1982 年秋

纤云浮动水悠悠，烁烁寒星浪点头。应是人间无钓处，青天碧海下金钩？

怀湖南曾广清战友

1982 年秋

远隔风烟两地愁，山城壮别几春秋？情思脉脉同湘水，日夜悠悠向北流。

月夜闻雁有怀

1982 年 11 月

西风寒夜雁声哀，戴月披星几度来？想得玉楼红袖影，滢滢清泪滴莲腮。

月夜闻笛

1982 年

步月携枪倚戍楼，边风遥送笛声悠。阳关一曲听未尽，十万征夫泪雨流。

夜写家信

1983年春

碧天如水月如冰，一片征人故国心。泪湿彩笺人不寐，关山万里一灯明。

咏河边新柳

1983年春

一

淡扫蛾眉绿叶苏，婷婷袅袅自媚妩。烟笼秀发临波照，三月春风蘸雨梳。

二

风姿袅娜下朱楼，半醉烟花半掩羞。春水伊人梳洗处，轻舒翠袖拂清流。

三

烟笼青丝袅万条，清波照影自妖娆。沿河玉立婵娟女，袖挽春风竞舞腰。

泰山记游登南天门后留吟

1983年3月

烟云高锁绝尘埃，奋力攀登始上来。莫道登仙无路径，天门只对壮夫开。

泰山极顶我空军雷达站

1983年3月

一

天线悠然转碧虚，烟霞生处问谁居？登峰造极凌云志，扼守东天武丈夫！

二

高峰遥送电波长，直逼九重惊玉皇。红星闪闪明月伴，绿征衣上染天香。

日观峰观泰山日出

1983 年春

一

海云初吐骊珠红，血色流丹浸晓空。天上凡间人共仰，一轮普照九州同。

二

极目东天望海滨，云流雾卷盼初昕。一轮喷薄彤彤日，似我拳拳报国心。

五大夫松

1983 年 3 月

傲骨凌霄树绿荫，高官不改岁寒心。千秋立定登山路，御雨遮阳护庶民。

注：泰山道上有五棵松树，浓荫如盖。相传秦始皇率众臣登祭泰山时遇雨，曾在此五松下避雨，其后秦始皇下发诏书，敕封此五棵松树为五大夫松。

泰山望人松

1983 年 3 月

挺拔英姿立险峰，望穿历史默无声。泰山道是英雄路，绝顶上登非俗人。

南天门眺齐鲁大地

1983 年

雾卷群峰漫碧空，齐鲁山色望朦胧。万千幻化多奇态，不尽诗人咏叹中。

泰山顶纪泰山铭碑

1983 年春

笔力千钧岱岳轻，高山自此附魂灵。风霜磨砺犹清晰，字迹昭昭示后民。

注：此碑铭系唐玄宗李隆基封泰山时所书，开书法唐隶一格。此碑以大观峰削壁而刻，高 13 米之多，甚为壮观。

村居

1983 年

世事不闻心放松，忘情野鹤步闲云。村居影漾春波里，夹岸桃花蘸水红。

无题

1983 年

拂堤烟柳袅金丝，红杏微开盼雨滋。清夜何人风露里，星河怅望立多时？

无题

1983 年

一

料峭春寒细雨霏，凭栏凝泪望君归。黯然目数千帆过，独下层楼未展眉。

二

烟雨楼台隐翠微，孤城环抱水潆洄。临波目送千帆远，万里江天一雁飞！

三

斜风细雨燕低飞，碧水千丝柳线垂。姹紫嫣红花万朵，与君笑靥孰芳菲？

淮河头远眺

1983 年 4 月

漫说银河此路通，翩翩帆影逐行云。乘风直上青霄去，自把牛郎织女寻。

回忆

1983 年 8 月

十八年华似水流，追思母校盼重游。不知今日长廊展，佳作何人在上头？

注：1965 年余考试作文被老师选为优秀佳作在母校报廊展出，当时初中部仅此一篇。

相思曲四首（代无数军人妻子而作）

1983 年

（一）春

暖风吹拂绿窗纱，燕语莺歌树树花。但愿啼莺随妾意，速将春色送天涯。

（二）夏

微微香汗湿罗裳，电扇风吹叶片忙。千里南疆边境线，巡逻可有树荫凉？

（三）秋

一眉新月挂银钩，钩起佳人无限愁。塞外寒衣收到否？雁声又报故乡秋。

（四）冬

树树银妆琼玉花，冰封千里望天涯。寒风一曲红梅赞，遥寄边关战士家。

致内人

1983 年夏

千里乡关怨别离，四年几度得双栖？痴情只怕归期近，日历从今不忍撕。

注：本诗写在爱人来部队探亲之时。

中秋节夜遇雨无以观月，故作此诗

1983 年中秋夜

一

迷蒙秋雨独凭栏，万里愁云暗远山。明月似知离别苦，中秋不忍向人圆。

二

怅望星空忆远人，阴云四合没冰轮。天涯无限相思泪，滴作中秋夜雨声。

三

离情归梦两悠悠，难寄乡思戍客愁。明月不知何处隐？天倾泪雨度中秋。

漱玉泉述怀

1983年

天下风光此处幽，名泉漱玉吐清流。悠然小艇春波荡，只载欢歌不载愁。

蒙山秋雨夜

1983年10月

静卧征蓬不忍听，凉风凄婉唤天明。蒙山此夜潇潇雨，泣诉思乡故国情。

夜闻雁兼代内人作

1983年深秋

月光如水泻楼台，嘹唳霜天彻夜哀。莫道雁鸿能传信，千行未带一书来！

沂河晚秋

1983年秋

长河日暮旅鸿哀，烟水迷蒙柳色衰。一唱渔歌惊白鹭，片帆载得月归来。

雨中望家

1983年

漠漠阴云不见家，戍旗风影向南斜。还是年年登高处，淅淅春雨又催花。

春到沂河

1984年春

沂河春水绿悠悠，志向天涯海尽头。千里思乡清泪洒，随波逐浪向南流。

注：本诗作于山东沂源。

春

1984 年

一

海棠花艳半开蕊，欲吐芳心等待谁？翠袖凭轩凝望久，春风又见燕飞回。

二

红湿江南春雨霏，芳枝含泪压低垂。花丛戏蝶成双舞，紫燕穿杨寻伴飞！

三

桃花红映晚霞绯，江水悠悠似绿醅。风袅金丝杨柳岸，春心妒羡燕双飞。

无题

1984 年春

莫问郎君尚未来，春波依旧照亭台。南园一夜潇潇雨，树树桃花噙泪开。

中秋夜代内人作

1984 年中秋节夜

清辉遍洒万家门，影度回廊梦不成。试问中秋团圆月，可曾照见野营人？

中秋夜寄内

1984 年中秋夜

银辉万里照边城，查哨归营夜已深。莫道中秋团圆月，征人眼里是冰轮。

中秋月夜思

1984年中秋

碧海青天转玉盘，举杯共赏万家欢。南楼此夜当思我，不忍抬头望月圆。

又代闺中人而作

1984年深秋

星河惨淡月轮低，喔喔遥闻报晓鸡。坐起披衣无限恨，梦魂刚过玉关西。

夜思

1984年

夜寒风劲雁飞高，万水千山归路遥。彼此牛郎思织女，银河隔岸恨无桥！

赴云南前线作战前济宁市歌舞团慰问送别我师部队

1985年2月

歌舞春风别泪多，千支万曲记心窝。送君勇赴南征路，应把情歌作战歌。

注：本诗作于兖州。

送别出师

1985年

一

汽笛高吹破夜寒，雄师十万下滇南。拼将血染边关土，不使蛮兵片甲还。

二

残月长空雁叫霜，铁衣披露夜风凉。战旗飞卷三千里，明日天涯路更长。

赴云南前线作战别亲人

1985 年 3 月

勿流清泪湿征袍，应洒沙场洗战刀。万里南征皆壮士，春风泗水不萧萧。

注：“风萧萧兮易水寒，壮士一去兮不复还！”出自《史记》荆轲刺秦王，燕太子丹与轲易水送别时所歌。吾今反其意而用之，作此诗赠别亲人与战友。

赴云南前线参战临别赠弟

1985 年 3 月

此去南疆万里遥，征程路险又山高。英雄不洒离别泪，流入红河作怒涛。

天涯人去几时归？别意绵绵泪雨飞。万水千山从此后，梦魂夜夜到边陲。

过伏牛山

1985 年 3 月 17 日晨

峻岭奇峰险壑幽，鹰猿难逾鬼神愁。英雄战士能伏虎，更显军威降伏牛。

军列过汉水

1985 年

角声嘶破雾茫茫，此日飞兵渡汉江。壮志雄心三万里，何愁汉水楚天长。

车过四川

1985 年

战车电掣疾风驰，浩荡南征十万师。旗飞蜀道花千树，一路芳香染甲衣。

军列过峨眉山下遇雨

1985 年 3 月 19 日

汽笛长嘶万壑悲，冷风瑟瑟雨霏霏。峨眉不舍亲人去，深锁阴云未展眉。

注：本诗于本日上午 8 时许作于峨眉山站。

军列夜过金沙江

1985 年 3 月 20 日

战旗南指向天涯，一路春风万树花。滚滚江涛声似鼓，大军此夜渡金沙。

不舍依依绕身旁，碧水金沙别意长。志同道合穿山过，千里相送赴前方。

过成昆线

1985 年

欲上青天有路通，雄师笳鼓撼成昆。南征莫道雄关险，破洞钻山走铁龙。

雄关峻岭锁风烟，屈指征程路八千。横断山高横不断，军车长啸上青天！

入云南三首

1985 年

一

战旗指处险难排，滚滚车轮动地来。南国春风花万朵，竞相怒放为君开。

二

曲曲清歌伴舞裙，鲜花笑脸慰英雄。铁流万里南征路，无限春光是广通。

三

高昂炮口指天低，车挟风雷疾电驰。此去边关三万里，壶浆箪食慰雄师。

过春城随笔

1985 年

边关此去即为家，万里长征路有涯。一夜雄风军列过，春城无树不飞花。

我师过昆明赴路南途中

1985 年 3 月

战旗飞卷锦云裁，一路山花夹道开。恰恰莺啼催燕舞，春风万里大军来。

行军过路南县石林

1985 年

一

路入滇南万木青，春风梳洗玉婷婷。多情最是途边石，百态千姿夹道迎。

二

峥嵘突兀万千姿，拔地擎天志更齐。纵浴春风花不放，肃然列队侯雄师。

炮兵万岁

1985 年

我师首战 5·31，炮火凶猛，给入侵之敌以歼灭性打击，战功卓著，步兵山呼："炮兵万岁！"并受到中央军委通令嘉奖。以诗为记。

仰天长啸吐惊雷，叱咤风云敌阵摧。万岁炮兵倾弹雨，我师首战显神威。

庆 5·31 首战大捷

1985 年

一

纷飞弹雨自天浇，炮火声威卷怒潮。三军杀敌争奋勇，寇兵岂得一人逃？

二

炮声震撼老山坡，敌尸横野血成河。我军不愧英雄汉，初试锋芒奏凯歌。

我师炮阵地速写

1985 年

滚滚烽烟月色寒，千门火炮镇边关。南疆有我雄师在，何虑蛮兵犯老山？

麻栗坡县城一瞥

1985 年

一

硝烟浓雾暗边城，楼壁依稀有弹痕，十里街衢何所见？戎装成服半军人。

二

浓云重雾锁山城，道路崎岖有弹坑。铁甲长驱征战地，烽烟万里任驰骋。

战地之花

1985 年

一

勇捍南疆不顾身，誓与阵地共亡存。两山炮火耕耘遍，三月花开带血痕。

二

南疆芳草碧萋萋，遍野山花挺秀姿。非是秋风吹不落，英雄血沃化春泥。

三（老山兰）

自任硝烟弹雨来，扎根焦土亦能栽。兰花有爱情高洁，长共英雄战地开。

注：战地之花三首诗入编 1986 年山东人民出版社出版的《猫耳洞诗选》。

战地花开分外香

1985 年

一

嫣然含笑绽芳红，万种风姿色不同。无限春心羞吐露，天香独献大军闻。

二

嫣红姹紫一丛丛，国色天香罕见闻。曾是英雄流血处，花开四季慰忠魂。

阵地杜鹃花

1985 年

炮火熏陶弹雨浇，嫣红姹紫竞妖娆。杜鹃自染英雄血，岁岁花开百战壕。

组诗　云南路南石林采风

1985 年 7 月

石林群

凛然崛起指苍穹，万树萧森巨石群。崭露峥嵘惊世界，若非鬼斧即神工。

南天一柱

曾经沧海变桑田，风雨骄阳担在肩。勇率千峰挺脊骨，高原赖以柱南天。

剑锋池

龙泉倒挂剑池边，出鞘寒光试石坚。碧水一泓通地脉，锋芒淬利刺青天。

望峰亭

百丈高亭检阅台，石林树树栋梁材。奇峰天下知多少？尽向路南云集来。

万年灵芝

莫道灵芝世所稀，焉知石化更神奇。滇南红土能繁育，万古千秋第一支。

唐僧石

名垂千古一高僧，西取真经度众生。赤县今朝皆乐土，欣然立作导游人。

阿诗玛石

石化坚贞盼爱情，千年风雨立娉婷。奇峰独秀风流地，永为人生树典型。

母子偕游

步步搀扶赴此游，凄风冷雨自温柔。青山铸作慈母爱，谁道无情是石头？

石林湖大观

源自瑶池碧水长，翠峰出浴竞梳妆。悠悠引诱青天月，濯洗湖波泛异香。

登昆明西山龙门

1985 年 7 月

高锁烟霞出世尘，凌霄万古盼来人。江山代谢龙飞去，喜看寻常百姓登。

龙门怀古

1985 年 7 月

绝壁依稀有血痕，天梯高筑入云层。江山惊叹龙门壮，原是民工手凿成。

西山龙门

1985 年 7 月

横空出世话龙门，石栈云梯认凿痕。更喜南天垂夜幕，与君信手摘星辰。

咏昆明大观楼长联

1985 年 7 月

一

高楼雄峙漾湖光，千古名联第一长。叹咏西南天日丽，滇池碧水共流芳。

二

长联绝唱冠神州，无限风光汇此楼。花绽春城春似锦，春波荡尽古今愁。

登大观楼

1985 年 7 月 15 日

将还前线我登楼，炽热情怀为国忧。历史凭栏回首望，赴汤蹈火勿回头。

昆明西山聂耳墓

1985 年 7 月

一

倾尽胸腔血谱成，九州同唱国歌声。英魂归葬西山土，站起中华亿万人。

二

松涛万顷奏雄风，有幸西山葬此人。一曲壮歌曾唤醒，人民血肉筑长城。

三

曾惊世纪动心弦，唤醒斯民万万千。喜看今朝人十亿，新长征路续新篇。

四

短暂人生二四年，花丛拥抱伴长眠。壮歌奏响风雷动，唱出中华丽日天。

飞车过炮火封锁线

1985 年 5 月 30 日

雾锁征程铁甲寒，隆隆炮火撼关山。飞车驶过生死线，何惧人间行路难？

我师炮阵地速写

1985 年

一

盘旋高路入云间，林木青苍万仞山。铁铸雄关龙虎卧，门门炮口指天南。

二

云遮雾锁暗征途，铁甲追风赛的卢。炮火光照盘肠路，硝烟滚滚送行车。

南疆战地春光

1985 年

炮火硝烟度岁华，横戈万里戍天涯。枪声惊断南飞雁，爱我红棉树绽花。

记 211 高地争夺战，并赠 595 团战友

1985 年 6 月 15 日

炮火雷鸣号角悲，枪林弹雨血纷飞。千军殊死争高地，自是英雄战骨堆！

211 高地争夺战异常惨烈，敌我双方伤亡之大均超乎预想，赋诗以记

1985 年

头颅舍弃夺山头，不使中华寸土丢。血洒盘龙江水涨，红波滚滚向南流！

赠 199 师、138 师战友

步炮兵师巧协同，争先杀敌竞英雄。死生沐浴硝烟里，共把军旗血染红。

我军大炮掩体

1985 年

默默无声掩翠微，绿荫深处孕风雷。随时怒向南天啸，直捣黄龙敌阵摧！

为战争之神——我师大炮画像

1985 年

一

烽火弥天烈焰飞，耽耽虎视卧边陲。关山万里钢铁铸，吞吐风雷壮国威。

二

怒指南天扼险关，戍边有我铁门闩。默然久蓄千钧力，待发雷霆杀敌顽。

战地女文艺轻骑兵特写　八首

1985 年

一

英姿飒爽蹈烽烟，跃马征程路八千。妙舞清音歌战友，青春花绽最前沿。

二

烽烟战火照英姿，阵地巡回演出时。习习春风随舞袖，歌飞焦土孕生机。

三

硝烟袅袅荡余音，一曲清歌无限情。人民重托君莫负，尽忠报国树雄心。

四

歌声婉转诉深情，十万征人热泪噙。滚滚硝烟吹不散，雄关峻岭静倾听。

五

一片丹心曲万支，欣闻燕啭似莺啼。飞歌震撼关山动，不绝余音绕战旗。

六

前线军人是楷模，气吞骄虏壮山河。声声自把英雄赞，万曲千歌不觉多。

七

一声声似诉相思，妙手弹琴艺绝奇。战地雄兵三十万，心弦谐振泪啼啼。

八

悠扬舒缓亦情柔，曲引甘泉脉脉流。一洗战尘滋焦土，清波送爽注心头。

听唱《边疆的泉水清又纯》

1985 年

口渴喉焦激战余，阵前野草亦烧枯。歌唱清泉流碧水，似饮三江吮五湖。

炮阵地观演出

1985 年

歌飞袅袅白云飘，无限深情送战壕。万炮静听皆俯首，雄心犹自孕狂飙。

为女战友画像

1985 年

一

一卸红妆敌万夫，金戈铁马赴征途。春风三月神州路，玉貌花颜总不如。

二

不施脂粉不簪花，披甲顶盔卫国家。壮丽青春花样美，沙场立功胜男儿。

三

谁信英雄是女孩？历经战火凯旋来。洗却征尘钢盔下，一朵红莲笑靥开。

四

铁色钢盔掩丽姝，艳惊雁落亦沉鱼。戎衣迷彩藏春色，百万军中女丈夫。

五

一代风流捍老山，硝烟炮火艳红颜。自从前线归来后，不敢有人夸木兰。

六

戎装英武妒须眉，欲立军功比壮伟。头顶钢盔含笑靥，山花岂敢斗妩媚？

洗征尘

1985 年 8 月

战地归来可爱人，银河流淌唱歌声。潺潺碧水情无限，抚慰刀瘢洗血痕。

注：看前沿阵地战友归后方，就瀑布洗浴其乐无穷，有感而作。

战地情思

1985 年

炮火声中何处家？音书远阻滞天涯。烽烟望断飞鸿影，泪洒红棉凝血花。

祝贺我师红棉诗社成立

1985 年

炮火硝烟百战场，笔耕焦土播诗行。一腔热血勤浇灌，战地花开分外香。

换装迷彩服

1985 年

山河锦绣一身披，不为灯红酒绿迷。祖国春光凝五彩，赴汤蹈火不迟疑。

炮兵万岁

1985 年

火龙万道挟惊飚，地塌山崩越寇嚎。前线步兵呼万岁，战神威猛最功高！

战地中秋夜听“十五的月亮”

1985 年

袅袅琴音如诉多，中秋圆月照关河。滂沱雨下征夫泪，原是听君一曲歌！

战地中秋夜有感

1985 年

一

卫国守边热血儿，中秋此夜倍思家。边关月色凉似水，万里银辉镀铠甲。

二

四海为家久成人，更逢佳节念亲朋。此夜婵娟人万里，皎皎圆月一孤轮。

三

浴血边陲故国心，青天北望泪盈盈。诗情勃发硝烟里，烽火南疆共月明。

四

舍生忘死卫神州，汗血流倾泪不流。千里边关明月夜，隆隆炮火度中秋。

五

遥望乡关涌泪花，此身报国戍天涯。中秋月似金樽满，流泻琼浆十亿家。

思乡曲

1985 年

相思如水日悠悠，烽火弥天隐素秋。泪洒寒江流不尽，关山千叠耸新愁。

听唱《望星空》

1985 年

惯听枪炮哪闻歌？浴血南疆恶战多。一曲“望星空”未了，雄兵十万泪滂沱！

听笛奏《一条大河》

1985 年

一条大河波浪阔，白帆云影共悠悠。纤纤玉指红檀口，碧水潺湲笛孔流。

相思树

1985 年

边关久戍盼归期，风雨南疆路望迷。无限相思无处寄，深红累累压低枝。

代内人作

1985 年

孑然孤影照寒灯，风雨潇潇落叶声。魂系边关情万里，相思彼此梦中人。

关山月

1985 年

歌声唱响炮声停，袅袅硝烟送笛音。举头自爱关山月，皎皎一样故乡明。

月夜闻笛

1985 年

边关月夜笛悲歌，戍客凄然泪洒多。似诉乡音情脉脉，盘龙江水不扬波。

野望

1985 年

只身万里戍边州，烽火狼烟不觉秋。泪尽相思流不尽，盘龙江水日悠悠。

中秋夜(组诗)

1985 年

一

回望神州是故乡，相思如海路茫茫。银河浩淼流天际，怎及嫦娥思念长？

二

玉露金风明月光，中秋桂树夜飘香。后羿把酒青天问，是否姮娥思故乡？

三

花开桂树夜来香，遥恋后羿思故乡。独步蟾宫携玉兔，良辰谁与共芬芳？

四

广寒月窟夜风凉，桂树花开玉露香。岁岁嫦娥无七夕，何如织女共牛郎？

五

雁阵惊寒醒梦魂，碧天如水望纤云。天南地北人千里，情系巫山有梦同。

边关夜

1985 年 11 月

遥戍南疆岁月长，烽烟弥漫路莽莽。故乡万里难归去，炮火催人入梦乡。

秋日阵地速写

1985 年

西风不度老山高，秋日南疆草未凋。猎猎军旗翻血色，弥天战火共燃烧。

595团战友述211高地血战

1985年

君从死亡线上回，痛说前沿泪雨飞。百孔千伤穿盔甲，战旗血染更生辉。

登老山主峰

1986年2月22日

滚滚硝烟战火烧，老山固锁国门牢。英雄战士峰巅立，五岳三山不及高！

注：本诗作于老山主峰。

烈士陵园即景

英魂万里未还乡，血沃边关草自芳。此夜高堂华发母，梦中亲切唤儿郎。

真实的一幕

1986年清明节，战斗英雄张大权烈士的妻子携女儿到麻栗坡烈士陵园扫墓。其女尚小，不谙世事，在妈妈祭奠之际，她在一旁玩耍追逐蝴蝶。此情此景，无不令在场的人为之动容。

两行清泪湿罗裳，一炷心香思念长。稚女天真诚可爱，陵前捉蝶采花忙。

凯旋怀战友

1986年

同是春闺梦里人，同车万里赴南征。骨埋边土成碑界，永为中华守国门。

清明节前夕告别麻栗坡烈士陵园

1986年清明

哀乐声中奏凯还，却留忠骨葬边关。清明连日潇潇雨，天祭英魂泪不干。

凯旋前祭别烈士陵园

1986年

一

班师未见凯歌归，不朽英名镌墓碑。永伴界碑南疆立，共肩风雨守边陲。

二

伴奏凯歌哀乐悲，清明雨共泪纷飞。英魂拥抱红土地，永守边关护界碑。

祭麻栗坡烈士陵园随笔

1986年

倾吐芳馨色亦浓，曾经炮火细耕耘。鲜花长伴英雄梦，开遍春山是血红。

前线女文艺轻骑兵

1986年

勇蹈烽烟跨铁骑，芳心自爱绿征衣。沙场开辟歌舞地，乐曲飘飞护战旗。

擦炮弹

1986年

硝烟弥漫暗天光，怒火惊雷出炮膛。激战无暇休片刻，忙为敌寇备"炊粮"。

阵地野餐

1986 年

百战沙场岁月长，风餐露宿卫南疆。苦中细品甜滋味，炮火烹调饭菜香。

新娘子军

1986 年

一

跃马征程万里遥，芳心飞逐战旗飘。女儿亦有英雄志，力挽强弓射大雕。

二

英雄自有女儿家，忘死舍身卫吾华。炮火硝烟留倩影，腥风血雨亦开花。

三

歌声清婉暗香随，情诉硝烟战地飞。当代木兰花俏丽，枪林弹雨绽春蕾。

战地听女琴手弹琴

1986 年

一

纤纤素手拨丝桐，乐奏音符扫战云。赤胆忠心皆共振，女儿胜敌万夫雄。

二

遍吹战地似春风，意切情深曲动人。万壑千峰遥呼应，隆隆炮火伴歌声。

三

烽火南疆是舞台，戎装英武换裙钗。频挥素手风雷动，十万军声弦上来！

四

征衣换得女儿妆，踏遍边关演出忙。曲曲清歌硝烟散，声声飞送百花香。

五

硝烟滚滚润歌喉，血染征衣无怨尤。百战疆场夸女杰，征尘敷面亦风流。

成都军区战旗文工团慰问伤员

1986年

一

丹心谱曲诉情深，慰问英雄可爱人。旋律飘飞流血止，歌声自可瘉伤痕。

二

琴弦筝柱起风云，激励三军丧敌魂。伴奏硝烟声自远，花前月下不曾闻。

老山兰

1986年

腥风血雨任摧残，洁白芳心赞玉兰。炮火硝烟开不败，誓将春色献边关。

战地即景

1986 年

一

曾经战火半枯焦，血沃西风草未凋。雾涌云飞关塞壮，山花红映战旗飘。

二

百战壕边野草花，春风万朵艳红霞。幽香飘逸硝烟里，绽放英雄战士家。

成都军区战旗歌舞团赴我部慰问

1986 年

舞姿妙曼蹈烽烟，炮火迎新辞旧年。冲破重重封锁线，战歌飞送最前沿。

猫耳洞速写

1986 年

山花野草掩丘墟，地下长城构筑殊。铁骨钢筋猫耳洞，风云际会虎龙居。

南疆杜鹃花

1986 年

饱经战火壮诗行，碧血滋开吐异香。一夜春风吹阵地，征衣十万染芬芳。

平远机场战机起飞

1986 年

一

天路云程霹雳歌，扶摇直上护山河。雄心赤胆凌云志，万里长空利剑磨。

二

钢铁鲲鹏举翼飞，雄风骤起响惊雷。扶摇万里凌云志，搏击苍穹壮国威。

攀枝花亦称英雄花

1986年春

英雄树自爱英雄，戍守南疆壮志同。铁骨铮铮情似火，枝枝高举战旗红。

战地木棉

1986年

一

怒放春风似火燃，高枝争共战旗妍。凭君莫问群芳谱，花里英雄是木棉。

二

威镇边关伴我同，植根焦土亦英雄。饱经战火硝烟后，铁骨虬枝绽血红。

三

曾经炮火孕新蕾，百战壕边风雨摧。树树红棉凝血色，花开岁岁报春回。

映山红开遍山野的四月，我军撤离战区

1986年4月27日

一

百战南疆奏凯归，雄师自伴暗香随。春风吹绽花遍野，万朵红

云夹道飞。

二

车轮滚滚响春雷，喇叭长鸣捷报飞。又是山花开满路，炮车牵引战神归。

思念

1986 年

一

春心如水日悠悠，银汉无声静夜流。脉脉情深思彼岸，君为织女我牵牛。

二

银河浩瀚浪滔滔，风雨归期魂梦遥。彼此牛郎思织女，望穿秋水盼舟桥。

映山红花

1986 年

一

捐躯报国是英雄，血洒南疆沃土中。岁岁春风能唤醒，花开遍野映山红。

二

英雄血染寸心丹，独向春风露笑颜。烈火硝烟何曾惧？年年如约绽滇南。

注：每年的三四月份的云南，是映山红盛开的季节。

凯旋至平远街

1986 年

军乐声中奏凯还，战车披彩过雄关。春风云岭三千里，遍野山花绽笑颜。

我师炮车驶入文山州凯旋门

1986 年

仰天炮管壮山河，锈迹斑斑百战多。威震南疆惩敌寇，今朝高奏凯旋歌。

凯旋军车过剑门关

1986 年

百战归来可爱人，巴山夜雨洗征尘。凯歌高奏青天外，汽笛长鸣破剑门。

军列过嘉陵江

1986 年

汽笛长鸣送别歌，嘉陵碧水泛柔波。凯旋军列从今过，烽火南疆入梦多。

写给凯旋之夜的我军 199 师 595 团

1986 年

白日鏖兵夜枕戈，昔曾铁马渡红河，凯旋门下千军过，不足南征一半多。

悼念在对越作战牺牲的女兵

1986 年

一

南国青山葬鬼雄，萋萋芳草似罗裙。芳容永共花争艳，岁岁春风染血红。

二

红妆卸去着戎装,铁甲钢盔赴战场。泪洒英魂埋葬处,萧萧边草亦飘香。

三

舍生忘死赴南疆,热血满腔洒战场。玉貌花颜埋葬地,边风万代亦流香。

四

戍边为国是英雄,虽死犹生百战功。焦土难埋青春色,杜鹃花似玉颜红。

五

青春投笔即从戎,玉陨香消作鬼雄,碧血南疆抛洒地,杜鹃花染战旗红。

凯旋归来我师军列驶出昆明东站

1986 年 5 月 27 日下午

烽烟两载戍天涯,百战疆场即是家。此日班师同奏凯,春城万树尽飞花。

军列过昆明有感怀念牺牲战友

1986 年

短暂青春报国家,英灵永远戍天涯。悲伤莫过滇池水,浪涌春风吐白花。

凯旋泣别牺牲战友

1986 年

长车万里赴滇南，高奏凯歌君未还。血沃边陲春色染，埋将铁骨铸雄关。

凯旋

1986 年

出生入死赴征途，浴血南疆一岁余。炮火硝烟经百战，春风送我凯旋车。

编辑战地诗歌

1986 年

青春流逝逐江河，回首征程历险多。铁马金戈驰战火，一腔热血赋诗歌。

军列过成昆铁路隧道

1986 年

越岭穿山钻洞隧，奔驰万里挟风雷。兵车尽染硝烟色，百战雄师奏凯回。

回师军列入川　清晨抵成都站

1986 年 5 月 29 日

屡破蛮兵鬼哭哀，雄风万里入川来。濯锦江边花千树，竞艳争芳一夜开。

凯旋途中经停嘉陵江

1986 年

江波清澈洗征衫，照影雄师奏凯还。告慰亲人惩敌寇，从今不敢犯滇南！

欢迎群众为我师炮车佩带红花驶入凯旋门

1986年

烽火南疆征路遥，班师奏凯盼今朝。炮车轮挟英雄气，高插花红指碧霄。

迎客松

1987年7月

舒臂欢迎四海宾，虬枝铁杆故人情。玉屏千仞真容见，早已相知在画屏。

黄山卧龙松

1987年7月

云海苍茫漫碧空，奇峰胜却水晶宫。苍龙不肯归沧海，拥抱黄山作卧龙。

黄山送客松

1987年7月

位屈南峰远玉屏，风霜千载不图名，任他雾卷云飞去，眷恋依依送客情。

黄山梦笔生花

1987年7月

一

山峭松奇志向高，生花妙笔蘸云涛。毫锋直指青天外，欲把蓝图绘九霄。

二

纵是生花亦枉然，流云泼墨几多年？我今欲借凌霄笔，书写豪情壮志篇。

三

空指云端未写篇，天风海雨送流年。名山有待诗人到，始见奇花绽笔尖。

黄山人字瀑

1987 年 7 月

银河倒挂泻飞流，气挟风雷撼九州。大写伟人昭万世，高山人品共千秋。

黄山瀑布

1987 年 7 月

穿岩破石不辞劳，舍却黄山名位高。千里风尘同众水，奔流大海作波涛。

黄山天都峰

1987 年 7 月

吞吐烟云气象殊，擎天拔地势危孤。异峰突起三千仞，直上九重玉帝都。

猴子观海

1987 年 7 月

悠经风雨阅沧桑，独坐峰巅岁月长。何必遥天空望海？黄山壮美即家乡。

黄山索道

1987 年 7 月

钢绳飞系万山丛，仙境人间一线通。幽壑奇峰拂面过，尽情饱览八分钟。

蓬莱三岛

1987 年 7 月

三峰并峙逼瑶台，碧玉芙蓉天际开。惊喜黄山佳绝处，寻仙何必去蓬莱？

黄山云海

1987 年 7 月

松涛呼啸卷云涛，一片葱茏转瞬消。万壑千山沉瀚海，诸峰散作海中礁。

携幼女骏原攀天都峰后有感

1987 年 7 月

远望天都胆自寒，石阶高插彩云间。七龄幼女登峰后，何畏人生行路难？

黄山莲花峰

1987 年 7 月

悠然鹤立望天涯，云海茫茫何处家？高插九霄神圣地，石峰奇绽碧莲花。

咏飞来石

1987 年 7 月

五岳三山算几何？黄山万象尽包罗。于今还借他山石，添作奇观又一多。

晚浴黄山温泉

1987 年 7 月

造极登峰尽兴游，黄山谷底更清幽。为迎远客风尘洗，奉献清泉涌热流。

黄山北海

1987 年 7 月

巧夺天工景一盆，风光万象醉游人。高山何故名称海？峰卷流云作浪腾。

始信峰

1987 年 7 月

天外三峰竞峭峣，云飞北海卷松涛。风光无限优游处，始信山名不在高。

黄山大观

1987 年 7 月

云飞雾卷幻千姿，水碧松青石更奇。踏遍名山谁匹比？游人无不恨来迟。

黄山日出

1987 年 7 月

千仞青葱立玉婷，霞飞云绕似含情。一轮喷薄彤彤日，倾吐黄山爱恋心。

同行人黄山合影留念

1987 年 7 月

远寻仙境赴徽州，仰慕黄山结伴游。无限风光留记忆，山门合影照千秋。

接转业通知有感

1987 年 12 月

南疆征战凯旋回，今脱戎装解甲归。从此故乡明月夜，梦魂依恋战旗飞。

告别炮兵第十二师

1988年1月

一

血迹斑斑染战旗，弹痕累累洞征衣。南疆炮火硝烟散，百万裁军有我师。

二

喜庆班师奏凯歌，南疆百战血成河。旌旗指处边烽静，壮士归来转业多。

转业离队

1988年1月

脱下军装着便装，帽徽领章共珍藏。痴心永恋征衣绿，荣耀今生扛过枪！

秋日蒙山

1988年

日暮秋深勿感伤，蒙山秋色胜春光。历尽风雨严霜后，晚叶飘红醉夕阳。

在列车上望我部队原营房旧

1988年

辕门夕照暮鸦啼，衰草寒烟路已迷。昔日屯兵龙虎地，于今何处觅雄师？

五·三〇战斗两周年回忆

1988年

炮火弥天弹雨飞，车轮滚滚卷风雷。深情每忆边关路，魂系南疆未肯归。

清明节祭父亲

1988年清明

香烟袅袅寄哀思，天上英魂孰可知？一夜春风吹大地，梨花飞雪树灵旗。

去苏州虎丘路上游人如织

1988年9月

彩裙飘逸道清悠，一路香风到虎丘。千古高塔能作证，当今人物最风流。

虎丘剑池

1988年9月

凛然剑气在何方？千载诗书论短长。昔日刀枪埋葬处，红颜花影共争芳。

拙政园

1988年9月

几曾幽径觅仙踪，浓缩春光小苑中。非至此园终不信，人间妙手夺天工。

狮子林

1988年9月

似梦琼瑶仙境开，奇山秀水是移来。塑雕历史人民手，秋色春光任剪裁。

姑苏城特写

1988年10月

依语吴歌逐浪花，小桥流水万人家。烟花柳巷通津渡，欲上星河自有槎。

苏州园林

1988年10月

树树啼莺彩蝶飞，千门万户掩芳菲。春光天下知多少？尽向姑苏锦绣堆。

苏州寒山寺枫桥

1988年11月

一

雨涤风吹岁月遥，多情碧水泊帆篙。乌啼月落钟声里，横跨江南第一桥。

二

西风落叶自萧萧，虹跨霜天寒夜潮。千载诗魂长系缆，争相翰墨泼枫桥。

寒山寺钟声

1988年11月

一

暂泊枫桥诗兴浓，征程放眼路无穷。警钟时在心头响，夜半何须撞此钟？

二

霜染寒山叶又红，枫桥冷月古今同。张君绝唱歌千载，愧我空闻夜半钟。

题岳飞墓

1988年10月

直面深湖恨亦深，英灵不死默无声。千秋永并青山立，论及功高是岳坟。

钱塘江潮怀伍子胥

1988年秋

冤魂千古浪难埋，风卷惊涛动地哀。不尽钱江家国恨，中秋每挟海潮来。

眺钱塘江

1988年10月

流长源远接瑶台，雪浪波花映日开。千帆驶过江天阔，迎送宾朋四海来。

孤山秋瑾墓

1988年10月

万顷波光映太虚，青山无语对明湖。一从侠女魂归后，自此孤山永不孤。

六和塔眺钱江

1988年秋

江鸥帆影共飞翔，浪涌波光泛雪光。塔势凌霄开望眼，西湖风景逊钱塘。

西湖苏小小墓

1988年秋

一

岸柳青丝袅万条，湖滨净土暗香飘。幽魂归葬桥西路，菡萏花开此处娇。

二

天涯何处觅芳踪？西泠桥边驻玉骢。不见幽兰啼露眼，芙蓉万朵是香魂。

杭州陆游巷偶得

读陆游“小楼一夜听春雨，深巷明朝卖杏花”诗句有感

1988 年 10 月

一

高楼林立市繁华，古巷幽深曾是家。春满杭州何待雨？民心欢乐自开花。

二

古巷千年路径斜，桂花香透万人家。满城少女春风面，笑靥常开红杏花。

西湖诗稿　西湖十景

1988 年 10 月

一　断桥残雪

柳拂长堤未断桥，游人笑语话今朝。千年雪化冰消后，倩影玲珑卧碧涛。

二　平湖秋月

丹桂香飘拂面怀，乘风勿是到瑶台？湖光万顷明似镜，只待仙姬照影来。

三　三潭映月

玉宇琼楼不胜寒，风光无限在人寰。月明三五中秋夜，诱得嫦娥下碧潭。

四　苏堤春晓

踏遍神州万里游，西子湖畔不知秋。多情最爱苏堤柳，曳袖牵衣欲挽留。

五　曲院荷风

秋风日渐损残荷，但有笙歌漾碧波。不见西湖风色减，红裙翠袖舞仙娥。

六　柳浪闻莺

荡拂湖波袅袅青，千丝万缕故人情。欲觅春光何处去？还须柳浪问啼莺。

七　花港观鱼

香风吹拂遍天涯，绽放清波四季花。笑靥罗裙争照影，滢滢碧水是鱼家。

八　雷峰夕照

千年历史去匆匆，风雨雷峰塔已倾。依旧落霞湖尽染，青山更喜夕阳红。

九　南屏晚钟

日暮清悠响翠微，一声声似唤人归。南屏莫道钟声晚，万里长征战马催。

十　双峰插云

代表名山立岸边，双峰碧水竞争妍。风流尽被西湖占，直插青霄另辟天。

太湖拾零

1988 年秋

芦湾

烟波万里赴江南，浪洗长空心自闲。壮志临风君莫问，扁舟一叶钓芦湾。

三山映碧

玲珑点翠望三山，四面悠悠碧水环。独占烟波十万顷，不知天上是人间?

远眺三山

烟涛浴洗玉玲珑，黛影波涵映碧空。海外三山何处觅？天风吹落太湖中。

太湖记游

柔风轻浪送飞舟，万顷湖光任遨游。绿水摇漾三山翠，波心绣出小瀛洲。

无锡蠡园相传系范蠡与西施最后隐居地

1988 年 10 月

湖山千古记功高，水涤吴天杀气消。一叶西施风共雨，烟波万顷任逍遥。

夜思

1988 年 11 月

一

孤影青灯月半残，夜寒风劲袭罗衫。相思难寐人千里，翠袖红巾拭泪干。

二

山长水阔阻归期，浩瀚银河怨别离。碧海青天明月夜，寒衣风露立多时。

三

诗词唱咏意情浓，雨润桃花再度春。又是清风明月夜，星空遥望与君同。

四

帘卷西风落叶秋，巫山魂梦两悠悠。相思彼此银河岸，织女牛郎盼渡舟。

紫藤花组诗（八首）

1989 年 4 月 20 日

沭阳县政府院内，有一株紫藤树，古朴苍劲，枝叶扶苏，春荫覆地，紫花缀珠，充满勃勃生机。此树为清代学者袁枚任沭阳县令时亲手所植，树龄已近 200 年。日前被定为淮阴市重点历史文物予以保护。

一

树人树木作先师，春到人间披绿衣。老树百龄心未老，欣逢喜雨发新枝。

二

饱经风雨郁葱葱，远送天香九域闻。翠叶凌霄书青史，紫藤花下话袁公。

三

枝繁叶茂植根深，岁岁香风满沭城。名共青藤同不朽，绿荫蔽护后龄人。

四

绿叶披风舞彩云，百年老态立姿雄。春风又绽花万朵，新枝高举日彤彤。

五

崛起龙姿沭水旁，久经风雨战冰霜。幽花似述谁人种，竞向春天吐异香。

六

遥送花香遍沭城，青春几许问年轮？民心阅尽沧桑事，人品高风仰古藤。

七

叶茂枝繁亲手栽，莺歌燕舞蝶飞来。诗魂千古难埋葬，豪气催花岁岁开。

八

未负青天日月光，几经落叶问风霜。沧桑阅尽根须壮，又吐新蕾国色香。

桃花感赋

1989年春回母校华冲中学，时值桃花盛开，然已物是人非。触景生情，百感交集，不能自已。因受唐人崔护“人面不知何处去，桃花依旧笑春风”之句激发，循其韵，催作七绝数首。

一

遗恨绵绵语未通，嫣然含笑百花丛。铁骑踏遍天涯路，万紫千红不是君。

二

几度严霜几历冬？芳枝又绽露华浓。返乡千里春风路，愧对桃花粉面红。

三

万里雄风跨铁骢，几曾幽梦觅芳魂？残花半谢青春老，泣血题诗悼落红。

四

灼灼花前忆笑容，春风无语愧逢君。桃花替我深情诉，热血满腔心是红。

五

一点灵犀互感通，芳菲时节倍思君。春风朵朵桃花艳，应是心头血染红。

六

余在云南前线看到木棉花开有感

关山迢递梦难寻，绚烂花容疑是君。曾问春风开几朵？南疆痴望木棉红。

七

金戈铁马伴青春，远戍南疆追忆君。沐浴硝烟迎战火，木棉花艳似桃红。

八

心有灵犀信未通，关山月夜梦桃红。青春流逝情未老，不绝绵绵思念中。

无题

1989 年

一

漠漠阴云淡淡愁，银河横隔不通舟。秋风似诉离情苦，冷雨潇潇作泪流！

二

江流夜静水如霜，江水何如情更长？雾隐蓬山云缥缈，幽花只在梦中香！

沭河酒

1989年10月

一

扬名四海动京华，飘逸天香十亿家。沭水腾波人共醉，飞觞欲饮绽心花。

二

赢得铜牌载誉来，故乡喜庆宴重开。万盏千杯心未醉，他年更望夺金牌！

注：此诗发表在1989年12月17日《沭阳经济报》。

沭河三座新桥如长虹卧波

1989年10月

绿树红楼映碧波，飞虹披彩跨长河。悠悠沭水穿城过，流淌人间欢乐多。

写诗心得

1990年1月

诗坛仰望苦登攀，不倦孜孜从未闲。三十余年风共雨，作人更比作诗难。

与市公司人事部门同志赴涟水五岛公园记游

1990年5月15日

一

潋滟春波染翠洲，瑶池欲比欠风流。一从五岛园游后，未负人生三十秋。

二

楼台亭榭漾波光，岸柳垂丝秀发长。风韵若何比西子，天然姿色未梳妆。

三

湖光千顷自清悠，荡涤风尘与客愁。惊喜蓬壶三岛外，波心涌出五瀛洲。

四(合影留念)

同舟同志亦同游，春水潆洄五岛舟。仙境人间何处觅，瑶池照影自风流。

青岛记游

1990年7月

小青岛

独占名区得胜名，海波洗染色青青。银盘托出双螺黛，绝胜君山浴洞庭。

青岛栈桥

1990年7月

谪贬重霄志未消，银河曾跨浪滔滔。挺身更向天涯渡，横绝烟波是栈桥。

青岛水族馆

1990年7月

青岛海滨分外娇，蕴藏水产更丰饶。琼楼玉殿波中起，虾蟹鱼龙戏碧涛。

观水族馆

1990年7月

四海奇珍何处寻？包罗万象水晶宫。鱼龙亦恋青青岛，嬉戏此间图画中。

崂山龙潭瀑布摄影

1990 年 7 月

溅雪喷银月色寒，玉龙天降下龙潭。飞流濯洗千峰秀，四海扬名第一山。

题沭城街心雕塑

1990 年 10 月

沈括塑像

一

民心景仰塑前贤，水患根除人胜天。千古沭河流碧玉，润滋沃野孕丰年。

二

奋笔耕耘数十秋，人将碑石塑风流。梦溪沭水源泉远，一片丹心巨著留。

骏马腾飞

昂首扬鬃破枥门，蹄声击鼓赴长征。追风神骏腾空起，引领中华十亿人。

石榴仙子

丹心碧血玉无瑕，石榴仙姬貌似花。袖舞春风归故里，沭河两岸落红霞。

小女降生取名诺亚

1991 年 1 月 15 日

一声啼喊胜诗章，喜诞新生命力强。诺亚方舟前路远，长风破浪满帆航。

骊山华清池温泉

1991年10月

一

山势高巍水亦长，皇恩赐浴玉肌香。人民多少辛酸泪，流向华清涌沸汤！

二

汩汩泉流脉脉情，天姿出浴体肤滢。一泓碧水千秋镜，光照人寰鉴古今。

骊山烽火台

1991年

曾因一笑举烽燧，社稷江山付劫灰。幽花似诉亡国恨，秋风不肯谢芳菲。

车过潼关

1991年10月

三秦门户话潼关，石壁萧森切断山。莫道天工能设险，飞车任我自由还。

题白居易墓

1991年10月

一

生花妙笔字珠玑，长恨歌吟琵琶词。千古佳篇谁续写？香山盼我到来时。

二

如椽巨笔诉民忧，忍看荒坟草木秋。自有诗篇昭万世，悠悠伊水共风流。

三

青山头枕作长眠，魂系中华自乐天。诉尽千秋民疾苦，潺潺伊水诵诗篇。

黄河

1991年

长河悠远接天流，织女牛郎盼渡舟。浩瀚风波三万里，千秋泻泄几多愁？

车过原我师司训队营房

1992年春

野花寂寂草萋萋，路隔车窗远望迷。豪气依然腾故垒，曾经劲旅驻旌旗。

祝贺沭阳沂涛酒厂与双沟酒厂联营

1992年7月15日

一

同心思富是源头，沭水双沟一脉流。共倾血汗成佳酿，远送醇香遍五洲。

二

血脉相连手共携，同谋发展遇良机。酿造人间琼玉液，香飘天外醉瑶池。

祝贺沭阳新沂河大桥复线通车

1992年

一

四化征程捷报多，人民妙手改山河。双虹并挽滔滔浪，沂水长流跃进歌！

二

人民翘首仰飞虹，天堑龙腾国脉通。万里长征宏图展，双桥并峙竞争雄。

三

长虹飞架半凌空，不尽车流气势宏。横绝惊波三千里，斯民应诧鬼神工。

四

锦绣河山展画屏，故乡容貌日更新。一桥重载车万辆，千里狂波即此平。

注：以上四首诗发表在 1992 年《沭阳报》。

沭阳建设新貌

沭河

1993 年

流长源远接天河，沭水穿城漾绿波。桥架飞虹垂倩影，潺湲日夜唱新歌。

电视高塔

1993 年

敢同日月竞争高，铁骨铮铮耸碧霄。发射电波连万户，荧屏光璨画图娇。

沂淮铁路沭阳段通车

1993 年

电掣风驰喜讯来，飞车千里跨沂淮。高歌迈步长征路，铁道先行奋进开。

城北公园抗中纪念塔落成

1993 年

先驱抗战奠基牢，血浴雄姿出九霄。广厦连云争竞起，万民共仰塔崇高。

泛舟城北公园湖面

1993 年

天赐瑶池水一潭，画桥烟柳拂雕栏。春风邀我轻舟泛，荡漾柔波开笑颜。

沭阳中学教学楼落成

1993 年

沃土丰饶沭水阳，育英兴学振家邦。园丁几代含辛苦，接力培栽国栋梁。

过我师炮兵第 15 团防山营房

1994 年春

一

败叶飘零野草花，西风残照夕阳斜。昏鸦破垒啼枯木，曾是军营战士家。

二

断壁残垣噪暮鸦，营门疏柳晚风斜。昔年战友当无恙，海北天南何处家？

三

落日余晖铁壁墙，耕夫遥指旧营房。曾经虎旅鏖兵地，花自凋零草自芳。

四

萋萋野草发幽香，古木萧疏隐夕阳。风雨残墙犹铁壁，征人认得旧营房。

注：1994 年途经我师炮兵 15 团防山营房，因部队精减整编，营房移交地方，年久失修，无人居住。面对一片破败不堪景象，百感交集，不禁潸然泣下而作此七绝四首。

赞五朵金花

1995 年春

芳馨远播遍天涯，斗艳争奇自一家。唤醒春风花万朵，更教枯木绽新芽。

注：郭志辰大夫的五位女儿皆医术绝妙，医德高尚，被世人誉之为“五朵金花”。

怀老山前线牺牲战友

1996 年

一

共赴南疆人未还，十年回首望滇南。莫向西风空垂泪，英魂千古恋边关。

二

梦魂夜夜绕边关，十度春秋从未闲。西服怎比军装美，雄心岂肯下征鞍？

沭河新景

1997 年春

一

滟滟波光映绿坪，鲜花夹岸笑相迎。风光无限文明地，争创神州第一名。

二

十里潺湲引画舟，红花绿草傍清流。春风杨柳牵衣袖，意挽嘉宾再一游。

三

潺湲牵引木兰舟，日夜穿城走碧流。造福人民通万里，长河琴韵颂千秋。

无题

1997 年春

诗坛千古论英雄，铁板铜琶久未闻。一自毛公辞世后，谁人领唱大江东？

玫瑰

1997 年春

沐浴春风笑绽蕾，花中仙子赞玫瑰。芳馨远胜牡丹色，脉脉含情期待谁？

为静海寺警世钟铸成而作

1997 年 7 月

奇耻今朝一洗空，庙堂无愧面先宗。百年百万英雄血，铸就中华警世钟。

庆香港回归日

1997 年

亿民翘首盼归期，世纪风云久割离。七一欣逢党生日，港城遍插五星旗。

怀旧

2000年秋

南疆奏凯熄烽燧，十二年前卸甲归。伏枥良骐思万里，壮心犹恋战旗飞。

初走京沪高速

2000年秋

一

如画江山妙手裁，平铺天路彩云开。飞车千里驰高速，无限春光扑面来。

二

横空出世展雄姿，京沪通车剪彩时。喜讯飞传云天外，谪仙能否赋新诗？

自题

2001年1月

壮年依旧少年狂，转业官场别战场。仗义执言扬正气，惯将诗笔作长枪。

望兖州201处我部旧营房

2001年

辕门夕照暮鸦啼，衰草寒烟路已迷。昔日屯兵龙虎地，于今何处觅雄师？

南海撞机事件有感

2001年春

一

血洒南天损战机，难消国恨泪空涕。光荣战史遥追忆，击落当年史密斯。

二

机损王伟赵宇还，羞蒙国耻怒冲冠。空怀激烈凌云志，无处请缨戍海南！

旧营地感怀

2001年秋

戍楼高耸映斜阳，战地黄花晚岁香。萧瑟秋风人独立，已将军服换西装。

花木节形象大使评选

2001年秋

玉树仙葩赞沭阳，田园万顷尽芬芳。春光永驻民心里，笑靥迎人语亦香。

花乡新河即景

2001年

遍野深红间紫黄，花乡人共蝶蜂忙。芬芳研墨留香久，沁入心田酿蜜糖。

秋

2001年

黄鹤楼头玉笛吹，清歌婉转入云飞。余音不绝秋风袅，雁过衡阳人未归。

育花姑娘

2002年冬

一

艳若云霓璨若霞，花乡四季尽飞花。笑靥争同花竞放，剪裁春色遍天涯。

二

人面如花绽笑容，风开姹紫斗嫣红。芳心不畏寒冬冷，培植花乡四季春。

冬日花乡大棚

2002 年

隆冬三九雪茫茫，塑料棚窗透异香。孕育春光花不谢，民心淳朴是温床。

拆迁纪事

2003 年

推土机驰冒黑烟，于今何处种粮棉？老农跪地长流泪，昨日青青是麦田！

海南万泉河

2004 年 6 月

一

万泉后浪逐前波，椰寨曾经百战多。久唱不衰前进曲，红军后辈谱新歌。

二

英风浩荡万泉河，娘子军歌涌浪波。椰树常青凝血火，征程万里勿蹉跎。

三

天涯朝圣万泉河，河水悠悠漾碧波。流唱千秋军歌壮，心灵洗涤战刀磨。

四

悠然竹筏泛清流，椰树婆娑景色幽。娘子军连歌一曲，世人传唱颂千秋。

三亚　天涯海角　南天一柱

2004 年

阳光金灿镀沙滩，濯洗清波浴海蓝。傲视风涛雄地角，一峰突兀柱天南。

天涯海角伏波将军马援雕像

2004 年

英风豪气壮山河，雕像人称马伏波。烈士裹尸非马革，伟躯南海耸巍峨。

飞机赴海口

2004 年

浩瀚银河此夜航，腾飞机翼溅星光。远航万里天涯路，墨染椰风润笔香。

海口返航

2004 年

云飞云卷拂舷窗，翼展长风返故乡。万里瞬间人着陆，诗思仍在九天翔。

南渡江

2004 年

入海风帆问白鸥，一江碧水沃琼州。悠悠千古名南渡，何故清波向北流？

注：南渡江是海南岛最长的河流，由南向北流经海口市，注入琼

州海峡。

纪念赴南疆作战二十周年

2005 年 3 月

戎马关山驰战车，烽烟万里忆当初。南疆浴血经生死，历尽坎坷是坦途！

四十年后重返华冲中学

2005 年春

风雨春秋四十年，校园杨柳又飞绵。歌声咏伴书声朗，只是人非诵旧篇。

桃花咏叹调(组诗)

2005 年春，再返母校续作

一

四十年华一梦中，相逢老树又逢春。与君共沐东风里，绽放心花笑吐红。

二

重逢非复少时容，雪化冰融四十春。自有丹心情似火，花开更比昔年红。

三

雪压霜欺四十冬，年轮清晰记心中。春风老树情未老，迎我花开笑靥红。

四

久戍边关信未通，天涯唯梦忆花容。悠悠四十年风雨，依旧芳心吐血红。

五

爱怜芳草忆罗裙，几度南天望断鸿？相顾无言花不语，青春不再少年红。

六

逝水流年四十春，天涯夜夜梦归魂。喜遇良辰翻疑梦，露润桃花滴泪红。

七

凄然日暮独寻春，往事如烟一梦空。欲挽芳枝已结籽，花期错过落残红。

八

相思无限与君同，归梦悠悠夜夜魂。泪洒西风人独立，残花落照夕阳红。

九

当年一别去匆匆，玉树临风璨笑容。四十秋冬谁顾眷？扪心有愧对花红。

十

铁马雄关何处踪？春风岁岁忆君容。依稀梦断蓬山远，满树桃花染泪红。

十一

缕缕幽香沁梦魂，几曾错爱认芳容。春深似海花千朵，怎及心中宝靥红？

诗咏桂林

2006.8

漓江桃花江双江并流流经桂林市

桃江漓水两悠悠，夹岸奇峰映碧流。渔火华灯添异彩，迎来宾客画中游。

阳朔碧莲峰

玲珑山影幻千姿，更耸莲峰拔地奇。李杜生花神妙笔，亦难描写画中诗。

独秀峰倩影

千仪万态竞仙姿，鬼斧神工塑绝奇。独秀孤峰漓水畔，众山不敢比高低。

叠彩山

恍惚人疑梦幻行，嵯峨叠彩漾波清。悠悠漓水琴音美，三姐山歌更动情。

漓江奇峰

群峰耸翠万千姿，照影漓江竞秀奇。自是天工神妙手，丹青水墨画旖旎。

兴坪佳境　黄布倒影

连绵峰影郁葱葱，碧水流从地脉通。船过兴坪江面静，仙峦倒插水晶宫。

泛舟漓江游

波引瑶池入地流，悠悠漓水洗消愁。泛舟上溯银河去，共约牛郎织女游。

螺蛳峰

秀水奇峰入画多，漓江无处不诗歌。波光滟滟流寒玉，山色青青耸碧螺。

象鼻山

水碧峰青秀可餐，双江萦带四湖环。象公痴恋漓江美，醉饮仙波化石山。

桂林山水

波光峰影翠洄环，濯足清流心自闲。自此桂林游历后，世无绿水与青山。

阳朔书童山

灵山雾卷伴云舒，秀水萦洄绕宅居。画幅天然神仙境，怡人风景读诗书。

山水奇观

起伏峰峦绿玉丛，碧波倒影翠玲珑。水流天下漓江秀，无限风光画幅中。

题桂林伏波山马援雕像

射定天山未下鞍，将军仍把玉弓弯。弦惊霹雳鬼神惧，凛凛英风镇汉南。

诗记桂林山水

千里春波碧玉流，骚人轻荡木兰舟。风情无限漓江水，浸染诗心润笔头。

桃花江

桃花流水自飘香，世路艰难曲折长。此汇漓江波浪远，诗名千古共流芳。

舟泛漓江

2006 年

一

悠悠碧水泛漓江，三姐歌飞桂木香。玉立奇峰千万态，悉将书写入诗行。

二

桂林阳朔泛轻舟，千里江波荡洗愁。两岸青山拦不住，诗情碧水共南流。

三

脉脉清流送画舸，翠峰迎立竞婀娜。悠悠漓水三千里，无限诗情画意多。

桃花江与漓江汇流于桂林

2006 年

清波荡漾羡漓江，秀岭奇峰水路长。更引桃江添玉液，同流大海送芬芳。

夜宿芙蓉峰下冶金部宾馆

2006 年

朦胧夜色宿芙蓉，月映瑶池水一泓。袅袅芳香飘桂树，只疑误入广寒宫。

列车晚过扬州

2007 年 9 月 30 日晚

旅游不独赖行舟，铁路车船任自由。璀璨烟花遥望处，流光溢彩是扬州。

再游昆明滇池

2007 年秋

似锦繁花碧水悠，春城四季不知秋。滇池记得英姿否？战士归来是旅游。

注：1985 年 3 月，我部赴中越边境参加老山地区对越作战，军列开至昆明下车，改由摩托化开赴前线。1986 年 5 月部队胜利完成作战任务凯旋，再由昆明改乘军列返回山东。回忆昔年昆明市民箪食壶浆，热烈迎送之感人场面，至今记忆犹新，令人难以忘怀。

2007 年秋，单位组织乘飞机去云南旅游，已经转业多年的我，旧地重游，物是人非。繁花似锦的春城高楼林立，一派和平幸福的气氛，唯独见不到当年松柏鲜花簇拥的凯旋门了。抚今追昔，感慨万千！特赋七律、五律、七绝各一首以抒情怀。

阿诗玛石

2007 年

雨打风吹更仰头，沧海桑田岁月流。挚爱忠贞能化石，痴情守望数千秋。

丽江古城即景

2007 年

波光云影共悠悠，日夜潺湲入户流。一掬清甜甘似乳，玉龙冰雪是源头。

感遇

有感军队转业干部到地方后，遭遇国有企业改制导致失业，因生活窘迫，万般无奈而上访。其中不乏参加戍边作战立功的战友。

卫戍南疆百战多，出生入死又如何？军功章染英雄血，不及明星一曲歌！

登香山

2008年11月

阅尽千山与万山，诗名久仰此登攀。霜风一夜催红叶，人与群峰共醉颜。

北京香山双清别墅

2008年

霜林深处驻仙踪，领袖英风染叶红。千古双清灯不灭，毛公于此定乾坤。

登长城

2008年

蜿蜒飞跨万重山，耸峙云天敌胆寒。迈步雄关皆好汉，长城登后不知难。

香山红叶

2008年

故国风光远望中，香山秋色古今闻。人生自爱枫林晚，历尽严霜叶愈红。

致战友　听人民解放军军歌“向前　向前　向前　我们的队伍向太阳……”

2008年

从戎入伍共曾听，伴奏隆隆炮火鸣。最爱军歌声悦耳，“向前”迈步壮豪情。

九曲梦溪咏

2011年

一

九曲清溪载梦悠，仙波入注绛河流。人间亦有通天路，织女牛郎可渡舟。

二

溪引琼波玉液流，银河浩淼是源头。悠悠九曲心灵注，一洗人间万古愁。

春到沭河

2011年

一

夹岸桃红送远槎，清清风袅柳丝斜。潺湲水共流莺语，一路飞花逐浪花。

二

河风淡淡送幽香，掠水衔泥紫燕忙。竞放百花春检阅，碧桃树树立红妆。

观梦溪园诗碑

2011年

欣赏名园佳句来，碑文临比斗诗才。梦溪九曲明如镜，光鉴千秋是擂台。

梦溪之梦

2011年

春风遥忆荡轻舟，碧水潺湲九曲悠。乡心无限人万里，梦魂长逐梦溪流。

梦溪之源

2011年

九曲回环碧水悠，仙波何处觅源头？清纯源自民心底，海竭河枯不断流！

梦溪之春

2011年

一

彩蝶翩翩并翅飞，千枝万朵绽花蕾。柳荫双燕喃呢语，互诉心声不用媒。

二

清流蜿蜒绕城回，柳绿桃红烟雨霏。万里春光谁是主？斜风倩影燕双飞。

三

环绕清流半掩扉，小园桃李正芳菲。春风又绿秦淮岸，柳叶舒眉人未归。

四

漠漠烟江细雨霏，垂杨袅袅送帆桅。心随碧水东流去，寄语春风早日归！

五

裙袂风飘玉手挥，春江送别浪花飞。烟波远逝犹飚袖，何日轻舟返棹回？

六

柳拂长堤烟雨霏，桃红微笑欲开蕾。莺歌燕语啼亲切，唤醒芳枝春又回。

七

苞含情涩未开蕊，羞掩芳容不让窥。只待春风晓雨润，千枝红艳万花飞！

八

东篱黄菊又开蕊，一岁重阳人未归。梦断江南鸿雁过，诗魂萦绕彩云飞。

九

莺啼燕语透帘帏，梦幻烟江晓雨霏。蝶舞蜂飞收敛翅，喜饮春露吮花蕊。

离思

2011年

一

离思别恨两悠悠，并入春江静夜流。惨淡星河天欲晓，一钩残月下西楼。

二

情寄春江水向东，相思无寐望星空。襄王爱恋瑶姬妹，魂梦巫山夜夜同。

三

缥缈虚无忆楚宫，碧天如水夜纤云。风情无限思神女，夜夜襄王幽梦中。

四

目断遥天送雁行，临波照影晚风凉。秋江碧水流千里，日夜悠悠思念长。

五

新月银钩欲卷帘，碧空如洗夜云纤。思君秉笔青天问，是否今宵亦未眠？

中秋

2011 年

月华秋水泛银波，倩影蟾宫路几何？天上人间如隔世，后羿永远恋嫦娥。

无题

2012 年

探寻春色叩门扉，万紫千红开为谁？愿共海棠花下舞，芳心羽化蝶双飞！

银河

2012 年

牛女天河隔九霄，烟波相望浪滔滔。真情自有神灵助，喜鹊衔枝架渡桥。

七夕

2012 年

烟波浩渺隔天河，日夜悠悠思念多。七夕佳期年一度，谁知牛女胜嫦娥？

溧阳竹海御景温泉浴

2012 年 8 月

泉流汩汩吐温馨，竹海南山地有情。濯洗凡尘人脱俗，瑶池沐浴净心灵。

整理旧诗稿有感

2012 年 9 月

雄关漫道路如何？铁马风驰电掣过。战鼓声喧犹震耳，情怀激越赋诗歌。

毛主席纪念堂

2012 年国庆

2012 年的国庆节长假 7 天期间，毛主席纪念堂有 5 天关闭，群众在闭馆的纪念堂前，驻足徘徊恋恋不舍。

凄然噙泪望高堂，咫尺天涯思念长。亿万民心关不住，葵花永远向阳光。

思念

2012 年秋

岁月悠悠别恨多，山遥水远隔天河。江流脉脉三千里，日夜诗思逐浪波。

秋歌

2012 年秋

碧天如洗净秋空，澄澈秋波水一泓。莫怨秋风扫落叶，枝头硕果盼秋红。

深秋两首

2012 年

一

冷雨潇潇水自寒，残花败叶落千山。登高望断天涯路，不尽江流送远帆。

二

潇潇冷雨暮江寒，落叶飘零望远山。雾隐秦淮河畔月，烟波不见送归帆。

秋

2012年

一

云淡星稀月一痕，萧萧落叶诉秋声。长天望断南飞雁，锦字新诗寄远人。

二

云遮雾隐月无痕，万里秋风闻雁声。花落残红归大地，芳心不改化香尘。

三

长天嘹唳雁悲声，细数寒星静夜深。红袖西风沾玉露，心随明月照边城。

四

广寒宫冷夜深沉，嘹唳西风旅雁声。千里婵娟同望月，天涯俱是未眠人。

仰观新月夜问嫦娥

2012年

淡淡星河月似钩，良宵玉兔伴清幽。纤云半掩婵娟面，可是仙容也害羞?

雨夜

2012年

深夜相思梦不成，愁云万里月无痕。卧听帘外潇潇雨，疑是嫦娥泣诉声。

嫦娥怨

2012 年

寂寞蟾宫玉兔随，乡心欲乘彩云归。嫦娥暗滴相思泪，化作江天暮雨飞。

月夜

2012 年

蟾宫仙酿沁心扉，玉液琼浆琥珀杯。花好月圆谁与共？诗情浪漫逐云飞！

春

2013 年春

风袅金丝柳拂堤，花开桃李竞芳枝。燕子春回双比翼，归途竟被绿烟迷。

思念

2013 年

水远山长思念长，江天东望路茫茫。春心争共春花发，笔写芳情诗韵香。

海棠　问

2013 年

桃杏争开吐嫩蕊，春风无树不花飞。海棠默默含苞立，羞绽芳心似待谁？

海棠　答

2013 年

羞露微红未吐蕊，百花请勿妄猜谁。芳心时待春风久，雨润新晴即绽蕾！

无题三首

2013 年

一

绵绵思念似江河，日夜东流泛绿波。伊人玉立春风里，细数往来帆影过。

二

妙手生花彩笔挥，瑶台无路寄予谁？诗思万里情难抑，海阔天空任我飞！

三

风劲霜摧落叶黄，水寒山瘦感凄凉。凭栏放眼西北望，不尽诗情思念长！

寄刘志平诸战友

2013 年春

硝烟烽火路迢迢，泣别南疆岁月遥。情系界碑心似铁，军魂飞逐战旗飘。

韶山

2013 年 10 月 23 日

悠悠绿水抱青山，秀竹苍松拥翠峦。日出东方神圣地，光辉万代照人寰。

张家界风光

2013 年 10 月 26 日

百态千姿立素秋，奇峰突兀竞风流。张家界是神仙界，四海嘉宾尽兴游。

济南战友重逢

2013年12月

兵营泣别泪同挥，不舍依依解甲归。三十春秋同一梦，军魂永恋战旗飞。

春天

2014年3月

又见莺歌燕舞翩，惠风和畅艳阳天。春回大地花开日，唱咏新诗送旧年。

赠别

2014年

汽笛声催欲断肠，天涯此去两茫茫。千山万水从今后，不尽绵绵思念长。

致重逢战友

2014年7月

少年投笔顶钢盔，疆场驱驰铁马飞。数十秋冬风雨过，问君能否战刀挥？

手机振铃响接朱礼战友来电

2014年10月

一

转业分离两不知，梦思虎旅忆雄师。军歌唱响豪情奋，心底飞红飘战旗。

二

卸甲还乡久别离，情怀战友共相思。手机来电军歌响，欲奋金戈铁马驰。

注:本人的手机铃声是中国人民解放军军歌。本人与朱礼战友曾同在炮兵十二师装备科工作,并同住一宿舍。

完成诗词选编后有感

2014 年 11 月

一

风雨人生路漫长,蓦然回首感沧桑。满腔热血豪情在,诗赋春秋翰墨香。

二

阅历坎坷风雨狂,挥毫潇洒写沧桑。忧国忧民情依旧,又咏新篇胜旧章。

三

笑傲江湖雨雪霜,饱倾心血赋诗章。暮年犹作青春梦,由任他人话短长!

五律

野营李家沱渡长江

1973年10月

风劲军歌壮，野营征路遥。天堑飞舟渡，鱼龙暗潜逃。枪戟挑夜月，汽笛撼江潮。心共旌旗奋，诗情逐浪高！

巴山夜行军

1973年12月

巴山秋夜静，清江月照寒。晚风喧红叶，铁骑叩雄关。峻险猿愁路，神兵奋勇攀。壮志比天高，何惧蜀道难？

重庆北碚北温泉

1975年4月

嘉陵环北碚，碧水自潆洄。竹影婵娟舞，江风浪漫吹。山争春笋立，雾霭绿烟飞。脉脉温泉水，沁心浸骨髓。

山城月夜

1975年5月

参差山雄峻，群楼势比高。风清吹雾雨，月涌大江潮。碧水潆星汉，云帆渡九霄。瑶台疑路近，仙乐奏箫韶。

舟行三峡

1975年7月15日

日夜归心急，航船破雾开。巫山寻神女，云雨锁荒台。峡束江声怒，风高猿啸哀。诗思同此水，万里向东来。

注：本诗作于东方红37号轮船。

夔门

1975 年 7 月

极地巴江险，夔门斧凿通。波翻琼海雪，水泻玉杯空。汽笛风中唳，清猿天上闻。如此河山壮，追忆禹王功。

三峡夔门壮

1975 年 7 月 15 日

三峡夔门壮，诗名举世闻。奔流腾雾雨，激浪卷风云。峭壁倚天险，奇峰拔地雄。重山挡不住，万里大江东。

题巫山神女

1975 年 7 月

巫山云路远，神女结良缘。爱恋萌心底，情思诉笔端。明眸秋水澈，笑靥杏花妍。朝夕萦魂梦，天涯望眼穿！

与李文杰、周乔喜诸同学自渝毕业返部队乘船路过岳阳楼

1975 年 7 月

同学同舟济，风涛壮远行。帆飞巫峡碧，浪濯楚天青。万里长江水，一腔报国情。征程须放眼，昂首战歌吟。

舟过洞庭

1975 年 7 月

泛舟巴楚地，山色共悠悠。海气吞炎暑，波光洗素秋。渔歌洞庭水，诗赋岳阳楼。极目凭栏望，当争最上游。

岳阳楼

1975 年 7 月

景胜诗文壮，万千气象雄。烟波吞日月，激浪撼乾坤。后乐忧大下，古今贤圣同。心潮同此水，浩荡共流东。

岳阳楼述怀

1975 年 7 月

纳涵天下水，世上著名楼。浪举征帆影，风催前进舟。英名传万古，佳句诵千秋。值此同民乐，更当先国忧。

江边吟

1975 年 7 月

立马大江头，江腾热血流。波涛吞日月，蜃气吐云楼。目送征帆远，心随碧水悠。钢枪牢握手，赤胆卫神州。

船行江汉平原

1975 年 7 月 15 日于宜昌

江汉云天阔，心旷亦神怡。浪激因风怒，山红夕照低。舷引巴江水，魂飞燕子矶。归途三千里，汽笛一声啼。

野训

1975 年 12 月于沂源

千里归心切，何处笛声悠？烽火明关塞，征人倚戍楼。天霜无过雁，河冻断行舟。瑟瑟寒风里，残阳照暮愁。

海岛雷达站

1976 年

放眼云天阔，潮涌壮情怀。如今雷达站，昔日烽火台。歌舞翔海燕，日月共徘徊。小岛春常在，浪花四季开。

野营冬训

1976 年冬

云垂旌旗暗，车驰号角鸣。关山沉暮色，篝火耀寒星。风怒催枯木，冰坚结露营。严冬三九日，恰好练精兵。

西河岸有所思

1977 年春

阔别乡关久，西河旧地游。桃花红两岸，雪浪托孤舟。故友知何处？青天问白鸥。绵绵思不尽，碧水正悠悠。

军演

1977 年

火急军情迫，雄师破晓行。车炮披银铠，旌旗飞雪明。战歌风断续，警报忽长鸣。指挥传电令：前方遇敌情！

雪野行军

1977 年

飞车驰劲旅，急令奋三军。冰冻坚如铁，关山险亦雄。朔风吹杀气，警报啸长空。铁流尘烟滚，旌旗映雪红。

野营路

1977 年

万乘驱驰疾，挥师赴野营。飞雪翻旗影，铁甲履坚冰。炮火摧山岳，狼烟隐日星。从严从实战，军演砺精兵。

行军

1977 年

戎马边关路，野营渤海涯。浩茫洪浪涌，激越壮悲笳。烈风吼四季，唯见浪飞花。回首家何处？莽莽万里沙。

军演归来

1978 年 12 月 15 日

边城号角悲，浩荡海风吹。炮火雷霆怒，旌旗烈焰飞。剑芒闪锐气，笳鼓壮军威。铁甲披霞彩，雄帅奏凯回。

野营部队过沂蒙山

1979 年秋

一

一夜马萧萧，三军赴海遥。飞星传急令，缺月举弓刀。露洗长天碧，风雄雁阵高。蒙山回望处，云卷战旗飘。

二

盘曲沂蒙路，犹如蜀道难。高峻穿星汉，离天仅尺三。战旗风劲舞，夜月角吹寒。铁马从头过，人间尚梦酣。

三

昨越蒙山险，今翻岱崮高。车轮旋日月，铁马驾风飚。霜砺兵戈锐，旗飞草木凋。驰驱兼昼夜，热汗透征袍！

晚秋

1979 年 11 月

残月坠金钩，长空雁叫秋。花寒凝露泣，岁晚成人愁。顾影风飘忽，青春水易流。悠悠淮海路，明日仍孤舟。

野望

1979 年 11 月

清笳惊客梦，铁甲冷风嗖。叶落霜天净，花黄战地秋。高风归北雁，缺月坠西楼。万里家何在？关山戍笛悠。

千里野营人

1979 年 11 月

凄冷边关月，腥咸渤海风。严霜凝铠甲，寒水绕孤城。号角吹残月，硝烟卷炮声。十年征战路，千里野营人。

我师炮兵雪中奔袭

1979 年

兵贵争神速，疾行捕战机。坚冰凝铁甲，飞雪扑征衣。渤海长风烈，雄师锐旅驰。车炮军威壮，昂首指天低。

岁暮

1979 年 12 月

一

久戍乡心切，征人遥望家。长天鸿雁远，平地起飞沙。野火吞月色，边风壮鼓笳。忽闻军号响，策马向天涯。

二

遍地滚流沙，莽莽何处家？一行南归雁，数点乱飞鸦。笛怨边关月，人思故国花。南楼当此夜，千里梦天涯。

注：本诗作于胶东渤海湾。

海防林

1980 年 10 月

千里屏春色，株株立玉婷。英姿沧海绿，枝舞碧天青。迎送征帆远，歌吟飞浪鸣。海疆夸卫士，列阵是雄兵。

再咏菊

1980 年 10 月

默默春风里，含羞俯首低。百花争艳日，蓄锐养精时。豪气藏心底，东君孰可知？群芳凋谢后，唯我傲霜姿。

野训暮归

1980 年 10 月

驱车沂蒙道，兵演菊花天。露宿围篝火，野炊升暮烟。啼鸦惊号令，新月满弓弦。屈指从军路，秋风又一年。

赠戍守黄海前哨的青岛警备区某部海防连

1981 年 5 月

风涌浪滔滔，岿然不动摇。炮管擎天日，军歌壮海潮。骄阳熔铁甲，豪雨淬枪刀。守岛英雄赞，人生有坐标。

登泰山二首

1981 年 5 月

拔地三千仞，称雄五岳头。苍松低日月，云海变春秋。风㟅莺歌脆，瀑飞碧水流。步攀登极顶，俯首是神州。

登泰山述怀

1981 年

登临出世界，昂首触天台。云海千帆过，松涛万马来。断崖飞燕影，峭壁啸猿哀。愧对山河壮，诗无李杜才。

中秋团聚

1981 年中秋节

岁岁月婵娟，何如此夜圆？清辉流大地，笑语入云端。四世同堂乐，三山聚鹤鸾。举杯邀月饮，共醉合家欢。

济南趵突泉

1981 年 10 月

天下泉称冠，济南趵突名。跳波飞溅玉，流响拨弦琴。碧澈长天鉴，清纯大地心。千秋流不竭，哺育众人民。

自言自语

1981 年秋

跃马雄关道，万里奋长戈。齐鲁霜风重，川渝雾雨多。前途虽锦绣，道路自坎坷。热血书履历，丹心写战歌。

述怀

1981 年秋

十年征路远，足迹半神州。饮马长江水，鏖兵渤海流。战车驱日月，诗句咏春秋。炮火惊天地，豪情壮志酬。

夜坐

1982 年 10 月 3 日夜 22 时 14 分写毕

独坐晚风凉，征人望故乡。遥天归旅雁，银汉断舟航。梦里家山近，愁中夜倍长。何时俪影共，剪烛话西窗?

月夜闻琴

1982 年秋

乍疑丹凤啭，碧海玉龙吟。一曲天风散，千山鸟不鸣。幽花垂露泣，枯木吐芳馨。袅袅余音远，潇湘夜月明。

行军追赶前队

1982 年 11 月

驱驰雄关道，高天半月轮。群山沉暮色，衣甲满霜痕。遥见灯微火，将疑百姓村。停车相问讯，答是守林人。

李清照纪念堂

1982 年 11 月

地脉清泉涌，故居草自芳。花期春梦短，风袅柳丝长。水奏瑶琴曲，波涵日月光。千秋寒漱玉，流响诵词章。

李清照故居

昔曾闻陋室，今日拜青庐。绿水环芳苑，垂杨隐故居。清泉寒漱玉，佳句闪玑珠。词品人中杰，须眉愧不如！

秋夜家书

1983 年秋

寂寂蒙山夜，荧荧孤烛光。寒川流月色，戍服着飞霜。远梦淮天碧，他乡草木黄。家书和泪写，浪漫作诗行。

雨夜

1983 年 11 月

戎马关山夜，归心忆故乡。孤灯唯影伴，四壁徒空墙。雨洒天垂泪，风凄叶落黄。大河东逝水，思念孰谁长？

枫红

1983 年 11 月

万木凋零后，唯余枫叶丹。飘红疑血染，酒醉似酡颜。夕照霞飞舞，风吹火欲燃。霜林人爱晚，秋色胜春山。

秋菊

1984 年深秋

羞共群芳艳，凌霜最后开。旷野空寂寞，顾影月徘徊。风劲香飘远，花寒蝶不来。年年临古道，远送雁声哀。

秋夜听雨

1984 年

牛女烟波隔，银河盼鹊桥。泪光星闪闪，秋水路迢迢。欢聚佳期短，情思入梦遥。漫山黄叶树，风雨夜飘潇。

南望

1984 年

暮色吴山隐，秋江碧水粼。霜催篱菊艳，日落醉如醺。星烁凝啼泪，诗怀梦里人。情思千万里，河汉不离分！

梅花

1984 年

独树笑寒江，一枝红艳妆。冰姿疏月影，玉骨壮诗行。笑靥芳心冷，何容戏蝶狂？丰神传画笔，墨迹亦流香。

咏竹

1984 年秋

摇弋霜天里，凌寒叶未凋。凝烟生碧色，灵气赋风骚。劲节情豪爽，虚心志向高。千秋歌一曲，风雨共潇潇。

思念

1984 年冬

梦里关山远，魂飞云路遥。朔风吹瑞雪，雁过楚天高。千里音书断，两行珠泪抛。相思情脉脉，何日共春宵？

夜出师

1985 年 3 月 15 日

千里边烽急，南征夜出师。烈风吹杀气，浓雾掩军旗。汽笛嘶残月，飞霜染铁衣。挥戈天外指，笑傲万山低。

出征

1985 年

破晓角吹寒，旌旗血色翻。战车驰锐旅，铁马啸雄关。炮口云天指，刀弓月影弯。远征瘴疠地，何日凯歌还？

军列过汉江

1985年3月17日

江汉三千里，诗名久仰闻。波翻秦岭雪，帆接楚天云。岸草披春绿，山花吐蕊红。飞驰军列渡，流水送英雄。

注：本诗作于本日下午军列过汉江之时。

宝成铁路阳平关至广元段，铁路与嘉陵江平行而下

1985年

车循江水转，旗拂浪花明。合力开山险，同心夺路行。碧流穿地窟，钢轨入天廷。浩荡南征去，明朝报捷音！

改写蜀道难

1985年3月

古来巴蜀道，奇险骇听闻。拔地夔门壮，凌霄剑阁雄。穿山驰铁轨，银燕度航空。一改诗仙句，青天有路通。

注：本诗写于四川。

攀枝花

1985年3月20日

过攀枝花市后，军列由四川驶入云南，沿途攀枝花树红花绽放，如火如荼，美不胜收。故以诗志之。

铁骨英雄树，攀枝壮丽花。丹心燃焰火，云岭璨红霞。泼墨情难赋，挥毫诗句夸。飘飞扬旗帜，送我赴天涯。

广通站小憩

军列在云南广通小憩，当地百姓箪食壶浆，女文工队员载歌载舞以迎送。

南疆春色美，最爱广通州。笑靥争花艳，秋波漾蜜流。歌声情切切，壶水意悠悠。激励英雄志，沙场杀敌酋！

南征路

1985年

雄风催劲旅，万里赴南疆。旌旆明春色，枪戟耀日光。巴山云岭秀，蜀水楚天长。军列经行处，花飞草木香。

我师由昆明向战区摩托化开进

1985年

铁流边塞路，滇南大地春。轮声催战鼓，汽笛啸长空。云岭含葱绿，山花璨笑容。炮车雷电掣，急欲捣黄龙！

致女通信兵

1985年

燕语莺声美，情深悦耳听。神经联战地，玉指拨银铃。命令军心奋，声闻霹雳惊。电波传万里，奏凯报佳音。

石林

1985年7月

崭露峥嵘角，泥沙岂可埋。风雷锤铁骨，日月孕雄材。拔地根深固，擎天志不衰。株株争作栋，何计未花开？

7·19战斗纪实

1985年

号令旌旗奋，奔驰走铁骢。炮声惊地动，战火烛天红。热血滋焦土，雄风助我军。谈笑边烽静，云岭郁郁葱。

自励

1985年

十年征戍客，跃马向天涯。号角吹晓月，枪戟挑曙霞。硝烟摧敌阵，捷报逐飞花。夜夜英雄梦，捐躯报国家。

题小石洞地空导弹部队阵地

1985年8月

铁臂挽雕弓，昂然剑气雄。植根红土地，锋锷指天穹。劲旅添新锐，南疆蛰巨龙。腾飞时待令，杀敌九霄重！

祝捷9·8战斗胜利

1985年

弹丸飞雨骤，风劲杀声高。炮火摧山岳，冲锋涌怒潮。神兵奇突袭，倭寇哭哀嚎。滚滚硝烟卷，军旗染血飘！

送138师预备队开赴前沿八里河东山

1985年6月

彻夜炮声隆，飞车八里东。冲锋争赴死，血战半光荣。弹火燃焦土，硝烟暗远空。驰援增劲旅，歼敌扫残云。

赠女战友

1985年

万里南征路，红妆换铁衣。山花同笑靥，松柏逊军姿。步舞追金鼓，飞歌逐战旗。班师凯旋日，高唱木兰诗。

女卫生兵战地救护队

1985年

风采西施妒，戎装迷彩衣。冲锋迎弹雨，陷阵逐军旗。素手钢枪执，红颜铁甲驰。扶伤能救死，火线奋英姿。

前线寄内

1985 年

万里烽烟隔，情深两地书。相思飞火线，祝福寄征途。破阵千军勇，关山一岁余。炮声喧昼夜，不得梦归吴。

师宣传队火线慰问战友

1985 年

一

火线慰劳军，烽烟曳舞裙。炮声频伴奏，弹火映花容。百战刀刃利，征衫浸血红。情深歌一曲，酹酒祭英魂。

二

卫国戍南疆，英姿五尺枪。春风飏舞袖，烽火照红妆。曲奏关山壮，歌吹炮口昂。余音袅阵地，万里不思乡。

自题

1985 年

卫国戍滇南，长征未下鞍。烽烟迷去路，笳鼓壮雄关。枪刺凝霜冷，刀光照月寒。伊人春梦里，昨夜凯歌还。

9·23 作战告捷

1985 年

一

奇兵神威助，乘夜九天来。炮吼风雷动，旗飞雨雾开。血流消敌焰，号角壮情怀。笑指烟腾处，蛮兵鬼哭哀。

二

突袭出奇兵，角吹神鬼惊。千军卷平野，万炮震雷霆。铁甲驰烽火，硝烟散血腥。战旗飞展处，雾扫老山青。

赞我军固守211高地战友

1985年

激战连昏晓，炮声无止休。饥肠呼粟米，烈焰呛咽喉。忘却刀瘢痛，新伤血更流。躯残人尚在，阵地不能丢！

前沿将士画像

1985年

万里边关月，南征久戍人。怀枪枕待旦，拭炮铁鸣铮。弹洞穿盔甲，泥衣满血痕。随时听号令，冒死再冲锋！

赞滚雷英雄童培友

1985年

莫道君年少，胸怀壮志雄。舍身滚雷阵，赴死向刀丛。弹火熔金甲，狂飙扫敌群。英名彪战史，热血铸军功。

赞9·23突击敢死队

1985年

夜半奇兵出，挥戈破雾浓。角声吹地动，炮火照天红。舍命刀山上，冲锋弹雨中。黎明歌奏凯，美酒敬英雄。

12·2我军战斗纪实

1985年

是日，为支援我步兵出击，我师共发射炮弹万余枚，摧毁了越军诸多工事火力点及其火炮阵地。

地撼山摇动，惊雷出炮膛。硝烟倾弹雨，勇士奋刀枪。号角声悲壮，战歌情激昂。舍身争赴死，浴血捍南疆！

赞我小石洞战车部队

1985 年

铁马似腾蛟，风飚万里遥。雄关残月照，血雨战旗飘。炮火迷前路，硝烟隔断桥。奔驰雷电掣，奏凯入云霄。

南疆戍边人述怀

1985 年

久负英雄志，身迎炮火来。青春凋弹雨，焦土不花开。嘉奖光荣誉，碑铭战骨埋。此时京国宴，歌舞乐开怀。

炮战

1985 年

急呼“开炮”令，战神愤怒号。弥天腾烈焰，卷地起狂飙。霹雳崩山动，声威瀚海潮。千门倾弹雨，顽敌欲何逃？

悼我师炮兵侦察英雄花陈兵烈士

1986 年

英雄经百战，豪气壮山河。火眼金睛锐，目标捕捉多。指挥呼炮火，弹雨扫狂倭。热血滋边土，青春谱壮歌。

木棉花

1986 年

春风千万树，野火遍山嵎。铁臂高枝举，花中伟丈夫。飞红疑血染，旗帜照征途。凛凛英雄气，何须绿叶扶？

望月

1986 年

仰面青天望，皎皎孤月轮。露寒倚桂树，玉杵诉心声。静夜愁无寐，残宵泪有痕。思君情意切，彼此梦中人。

嫦娥怨

1986 年

良宵春梦断，何处觅仙踪？清泪潇湘雨，香腮巫峡云。幽居倚桂树，玉兔伴芳容。天地蟾宫远，相思夜夜同。

凯旋

1986 年 5 月

一

万里南征路，烽烟戍老山。朝餐风露饮，夜宿枕戈鼾。淫雨刀瘢痛，戎装血渍斑。凯旋门下过，试问几人还？

注：本诗作于云南开远。

二

尽历征战苦，卫国戍边关，血污凝铠甲，弹洞满征鞍。给养炊粮断，刀锋锷未残。赋诗抒壮志，高奏凯歌还。

凯旋

军车入四川，在嘉陵江边一小站小停，当地姑娘向我战士献花。

人面桃花艳，飞歌语亦香。春风翻舞袖，波碧照红妆。曲引嘉陵远，情同江水长。从此英雄梦，日夜绕南疆。

怀伟大领袖毛主席

1986 年 9 月 9 日

一

思想春风暖，寒冬是太阳。文韬追五帝，武略胜三皇。雾海掌船舵，征帆破浪航。雄文真理著，万古放豪光。

二

登仙辞世去，天雨泪滂滂。韬略超孙武，诗书冠汉唐。英名流芳久，伟业继天长。巨著存思想，辉煌日月光。

黄山

1987 年 7 月

天工千载力，造化此山娇。峰拔倚天剑，云流作海涛。奇松撑绝壁，飞瀑泻青霄。志欲登峰顶，雄心试比高。

岳飞庙

1988 年 10 月

埋骨青山下，西湖翠色深。长车八万里，社稷一功臣。公死毋须有，天擎半壁存。但树丰碑在，永励后来人。

思念

1988 年秋

寒江脉脉流，思绪共悠悠。啼鸟惊残梦，风鸣落叶秋。断云迷望远，孤客怕登楼。千里关山月，诗歌赋别愁。

查档

1989 年 5 月

回顾长征路，追寻历史来。英雄流水逝，勋业铸兰台。卷帙豪光闪，华章岁月埋。珍奇无价宝，后继有人开。

青岛崂山眺黄海

1990 年 7 月

胶州名胜地，独步此山高。拂面松风爽，回峰车路遥。断崖飞雪瀑，拍岸卷惊涛。极目云天外，诗思逐海潮。

崂山龙潭瀑布

1990 年 7 月

恍若真龙降，龙名命此潭。迅雷喧水府，惊瀑撼崂山。谁拔倚天剑，凭空揽月寒？飞流奔大海，豪气荡人间。

登华山

1991 年 10 月

绝壁断虚空，青苍耸白云。雄奇冠五岳，峻拔回六龙。飞瀑倾碧玉，山花竞紫红。攀缘尘世外，诗咏画图中。

沭城五大出口出灯塔

1997 年

高塔出穹苍，辉光照八方。富民开拓路，陆水竞通航。铁臂擎天日，雄姿傲沭阳。车流千万辆，滚滚奔康庄。

沭中育华楼建成

1997 年

沭水长流远，风光此处佳。园丁施雨露，沃土育英华。拔地新楼起，人才春笋芽。芳名扬海外，桃李遍天涯。

高层住宅区

1997 年

拔地竞争高，群楼耸碧霄。户迎东方旭，窗闭北风号。笑谈邀星宿，飞觞宴鹊桥。新居千万户，寒士乐陶陶。

梅花

1997 年

笑迎飞雪舞，冰姿素艳开。朔风摇倩影，玉女降瑶台。自恃芳心洁，何期蜂蝶来？暗香明月夜，相惜是莲腮。

甲午海战纪念馆

2001 年 7 月

照影江山壮，烽烟化雾轻。洪波吞日月，碧水葬英灵。海啸长风烈，惊涛怒不平。声闻如战鼓，激奋后人心。

注：本诗作于威海刘公岛。

与妻儿泛舟共游颐和园昆明湖

2001 年 8 月 25 日

京华名胜地，瑶池近日边。画廊环碧水，琼阁插青天。波漾垂虹影，莺啼御柳烟。龙舟争竞渡，羽化欲升仙。

亚洲博鳌论坛会址

2004 年 6 月

万国衣冠聚，高坛拜冕旒。椰风翻雪浪，碧海荡飞舟。绿树环琼岛，蓝天竞白鸥。旅游佳绝地，此处占鳌头。

野趣漓江—桂林阳朔游程中

2006 年 8 月

久慕漓江水，今朝桂林游。峰影玲珑秀，洞岩奇曲幽。犁牛耕碧野，竹筏泛清流。摄像光频闪，争将梦境留。

愧此桂林游

2006 年

咿呀橹声柔，波花泛客舟。群峰迎绿黛，漓水送清悠。不尽诗思涌，难将画幅收。才疏无佳句，愧此桂林游。

桂林游

2006 年

桂林阳朔美，举世共称奇。水影丹青画，山形立体诗。洞幽通地府，峰俏浴天池。神往销魂处，归来频梦思。

飞舟漓江游

2006 年

清悠萦九曲，源远共潇湘。山耸英姿秀，江流玉带长。涟漪浮翠屿，云影漾波光。上溯银河去，飞舟破浪航。

注：漓江和湘江同发源于广西兴安县猫儿山，漓江南流入珠江水系，湘江北去汇入长江水，秦始皇时开凿灵渠，将两水系沟通。

桂林

2006 年

恍入瑶台路，蓬瀛世外城。兰桡划碧水，波影漾青峰。九马神工画，伏波鬼斧痕。何当持“绿卡”，永做桂林人。

漓江行

2006 年

风光南岭秀，罗带绕漓江。山聚青春色，波流玉黛光。灵峰穿月影，丹桂发天香。百里飞舟渡，梦行诗画廊。

阳朔桂林游

2006 年

天下无双地，桂林阳朔游。江山夸锦绣，人物更风流。梦幻神仙界，诗名冠五洲。画图描未尽，拙笔赞歌讴。

旅游再赴昆明有感

2007 年 11 月

万里赴春城，飞乘浩荡风。昔年征战士，今日旅游人。边境无烽火，戎衣有血痕。高楼群崛起，何处凯旋门？

洱海游船观白族姑娘歌舞

2007 年 11 月

三生缘有幸，惊艳遇仙娥。扬袂飞霞彩，回眸漾碧波。泉吟蝴蝶梦，乐舞水风和。恍惚瑶台近，欣聆洱海歌。

崇圣寺三塔

2007 年

三塔互争高，雄姿耸碧霄。风花传鸟语，雪月共波摇。背负苍山影，声闻洱海涛。碑铭能辨认，千古话唐朝。

澜沧江

澜沧江发源于我国青藏高原，流经云南西双版纳后入缅甸、老挝、泰国、柬埔寨、越南等国注入太平洋，世代滋养六国人民，境外名为湄公河，世称东方多瑙河。

浩茫来雪域，江水话澜沧。甘乳滋三省，清波润六邦。河流虽有界，幸福自无疆。风雨同流域，友谊万古长。

梦溪园

2009 年 7 月

巨著书青史，梦溪流韵长。潺湲通地脉，涟滟漾天光。曲径幽花隐，喷泉泻玉凉。似疑蓬岛近，乐奏水风香。

梦溪园诗碑诗词征集

2009 年

人间寻梦地，锦绣梦溪园。月白风清夜，花明丽日天。澄湖波滟滟，绿岸草芊芊。四海征佳句，知谁勒石篇？

与妻儿共游梦溪园并观诗碑

2009 年

踏青寻雅趣，阆苑觅诗碑。垂柳金丝袅，柔风拂面吹。碧波流月影，彩蝶逐花飞。难得妻儿共，相携扶醉归。

内退有感

2010 年秋

年华东逝水，岁月去匆匆。志壮诗思捷，情高胆气雄。青春时有限，事业正无穷。莫叹黄昏近，残阳日暮红。

乘索道游南山竹海

2012 年 8 月

步履桃源外，南山仙境寻。温泉流脉脉，竹海郁葱葱。玉笋峰千仞，瑶池水一泓。凌空乘索道，飞赴广寒宫。

七夕

2012 年

七夕星空灿，广寒月半皎。相思情脉脉，爱恋路迢迢。银汉无舟楫，心灵有鹊桥。人间同祝福，牛女度良宵。

寄金坛刘志平、江志平二战友

2013 年 3 月

烽火共曾经，金坛两志平。沙场同生死，战友弟兄情。今赏轻音乐，犹思枪炮鸣。军歌高唱咏，豪气荡胸襟！

与妻共游张家界天子山

2013 年秋

人间神仙境，天门景洞开。奇峰争俊俏，秀水绿潆洄。雾霭飞霞彩，流云涌翠来。情侣留倩影，携手步瑶台！

马年感怀

2014年春节

扬鬃赛箭飞，蹄疾踏风雷。不待挥鞭策，如闻号角催。青春逢伯乐，骥老识途归。年暮争朝夕，驰奔岁月追！

与汪海城、杨振生等战友重回老部队营房

2014年7月

一

三十年如梦，重游故地来。颓垣瓦砾场，曾是阅兵台。枯木昏鸦噪，蓬蒿剑气埋。心头军号响，依旧壮情怀。

二

追忆青春梦，英年入伍来。角吹驰虎旅，野战卷尘埃。铁壁残垣立，柳营门洞开。裁军三十载，心底有余哀。

注：柳营指军营。后也代称纪律严明的军营。《史记·绛侯周勃世家》记载，汉文帝时，汉军分扎灞上、棘门、细柳，以备匈奴，细柳营主将为周亚夫。周亚夫细柳军营纪律严明，军容整齐，连文帝及随从也得经周亚夫的许可，才可入营，文帝极为赞赏。后用“柳营”称纪律严明的军营。

回旧营房怀战友

2014年

同别军营去，今朝我独来。残阳依故垒，萤火耀荒台。霜鬓豪情在，青春气色衰。年年思战友，卅载梦萦怀。

七律

女兵赞　致同行参加野营的二大队机关女战友

1973年12月10日

一朵鲜花万绿丛，芳心报国气如虹。英姿飒爽披金甲，跃马征程挽玉弓。浊浪巴江寒夜渡，雄关蜀道险途通。驰骋千里南征路，飞逐军旗笑靥红。

注：本诗作于四川綦江。

送别战友

1974年秋

君赴天涯海尽头，波光滟滟照寒秋。白云飘逸孤帆远，清泪长随碧水流。杨柳牵衣留客住，芳洲落雪宿眠鸥。嘉陵千里遥天际，不尽征人送别愁。

谒歌乐山烈士墓缅怀先烈

1974年秋

如归赴死气雄豪，何惧胸前带血刀？遗憾山河还破碎，黄泉此去恨难消！骨埋歌乐青山立，血洒嘉陵化碧涛。自信接班人亿万，必将奋举战旗飘。

嘉陵江春望

1975年4月

嘉陵春水碧于天，上溯瑶池是此源。风送征帆浮云影，浪摇蜀客钓鱼船。千峰滴翠清波底，万卉争芳绿岸边。恍惚蓬壶幽梦里，飘然羽化若登仙。

注：本诗作于重庆北温泉。

山城重庆

1974 年

千秋名冠大西南，雄峙双江碧水间。云幔风开楼上下，群峰叠翠路回环。红岩灯火星河浪，解放丰碑雾海帆。无愧物华天宝地，渝州崛起竞新颜。

枇杷山观重庆夜色

1975 年 5 月

恍惚瑶台近日边，流光溢彩夜无眠。群星璀璨嘉陵渡，牛女喜逢银汉连。水激江花争亮丽，波摇月影斗婵娟。何须万里寻仙境？枇杷山头即洞天！

舟过长江三峡

1975 年 7 月

夔巫高峡锁风烟，一叶飞舟箭脱弦。滚滚奔涛驰烈马，滔滔激浪劈悬岩。连云峭壁围青嶂，拔地奇峰刺碧天。千古大江流不尽，雄风万里势无前。

巫山神女峰

1975 年 7 月 15 日

虚无缥缈望朦胧，雾隐霞飞何处踪？瀑水长流疑秀发，山花明艳似红裙。大江流诵华章美，巫峡风情雨意浓。未睹芳容遗憾事，襄王亦是梦中寻。

致巫山神女

绵绵遗恨似长江，云雨荒台几断肠。日夜清猿啼寂寞，奔流碧水色凄凉。千秋难遇骚人见，万古诗文论短长。今现彩霞红烂漫，女神欲嫁试新妆。

注：本诗草于 1975 年 7 月，定稿于 1983 年 10 月。

长江一日

1975 年 7 月 15 日

飞舟一叶出夔门，万里江流送远征。汽笛长鸣风浩荡，惊涛咆哮浪奔腾。家门三过夸伟禹，石壁千秋认斧痕。坝锁苍江神女叹：降龙还看后来人！

注：本诗作于宜昌。宜昌正在修建 330 工程，高筑发电拦水坝即葛洲坝水电枢纽，遵毛主席指示，由我军基建工程兵修筑。工程已现雏形。

伟禹即指古时大禹，相传瞿塘峡的夔门系大禹治水时所开凿，在两岸峭壁上至今尚留有大禹的斧痕。

岳阳楼怀杜甫、孟浩然、范仲淹诸先贤

1975 年 7 月

碧水浮天玉鉴开，蜚声四海仰楼台。诗传泣鬼惊神句，人是匡时济世才。浪汇百川奔眼底，风云万里入襟怀。群贤泼墨挥毫处，寂寞千秋待我来。

注：行船路过岳阳，未停有憾，聊作此诗以补慰。

黄鹤楼旧址

1975 年 7 月

曾栖黄鹤是名楼，鹤去楼倾我自游。钢铁虹飞神话地，长风鼓送向前舟。翩翩黄鹤云天杳，浩浩江波日夜流。无愧李崔诗后辈，群英奋笔写春秋。

武昌东湖风景区

1975 年 7 月

悠悠湖水漾晴光，西子乘风落武昌。雁鹜飞徊翔瑞气，芙蓉出浴散天香。高墩九女英雄座，翠柳千条袅娜妆。莫道行吟人去远，涛声日夜诵诗章。

长江边放歌

1975 年 7 月 20 日

立马持枪大江边，征途遥望路茫然。阴风万里云垂地，浊浪千重水拍天。黄鹤西飞翔瑞气，沧波东去送华年。从来历史同斯水，淘尽流沙总向前。

注：此诗作于武昌黄鹤楼旧址，时值自重庆毕业返部队，发表于1990 年第 4 期《江南春》散文诗刊。

莫愁女

1975 年 7 月

倩影婷婷照碧流，莲花出水亦含羞。飘柔秀发春风理，袅娜裙裾云彩悠。玉貌几经天地变，芳容一览古今愁。千秋女性争相仿，步出深闺得自由。

雨花台

1975 年 7 月

瞻仰人流似水来，丰碑高耸雨花台。长风吹拂英雄气，热土深将碧血埋。彩石颗颗肝胆铸，苍松树树栋梁材。忠魂十万今何在？遍地繁花四季开。

黄河诵

一

1978 年 7 月

九天云外泻黄流，上溯渊源青海头。飞瀑龙门争雄烈，平湖高峡化清悠。长河落日边关壮，大漠孤烟戍卒愁。万象包容襟怀阔，东流大海是追求。

二

汹涌奔争东逝波，风涛万里泻长河。水倾倒海排山力，浪拍惊天动地歌。烈士英雄腾热血，骚人墨客竞吟哦。流芳千古滋华夏，孕育文明奇迹多。

注：本诗作于济南泺口。

入伍九年自述

1978 年 8 月

年少从军别故乡，启碇人生赴远航。似水流年音未改，秋风九度菊花黄。同来战友人何在，谁与持枪共武装？展望前程抬望眼，崎岖曲折路遥长。

听黄河大合唱

1978 年 10 月

万里风波卜九重，翻云腾雨跃黄龙。千秋瀑水奔沧海，一曲悲歌壮国魂。倒泻银河声动地，威掀浊浪势排空。滔滔不尽英雄气，挟卷惊雷永向东。

黄河

1978 年

奔腾万里路蹉跎，历尽艰难险境多。怒水劈山穿地脉，雄风激浪撼天歌。黄流泄尽人间苦，高峡平湖玉鉴磨。海晏河清新世纪，烟波浩荡竞帆舸。

野营渤海

1978 年 11 月

茫茫渤海浪飞花，千里野营此是家。夜宿鲁中山月冷，晓行潍北溅寒沙。歌吹号角悲声远，雪舞旌旗风影斜。壮志雄心思报国，挥戈跃马戍天涯。

野营部队过双台公社

1978 年

日暮边风号角哀，野营千里过双台。战旗飞雪飘飘舞，钢铁车流滚滚来。海畔冰霜寒彻骨，壶浆箪食暖心怀。雄师不负人民爱，苦练精兵砺将才。

渤海湾演兵

1978 年

霜天寥廓雁声哀，渤海鏖兵激战开。信号流光辉夜月，硝烟炮火撼双台。军旗飞卷雄风过，铁甲奔驰霹雳来。钢铁长城如此壮，国防稳固仗群才。

注：双台即部队打靶演习地域。

怀张金宝同学

1978 年 11 月

三年无日不思君，地角天涯信断闻。岱岳云开秋月朗，长安痴望夕阳红。千山夜雨垂清泪，万里相思托梦魂。吟罢空怀情激烈，悲歌慷慨记诗中。

赠刘广东战友

1979 年 1 月

一

漠漠寒云路望迷，送君遥赴玉关西。飞兵瀚海金戈奋，炮火烽烟战马驰。热血能融天山雪，青春定染绿杨枝。雄风铁甲三千里，无愧炮兵十二师。

二

全军优选拔雄才，此日欣闻调令来。将献青春栽朔漠，更倾热血戍轮台。驰骋铁马长风烈，搏击云天雁阵哀。莫道昆仑冰万仞，与君相伴雪莲开。

寄给调往新疆军区刘广东战友

昔年奉命戍天山，万里雄风出玉关。锐气砥磨腰下剑，霜风吹损镜中颜。舞池乐奏三春暖，塞外兵戈六月寒。报国当师班定远，赴汤蹈火亦心甘。

注：班定远指东汉班超，出使西域，屡立功勋，被封为定远侯。

故乡情　沂河岸

1979年春

千条杨柳垂丝纶，岸草芊芊接沭城。紫燕归飞旋绿水，桃花初绽笑春风。片帆云影浮空碧，一曲渔歌过闸门。锦绣家园留不住，清波送别远航人。

沭阳闸口晚眺答未婚妻

1979年春

绿树春荫潆水斜，晚风拂柳现人家。远林暮色迟归燕，近水桃红先绽花。浩渺银波通碧汉，连绵芳草接天涯，佳人若问从军事，铁马雄风万里沙。

致曾广清同学新婚

1979年4月

曾广清同学随本部队广州军区第42军124师参加对越自卫还击战凯旋后，回湖南老家举行婚礼。老同学欣闻，以诗贺之。

南国芙蓉花似锦，烟波万顷洞庭春。三江绿水流澄碧，五岭红棉吐蕊红。壮士军功荣故里，湘妃转世配英雄。九华霓帐披霞彩，诗赋深情祝福君。

野营路

1979 年 10 月

铁马秋风野草衰，战车疾驶赴双台。空无古道人南去，时有长天雁北来。落叶千山呈瘦骨，残花数朵斗霜开。驰骋万里雄心远，一曲军歌抒壮怀。

注：双台即指野营地域山东寿光县双台公社。

军演渤海

1979 年

初冬渤海野苍茫，军演鏖兵激战场。风掣旌旗刀割面，冰凝铁甲剑飞霜。连天炮火冲霄汉，卷地硝烟惨日光。浴血争锋悲壮烈，雄师虎旅竞谁强？

我师火箭炮 204 团渤海湾实弹射击

1979 年

亘古荒凉鸟亦稀，莽莽千里不闻鸡。雪飞激浪惊笳鼓，风卷狂沙扑战旗。枪炮隆隆兵奋勇，铁流滚滚战车驰。漫云瀚海春不度，火箭花开百万枝。

从军十年有感

1979 年

男儿矢志戍边关，十载天涯人未还。烽火弥天鸿雁断，朔风吹雪铁衣寒。飞骋战马流星疾，力挽雕弓射月弯。不是汉唐诗句里，雄心今日认楼兰。

注：楼兰，西域古国名，位于现新疆巴音郭勒蒙古自治州若羌县北境，罗布泊的西北角。汉代是西北军事要冲，兵家必争之地，后来

常被作为边塞边防的代称。

履历自咏

1979年9月

秋风不羡雁南飞，万里征程人未归。独步山城穿雾雨，驰兵渤海滚惊雷。险关蜀道人无畏，落日长河号角吹。守戍天涯心未老，青春永伴影相随。

贺杜英才同学携爱妻由北京飞赴广州、海南度蜜月

1979年国庆节

蜜月温馨赴海涯，双飞比翼出京华。珠江碧水鸳鸯浴，南国红棉并蒂花。海韵椰风情浪漫，芙蓉帐暖锁烟霞。天涯海角山盟誓，伴侣终身幸福家。

秋日寄内

1979年10月

日日思君无奈何，浅吟低唱作诗歌。野风瑟瑟惊秋晚，沭水潺潺入梦多。千里怀乡垂清泪，一声寒雁渡星河。十年征戍人回首，跨越雄关路坎坷。

查哨

1979年10月

戎马生涯路漫长，十年几度得还乡？野营篝火明荒野，秋草寒蛩催梦香。人字飞鸿披霜过，一勾残月色凄凉。夜深查哨寻诗韵，瑟瑟冷风奏乐章。

军中问答

1979年12月

花开花落知多少，春去秋来雁几行？军演兵车驰瀚海，野营月

冷鬓飞霜。抱枪卧雪胸怀暖，备战枕戈梦寐香。报国心丹情似火，军营小驻十年长。

人民英雄纪念碑

1980 年 1 月

为国捐躯几代雄，巍然昂首势擎空。人民革命浮雕现，战斗烽烟史册中。碧血千秋凝旗色，鎏金八字记殊勋。瞻碑更望长征路，后继新人奋斗同。

注：此诗发表于 1990 年 4 月 3 日《江南游报》。

北海公园白塔

1980 年春

白塔婷秀耸天庭，步月乘风俯帝京。百里长街流星灿，万家灯火地通明。燕山北枕长城固，蓟赵南延沃野平。若欠诗才高八斗，谁敢到此作歌吟？

游览故宫

1980 年春

辉煌富丽势恢宏，紫禁皇城夸故宫。突兀峥嵘天斧力，壮伟磅礴鬼神功。霞飞画栋翔丹凤，云绕雕梁舞玉龙。社稷江山民开创，黎民今是主人翁。

京华杂咏

1980 年春

参观人民大会堂

奠基开国业辉煌，雄镇京都俯万方。废弃王权依宪法，翻身百姓自评章。共商国是宏图展，指点江山论短长。四海五湖今一统，会堂不是一言堂。

圆明园遗址

荟萃春光世所无，昔年曾是帝王居。亿民脂膏焚灰烬，千古繁华问史书。野草幽花凝血泪，断垣残壁隐荒芜。哀哉执政权腐败，锦绣江山沦废墟。

天安门城楼

红墙碧瓦帝王家，五色祥云掩曙霞。玉殿流辉昭后世，华灯光璨耀天涯。乾坤浸染先驱血，旗海翻飞锦上花。领袖凭栏长一啸，全球瞩目仰中华。

颐和园昆明湖石舫

巧夺天工巨石雕，悠经风雨话前朝。英雄战血浮黄海，画舫笙歌醉碧涛。湖水波凝家国恨，硝烟驱散彩云飘。昆明池狭无航路，搁浅如今未起锚。

北海公园纪游

白塔灵秀照清悠，太液仙波我畅游。暮雨朝云何岁月，水流花谢几春秋？飞歌萦绕琼华岛，青鸟情牵玉女舟。锦绣中华民作主，蓬山随处是神州。

颐和园游感

颐和风色胜瑶台，宾客如云四海来。旧日王公欢愉地，今宵百姓乐游哉。刀枪犹可金鼎铸，石舫焉同战舰开？签约马关蒙国耻，昆明碧水荡余哀。

登泰山玉皇顶

1980 年 5 月

鸡群鹤立众山低，气象万千景色奇。云彩春花争斗艳，松声泉韵共莺啼。黄河入海飘玉带，齐鲁风云阵马驰。造极登峰天远大，懦夫山下得岂知？

怀念毛主席

作于 1980 年 9 月 9(毛主席忌日)

八十余年是与非，人民心自树丰碑。航行雾海依舵手，革命征程赖指挥。螳臂挡车当碎骨，乌云怎掩日光辉？昆仑高耸云天外，不朽英名万古垂。

怀念伟大领袖毛主席

1980 年

舜日尧天自不如，河山一统古今无。率先革命燃星火，终见燎原烈焰荼。立国东方雄崛起，进军四化绘蓝图。光辉思想千秋照，赤县神州万物苏。

赴青岛执行任务途中

1980 年 12 月

青岛遥赴海云间，急迫军机重任担。叶落胶东山岭瘦，淄川月泻水流寒。声声汽笛惊飞鸟，滚滚车轮碾雪残。明日栈桥登望远，长戈在握劲弓弯。

偶感二首

1981 年 4 月

一

勇献青春舍弃家，义无反顾戍天涯。飞兵渤海驰风雪，夜渡长江踏浪花。阵地坐标寻北斗，战旗风影向南斜。雄心万里挥诗笔，慷慨高歌热血哗。

二

万里征程何处家？横戈策马走天涯。霜天夜静闻归雁，晓月荒城动鼓笳。战炮雷鸣魂梦醒，演兵渤海浪飞花。军功未建豪情在，辜负青春度岁华。

抒怀

1981 年 12 月

雄心报国栋梁材，十二年华志未衰。铁甲兵车驰雪海，霜风残夜断鸿哀！军歌唱响诗思涌，对月挥毫抒壮怀。寄语亲人遥勿念，今宵仍有梦归来。

入伍十二年感怀

1981 年 6 月 13 日

一

英姿潇洒忆当年，投笔从戎勇戍边。演习鏖兵挥戈舞，露营夜宿抱枪眠。青春流逝无悔恨，历尽艰辛苦亦甜。似火豪情依旧在，雄心万里志冲天。

二

少怀革命志凌云，家国安危铭记胸。铁马驰骋征路远，钢枪紧握气如虹。每思党育恩情重，愧对人民无寸功。何惧冰霜催白发，一腔热血自鲜红。

赠别郭钦茂同学

五年两度得逢君，后遇秋风前值春。流水落花人未老，情深依旧昔年同。前程展望雄心奋，往事萦怀谈笑中。春树暮云从此后，山长水远万千重。

从军感怀

1981 年 11 月

随身拙作记豪言，风雨征程路八千。渤海雄风驰铁马，黄河激浪卷烽烟。边关炮火金盔蚀，锦帐笙歌舞袖翩。暂寄微躯生死外，一人辛苦万家甜。

野营路晓行

1981年12月

海涛彻夜响惊雷，号角冲寒破晓吹。路断荒城营火灭，云低烽燧戍旗飞。莽莽沙碛愁中望，隐隐家山梦里归。一曲军歌人万里，风驰铁马战刀挥。

忆后勤工程学院同学兼班长张金宝战友

1981年12月

当年同学赴西南，区队编排十一班。刻苦求知心似火，从严习武志如山。嘉陵碧水飞舟渡，蜀道崎岖奋勇攀。梦里频频呼班长，醒来挥泪望长安。

注：张金宝同志所在部队系兰州军区第21军，驻陕西西安、宝鸡一线。本诗所述长安即是。

1982年元旦自咏

1982年

十二年华自咏哦，青春流逝感蹉跎。水阔山长归期少，征路崎岖风雨多。雁过秦楼惊残梦，霜凝冷月照金戈。长枪在握挥诗笔，写罢诗歌写战歌。

春望

1982年春

欲寄家书雁不来，良辰美景咏诗怀。春风泗水冰消解，烟雨长淮画幅开。杨柳舒青莺燕语，桃花红绽玉人腮。举杯邀月谁同醉？无限乡情心底埋。

送征人别故乡

1982年春

沭河流水暗悲声，军令催归征戍人。雾霭迷蒙遮远路，阴云惨淡接荒城。春风烟柳情丝袅，雨润桃花滴泪痕。回首故乡遥望处，千红万紫杏花村。

泰山普照寺

1982 年 3 月

寻缘涧水觅仙踪，芳草萋萋幽径通。碧瓦鳞鳞腾瑞气，白云冉冉度疏钟。飞花戏蝶翩翩舞，燕语莺啼处处闻。尘外深山藏古刹，欣然迎客六朝松。

登高有怀

1982 年 3 月

边风万里独登台，锦绣江山何壮哉！角啸关山声动地，云驰阵马涌诗怀。村塘春水年年绿，燕子寻芳岁岁来。遥寄家书相问讯，桃花红艳为谁开？

长江大桥眺紫金山

1982 年 5 月

默然俯瞰大江东，虎踞龙蟠气势雄。天镜钟山开慧眼，银河宇宙探星空。江波浩荡侯王气，钢铁桥飞霓彩虹。织女牛郎惊叹羡：人间天堑鹊桥通。

长江大桥

1982 年 5 月

虎踞龙蟠气势豪，长虹飞起竞娇娆。江流岂可投鞭断？铁锁终将化渡桥。急湍悲歌伤往事，浪花欣舞笑今朝。人民已作河山主，四化蓝图众手描。

中山陵怀中山先生

1982 年 5 月

毕生奋斗历危艰，为救中华疾苦寒。浪迹曾经飘海外，雄基初奠是江南。高陵拔地民心仰，浩气冲天玉帝惭。不朽英魂归葬处，苍松千古绿钟山。

秦淮河

1984 年 5 月

秦淮千古育繁华，荡尽悲辛淘尽沙。画舫连云摇星汉，笙歌流水到天涯。烟波雾笼瑶池月，夹岸灯明玉树花。莫问仙槎何处泊，楼台业已属民家。

与妻儿共游玄武湖

1982 年 5 月 12 日

一泓湖水碧悠悠，难得妻儿共畅游。山色青青翔白鹭，波光滟滟泛轻舟。三春玉树飞花舞，六代衣冠逐水流。锦绣江山民作主，蕙风和煦胜瀛洲。

重返金陵

1982 年

山长水远赴金陵，嗟叹金陵异昔情。新楼竞秀青天外，燕舞莺歌绿树鸣。茫茫江水流春色，默默钟山展画屏。千古英雄争多少，金陵终竟属人民。

济南李清照故居

1982 年春

故居影漾绿波间，婉约芳名仰易安。句丽词工垂青史，鬼雄人杰赞红颜。千条杨柳临风爽，一脉清泉漱玉寒。欲比生花神妙笔，我今深愧作儿男。

致湖南广清战友

1982 年 6 月

久别天涯信断闻，年年无日不思君。露营共沫巴江雨，野战车飞蜀岭云。笑貌音容长记忆，春花秋叶水流东。诗吟欲寄寻邮路，万里潇湘月夜魂。

忆蜀道难

1982 年 6 月

求学艰辛付笑谈，雄心万里赴西南。函关雾锁啼鹃泣，秦岭云飞鹤影翻。铁道穿空龙蛰醒，剑门高插月宫寒。人生莫怨坎坷路，可比巴山蜀道难？

入伍十三年回首

1982 年 8 月

问心无愧十三年，一介书生勇戍边。雨雾巴山烟瘴地，狂飙渤海浪花天。战旗飞染青春血，号角长抒壮志言。铁马雄风驰万里，历经炮火与硝烟！

伟大领袖毛主席

1982 年

暴动秋收举义旗，井冈星火铸雄师。五湖四海随号令，万马千军竞奋蹄。壮阔襟怀吞宇宙，运筹帷幄算神机。一枝巨笔如椽壮，写就惊天动地诗。

毛主席纪念堂瞻仰人流

1982 年

试问苍天为什么？人流瞻仰似长河。泪飞骤降晴天雨，哭泣声悲动地歌。千古英名同马列，泰山高耸共巍峨。丰功镌刻民心底，众口皆碑十亿多。

秋日怀李文杰、杜英才诸战友

1982年10月

阔别山城七度寒，思君万里独凭栏。秋风瑟瑟情无尽，冷雨潇潇泪不干。望断飞鸿天外影，梦怀歌乐雾中山。后工毕业多知己，海角天涯再见难！

无题

1982年秋

远戍边关未有期，长亭折尽向南枝。黄河激浪飞舟渡，渤海蒙山走铁骑。月夜惯闻军号厉，春风最怕子规啼。乡心无限凭谁寄？今岁秋风雁过迟。

静夜思（代内人作）

1982年秋

遥夜相思寄远夫，千行泪滴一行书。钢盔帽下人形瘦，萧瑟风中落叶枯。关隘千重霜露冷，碧空万里月轮孤。痴情望断天涯路，细算归程看地图。

无题

1982年10月

征戍山东岁月长，十年回首路茫茫。风吹沂水春帆满，月照蒙山夜色凉。笛怨黄沙闻折柳，歌飞战地曲悠扬。尽忠报国英雄梦，走遍天涯是故乡。

军旅忆华中

1982年11月

日落长河气色秋，征人谁不动乡愁？归心已共鸿飞远，报国无功恨未休。战马追风三千里，沂淮空作十年流。华中遥忆书声朗，诗满情怀月满楼。

野训晚归

1982 年秋

梦里乡关久盼回，长河落日成旗垂。荒城古道平沙掩，夕照营盘野火炊。归队车流尘滚滚，山花迎客笑微微。军歌一曲余音袅，万里秋风雁字飞。

遥遥的思念——怀重庆后勤工程学院同学

1982 年 11 月

数行雁影度南楼，壮别山城几度秋？卫国守边人异路，天涯风雨不同舟。南沙激浪心潮涌，青藏冰川雪满头。远方战友如问讯：诗情长逐大江流！

莫问归期

1982 年 12 月

戍边何日是归期？虚度华年愧自知。空负壮怀情激烈，犹挥妙笔赋诗词。雄关漫道征程远，雨雾乡关眼望迷。梦寐酣甜闻号角，军魂飞乘战车驰。

1983 年元旦述怀

1983 年 1 月

风雨征程军旅营，迎春飞雪岁华新。金戈铁马英雄气，浪漫诗词爱国心。战地抒怀歌日月，炮声壮阔唱豪情。淋漓笔墨凝心血，句酌字斟平仄平。

泰山顶雷达站天线回转宛如玉树

1983 年春

镇守泰山极顶峰，苍松翠柏友邻朋。惊雷闪电当头炸，雾海云涛扎稳根。铁骨凌霄担日月，银枝回转拂星辰。擎天壮士雷达树，四季春荫护亿人。

再赋泰山顶雷达站并致雷达兵战士

1983 年春

时代英雄可爱人，人生志在最高峰。笑迎暴烈雷霆怒，何惧寒冬凛冽风？日啖烟霞餐露雨，夜眠星汉月悬灯。长空万里旋天线，电告平安紫禁城。

登泰山玉皇顶远眺

1983 年春

登峰造极望神州，无限风光不胜收。峭壁松垂飞鸟断，断崖瀑挂啸猿愁。山浮云气吞残日，天泻黄河入海流。莫道泰山高万仞，攀登我高一人头。

致重庆同学战友

1983 年 6 月

曾经同唱大风歌，蜀水巴山共应和。往事如烟沉梦幻，青春虚度感蹉跎。天涯阔别音书少，岁月峥嵘回忆多。无愧故人相问讯，诗情依旧似江河。

淮河滩垂钓

1983 年 4 月

波平如镜闸门关，百里长河此处湾。丽日流辉沙岸暖，春风轻拂浪花翻。白鸥矫翼云帆远，紫燕低飞碧水环。最喜前滩垂钓处，征人难得一休闲。

漱玉泉

1983 年

垂杨深处觅芳踪，梦断江南作鬼雄。汩汩清泉吟秀句，萋萋芳草忆罗裙。西风帘卷抒才气，晓雾云涛壮魄魂。千古词章名漱玉，芳名笑傲百花丛。

野营

戎马关山赴野营，烽烟滚滚意难平。清笳惊醒思乡梦，缺月难圆故国心。秋水望穿星汉远，雁声如诉戍人情。持枪无妨挥诗笔，唱咏抒怀谁共鸣？

春天

1984 年 3 月

又绿营门杨柳枝，春风戍客起乡思。山重关隘征途远，水碧天青舞战旗。跃马挥戈随号令，硝烟烽火任驱驰。家书莫问归田事，战备今年甚往时。

代闺中人作

1984 年秋

一

远随幽梦到天涯，千里莽莽滚石砂。旌旆飘旋移虎帐，背包放下即为家。霜风夜袭征衫薄，雁阵惊寒月影斜。故国秋风思远客，两行红泪滴灯花。

二

此去巫山路几何？银河彼岸盼帆舸。心怀爱恋情思远，诗赋离愁别绪多。桃李春风莺燕语，梧桐秋叶雨悲歌。天涯梦醒人千里，泪洒江流逐浪波。

无题

1984 年 11 月

青春岁月半消磨，回首征程路坎坷。齐鲁风烟驰铁骑，巴江激浪送飞舸。抒怀啸咏军歌壮，岂惧霜欺白发何？踏遍青山心不老，雄关立马自横戈。

南征路开进

1985年3月16日

西风凄劲旅鸿哀,万乘奔驰席卷来。炮火纷飞烟幕幛,旌旗飘展战云开。冲锋士卒班超勇,破阵将军李广才。更把玉鞭天外指,蛮兵速筑受降台!

赴云南前线作战军列过大渡河

1985年3月19日

铮铮铁轨截清波,又见雄兵再渡河。炮口指天天让路,轮声撼地地同歌。青山笔立迎仪仗,碧水洄漩泛笑涡。万里长征新一辈,南疆誓必斩凶倭。

注:本诗作于四川成昆线,乌斯河车站。当年赴云南前线作战,军列过大渡河后在成昆线的一个小站乌斯河停留小憩,我被大渡河畔的奇险壮丽风光感染,险山碧水,铁道横空;军列飞驰,车轮滚滚;风驰电掣,军威雄壮。情不自禁,一气呵成挥笔写下了这首七律诗《赴云南前线作战军列过大渡河》之作。

其中间两联:“炮口指天天让路,轮声撼地地同歌。青山笔立迎仪仗,碧水洄漩泛笑涡。”是我自认为最得意之笔。回顾出征与凯旋时军列往返飞驶过大渡河的壮阔场景,至今依然令人热血沸腾!此后我多次沿用原大渡河诗韵写下若干首七律,试图超越第一首,但总不尽如人意。现在看来,无论是否能够超越第一首,已经不是什么重要的事了。原因是这些诗作真实地记录了我心路和情感的历程。此处的大渡河桥在当年红军长征飞渡的泸定县大渡河铁索桥的下游,相距约200多公里。

南征过成昆铁路大渡河桥

1985年3月19日于成昆线

峭壁悬崖耸碧霄,烽烟万里路迢迢。铮铮铁轨凌空架,猎猎军旗飞渡桥。鼓激惊波催战马,沸腾河水洗征袍。号声吏比涛声急,澎湃诗情逐浪高！

开进

1985年5月23日午夜风雨交加，我部奉昆明军区前指令，向老山战区急速开进。以此诗为记。

此夜边烽报敌侵，隆隆炮火照天明。冲锋破阵千骑疾，倒海排山万马惊。骤雨堑壕盈血泊，烈风战地满膻腥。飞传急令雄师奋，火速驰援歼越兵！

我军首战5·31大捷

1985年

我军首战显锋芒，万马奔争沸海江。炮火冲天腾怒火，弹光闪灼耀刀光。飘飞血雨军旗染，骤响雷霆鼓角昂。滚滚硝烟弥漫处，老山雄峙屹南疆。

云南石林

1985年7月

怒拔枪戟耸齿牙，森然林立守天涯。骄阳灼尽流苏叶，雷电删光细嫩桠。铁骨铮铮擎日月，雄姿勃勃抗风沙。戍边志把青春献，万古千秋不绽花！

石林颂

1985年

累累瘢痕历万灾，高枝不欲竞花开。兀然拔地始盘古，敢向青天举栋材。非是神工能种植，方知造化为培栽。扎根锦绣中华地，昌盛繁荣看未来。

注：此诗发表于1990年3月27日《江南游报》。

题我师炮阵地

1985 年 5 月 30 日

雾锁雄关路径斜，炮群列阵护中华。戍边未洒思乡泪，幽梦曾归午夜槎。烽火连天闻号角，杀声动地伴清笳。一腔热血尤珍惜，浇灌凯旋胜利花。

注：本诗作于我师炮兵第 22 团阵地。

赠我师宣传队女战友

1985 年 8 月

驰骋沙场觅芳踪，烽火南疆幸识君。啼鸟何如琴韵美，山花怎比玉颜红？二胡曲奏三军奋，一笛歌吹万炮隆。不逊须眉怀壮志，赴汤蹈火是英雄。

致火神文工队女战友

1985 年

烽烟万里戍滇南，壮丽青春如玉颜。血浸征鞍迎炮火，风驰铁甲跨雄关。战歌唱响军心奋，舞曲弦惊敌胆寒。今古木兰英烈女，国人何必重生男？

敬献给我军 9 · 23 出击胜利归来的勇士

1985 年

弹丸呼啸卷狂飙，山欲崩摧地震摇。炮火轰鸣惊雷动，铁骑奔涌怒江潮。堑壕横竖填尸骨，血雨飘飞湿战袍。杀敌冲锋何惧死？献身报国在今朝！

云南前线传闻裁军令我师亦在其中

1985 年

家书万里问归期，烽火南疆雁到迟。阵地杜鹃啼血色，壕边红豆寄相思。何求尸骨埋桑梓，愿把青春付战旗。惊悉裁军新命令，全师挥泪湿征衣。

咏战地小石洞我师停车场

1985年10月

战地风光此最优，旌旗飞拭碧天秋。风雷过后边关静，铁马归来石洞幽。伏枥争夸威仪壮，奔驰更教鬼神愁。明朝挺进烽烟路，捷报频传滚铁流。

写诗自述

1985年12月

不才自幼爱诗歌，阅历人生风雨多。学海行舟波浪远，书山求学路坎坷。寒窗奋笔孤灯影，战地挥戈亦咏哦。勃勃雄心诗笔健，青春岂敢枉蹉跎？

为12·2战斗胜利祝捷

1985年

雄师劲旅自英豪，决战老山胜券操。炮火排空鸣霹雳，杀声动地卷惊涛。神兵进击枪戟奋，赤帜飞迎弹雨飘。堪笑越军凭险固，瞬时灰灭化烟消。

献给1·28战斗主攻部队

1986年

角声吹破雾茫茫，血浴老山激战场。炮火雷鸣飞弹雨，战刀搏杀耀寒光。翻江倒海神兵怒，地陷山崩越寇亡。正义雄师无不胜，南疆勇捍国威扬。

记我军1·28战斗胜利

1986年1月28日

炮声骤响迅雷霆，地撼山崩敌胆惊。突击冲锋闻号令，攻坚破阵度飞兵。熊熊战火燃焦土,滚滚硝烟散血腥。风卷红旗飘展处,凯歌高奏赋诗吟。

给祖国人民拜年

1986 年

戍边万里倍思家,目断归鸿涌泪花。每见羽书驰战地,何曾闺梦到天涯?隆隆炮火惊飞鹜,缕缕硝烟散落霞。北望乡关遥敬礼,山河锦绣是中华。

注:1986 年春节,我部在云南前线小石洞。大年初一,部队集合,我师副政委刘传诗同志一声口令:"向后转,给祖国人民拜年!"全体干战转身向北,举手敬礼,给祖国人民拜年。此时,许多同志不禁潸然泪下。余有感而发,以诗志之。

观成都军区战旗歌舞团演出

1986 年春节

翩翩舞袖若仙姿,阵地巡回演出时。笑映山花红吐艳,裙牵芳草绿披离。玉箫高奏雄风起,乐曲萦回绕战旗。欣睹亲人歌舞后,赴汤蹈火又何辞?

注:本诗作于云南前线小石洞。

赴云南前线参战一周年有感

1986 年

漫山燃遍杜鹃红,烽火南疆又一春。炮响隆隆时入耳,枪声哒哒惯听闻。攻坚肉搏硝烟里,杀敌冲锋血泊中。百战沙场锤劲旅,我军个个是英雄。

凯旋告别麻栗坡烈士陵园

1986 年

老山风卷战旗红,雨雾硝烟一扫空。十万班师今奏凯,三千弟子葬忠魂。军姿笔挺丰碑壮，松柏萧森霸气雄。严整威仪犹劲旅，泉台未忘习刀弓。

思念

1986 年

艳羡瑶池并蒂莲，春花秋月赋诗篇。清歌吟诵心灵醉，语诉情深韵味甜。嘹呖征鸿惊梦醒，婵娟月夜应无眠。相思彼此银河岸，眺望烟波又一年。

记云南前线凯旋

1986 年

诗词千首记征途，戍守南疆一岁余。焦土山头埋战骨，钢盔弹洞破头颅。浅深墨迹硝烟滚，字里行间壮志抒。百战旌旗鲜血染，雄师奏凯万人呼。

代内人作

1986 年

关山迢递隔银河，又值金风未得过。脉脉深情泉泪涌，绵绵思念作诗歌。烽烟边塞音书断，月夜深闺春梦多。广播每闻新战事，不知生死竟如何？

七夕

1986 年

玉露金风啼络纬，征鸿南度未同归。潇湘夜雨天垂泪，关塞阴云月掩悲。情寄巫山魂梦远，诗思雁字彩云飞。又逢七夕佳期至，牛女年年盼一回。

凯旋军列再过大渡河

1986年5月28日

去年军列此经过，今日班师又渡河。风卷战旗翻血色，车驰雷电烁金戈。清悠碧水征尘洗，涛韵琴音奏凯歌。多少英魂归未得，南疆回望泪滂沱！

写在我师赴南疆作战凯旋之日

1986年6月

金戈铁马是雄师，征戍南疆破敌时。陷阵冲锋夷险阻，赴汤蹈火任驱驰。殷殷碧血盈衣甲，滚滚硝烟卷战旗。万死千伤经百战，凯歌高奏赋新诗。

贺《炮火中绽开的诗蕾》诗集出版

1986年7月

耕耘焦土植诗行，铁马金戈谱乐章。炮火轰鸣歌壮烈，枪声平仄韵铿锵。青春热血边关洒，战地黄花染墨香。激励千军催万马，笔锋犀利胜长枪。

注：《炮火中绽开的诗蕾》诗集由云南人民出版1986年5月出版。其中录选本人诗作二首。

祝《猫耳洞诗选》出版发行

1986年

戍边万里向天涯，烽火南疆即是家。报国舍身追号角，思乡无泪泣风沙。豪情砥砺龙泉剑，碧血催开战地花。百战雄师今奏凯，诗歌精选献中华。

注：我部战地诗集《猫耳洞诗选》于1986年分别由山东人民出版社、前卫报社和解放军文艺出版社出版。其中录选本人诗作共计15首。

黄鹤楼

1986年

一

久慕诗名到此游，巍峨气势壮神州。千层雪浪银光灿，万里清辉月满楼。鹤唳江天波浩渺，帆飞云影自轻悠。诗情共逐长江水，日夜奔腾入海流。

二

曾栖黄鹤是名楼，鹤去楼空我一游。波卧长虹飞天堑，风鸣汽笛送行舟。翩跹鹤影青云杳，浩荡江声日夜流。诗赋新声歌雏凤，追思崔李写春秋。

三

兵戈劫后又登楼，风啸龙吟自唱酬。雪浪长风涌浩浩，白云黄鹤去悠悠。一江碧水牵离恨，两岸芳洲送别愁。莫道诗仙曾搁笔，今朝我辈写风流。

伟大领袖毛主席逝世10周年祭

1986年9月9日

一

星火燎原遍野红，一挥巨手转乾坤。天翻地覆愚公力，再造中华建国雄。服务人民真实践，痛批鬼魅著诗文。江河名共流千古，雨露阳光永泽东。

二

井冈革命火星星，遍地燎原百万兵。巨著雄文方向指，长征雾海路灯明。三山力拔乾坤转，四海归公荡寇平。伟业千秋名不朽，丰碑高耸在民心。

大运河

1987 年 5 月

流芳大地漾清波，先辈人开古运河。落雪飞花杨柳絮，云帆风影逐渔歌。脉通历史长流远，恨满雷塘积怨多。四化航船方启碇，淮扬路上莫蹉跎。

注：本诗写于淮阴至扬州途中。

上海浦江外滩

1987 年 5 月

江水流长恨亦长，百年忧患几沧桑？黎民血染滩涂紫，异国旗遮日色黄。脉搏舒张连瀚海，津门开放吐汪洋。一从解放风雷动，崛起中华看浦江。

黄山四绝

1987 年 7 月

黄山松

雄姿勃发郁葱葱，势欲腾飞醒卧龙。铁骨久经霜雨雪，年轮圈阅夏秋冬。根深血脉通沧海，叶卷罡风扫乱云。敢共群峰争崛起，虬枝奋笔写天穹。

黄山怪石

争奇斗峻比高低，千万峰峦千万姿。顽石生花擎妙笔，天门报晓立金鸡。女娲弥补苍天漏，精卫衔填碧海遗。更耸蓬莱三岛秀，玉皇到此亦途迷。

黄山云海

波翻浪涌望茫茫，千秋谁见远帆航？风送潇湘鸿雁度，云连瀚海巨鳌藏。诸峰星散浮礁岛，出浴莲蕊吐异香。欲访蓬山何处是？虚无缥缈水中央。

黄山温泉

四壁青山砌玉栏，银河倒涌出澄潭。潺潺濯洗群峰秀，浩浩浸凌月色寒。矢志奔流归碧海，热忱奉献暖人间。清波莫道瑶池美，尚欠温情与味甘。

注：本诗作于黄山。奇松、怪石、云海、温泉为黄山之四绝。

迎客松

1987 年 7 月

高枝遒劲拂瑶台，一展黄山曙色开。鹏翼扶摇翔足下，长风浩荡满襟怀。英姿傲立排云去，颔首弓迎远客来。阅尽沧桑天造化，丰神岂是土中栽？

告别军营

1987 年 12 月

生死依依战友情，相拥挥泪别军营。凋翎不坠青云志，伏枥犹存万里心。诗句千行腾热血，丹诚一片报人民。长鸣号角惊魂梦，不待点名自请缨！

杭州平湖秋月

1988 年国庆节

久闻秋月泛平湖，秋月平湖似画图。水面笙歌香雾袅，垂杨灯影拂流苏。嫦娥衣舞依稀见，银汉流声若有无。月白风清同梦幻，蓬山不让是仙居。

岳王坟

1988 年 10 月

黄龙未捣憾终身，两代衔冤葬此坟。万里腥风吹故国，千村血雨哭苍生。昭昭青史歌忠烈，呸呸痰涎唾佞臣。西子湖深清似镜，碧波明鉴古今人。

苏州宝带桥

1988年10月

玲珑倩影卧清波，环串霓虹五十多。背负青天垂宝带，襟怀绿水送帆舸。寒潮浸润中秋月，晓雾风传汽笛歌。臂挽苏杭连世界，流芳千古贯江河。

注：苏州宝带桥共有53个桥孔。本诗作于杭州至苏州轮船上。

太湖鼋头渚

1988年10月

涛声今古撼神州，荡涤泥沙荡尽愁。万顷平吞沧海日，千帆飞逐水云流。烟波浴洗三山秀，雪浪花开四季秋。郭老题诗佳绝处，挥毫谁敢上鼋头?

注：鼋头渚有郭沫若老先生题"太湖佳绝处，毕竟在鼋头"诗句。本诗作于无锡。

南飞雁

1988年

嘹呖青天雁一行，关山飞越路何长？声传云外呼伴侣，翼展风中负雪霜。塞北冰凝寒水冷，江南梦里稻花香。十三弦柱余音袅，情诉佳人锦瑟旁。

转业周年有怀

1988年

从戎志不在封侯，万里雄风十八秋。铁马金戈驰渤海，硝烟炮火老山头。陷阵冲锋轻生死，搏击疆场血汗流。一卸征衣还故里，尘封不忍看吴钩。

转业有感

1988 年

一

万里南征力未疲，凯旋挥泪脱征衣。凭栏醉咏登高赋，按剑空吟远望诗。关塞飞鸿时有信，柳营归梦断无期。雄心犹恋烽烟路，日夜军魂逐战旗。

二

边烽未静解征衣，泣别裁编十二师。每见华灯思炮火，久闻歌舞共莺啼。月圆恍认雕弓满，风雨声疑战马驰。卸甲犹能挥健笔，壮心不已赋新诗。

自题

1988 年

寰宇放眼望风云，华发萧萧心尚雄。三月春花疑战火，九天秋月挽雕弓。常怀铁马冰河梦，厌见灯红酒绿浓。伏枥良骐思万里，高歌仍唱大江东。

档案馆记

1989 年春

铁门深锁古珍奇，后辈求知叩问时。历史烟云藏日月，浩繁卷帙蕴天机。千秋翰墨流芳远，万页心灯照路迷。雨露润滋春气暖，苍然老树发新枝。

贺沭阳酒厂产品荣获北京国际博览会铜牌奖

1989 年 10 月

万民心血铸铜牌，仙酿源从沭水来。月窟吴刚停玉斧，天宫王母下瑶台。芳香满溢琉璃盏，春色深藏琥珀杯。奉献千钟迎国庆，神州十亿饮开怀。

金陵怀古

1990 年

虎踞龙盘锁大江，东流滚滚叹兴亡。声声汽笛催春晓，片片征帆送夕阳。千古钟山腾浩气，一江碧水阅沧桑。临风把酒英雄论，勿把家乡作醉乡。

青岛海滨

1990 年 7 月

青岛新姿靓海疆，千帆竞渡水茫茫。华灯珠串黄金岸，碧瓦红楼绿树芳。浩荡天风吹爽气，奔腾雪浪溅星光。栈桥倩影澄波浴，五彩飞虹照夕阳。

沭河通航

1991 年

闸门开放涌清波，吞吐千舟与万舸。碧水悠悠源地脉，云帆片片拂天河。贯穿历史涛声远，流尽人间血泪多。四化春风吹两岸，沭河从此唱新歌。

注：此诗 1990 年 10 月 24 日发表在《沭阳经济报》。

沈括塑像

1991 年

伟绩丰功惠九州，巍巍塑像耸千秋。情倾笔墨流芳远，心血凝成巨著留。治理山川除旱涝，导疏江海解民忧。梦溪源自人心里，万古清悠碧水流。

注：此诗发表在 1993 年 1 月 20 日《沭阳报》，现略作修改。

题骏马腾飞塑像

1991 年

挣破绳缰非病骀，雄风千里荡尘埃。驰骋瀚海惊雷动，跨跃关山险障开。骏马腾飞逢伯乐，沭阳崛起盼人才。长征何畏前途远，万乘奔争向未来。

注：此诗发表在1993年1月20日《沭阳报》，现略作修改。

虞姬塑像

1991年

绵绵遗恨逐乌江，绝代名姬别霸王。异地青山埋玉骨，故乡流水溢芳香。悲歌溅落英雄泪，浩气萦回百姓肠。伫立人间民共仰，红颜千古胜儿郎。

注：此诗发表在1993年1月20日《沭阳报》。

石榴仙君

1991年

飘然飞降沭城中，绰约风姿绝代容。灵气催苞花艳丽，丹心结籽玉玲珑。千家火炬擎高烛，万树芳菲染彩云。浩荡东风吹大地，嫣红姹紫竞争春。

注：此诗发表在1993年1月20日《沭阳报》，后略作修改。

西安碑林

1991年10月

铮铮如铁铸成林，万古萧森耸帝京。妙笔生花铭片石，丰碑光灿记文明。风云变幻龙蛇走，翰墨飞扬志士情。书法精华夸国宝，中华自古育群英。

注：此诗发表在1996年11月2日《沭阳报》。

秦兵马俑

1991年10月

平夷六合独称雄，一统中华赖武功。虎旅甲兵归地府，空馀荒冢落关中。楚人一炬烟灰烬，碧血三秦草木春。史论千秋功与过，后人评点不相同。

登大雁塔

1991 年 10 月

一

气势巍然出九霄，诗名更比塔崇高。云梯上接瑶台近，塔影西斜弱水遥。历代前贤争唱咏，登临后辈竞挥毫。秦关百二披锦绣，丽日清风奏紫箫。

二

群楼崛起竞争高，更上层楼纵目遥。落日长安风瑟瑟，汉家陵墓草萧萧。车流飞驶新开路，玉笛谁闻旧曲谣？阅尽沧桑形胜地，秦川千里涌春潮。

洛阳龙门

1991 年 10 月

石凿岩雕众佛龛，祥光笼罩洛城南。坐观人世千秋史，背负龙门万仞山。烛火香烟多供奉，风沙雨雪未摧残。多情伊水长环绕，不尽清波照玉颜。

黄河三门峡水利工程

1991 年 10 月

奔腾万里路蹉跎，历尽艰难险境多。怒水劈山穿地脉，雄风激浪撼天歌。黄流泻尽人间苦，高峡平湖玉鉴磨。欣喜河清新世纪，烟波浩荡竞帆舸。

黄河

1991 年

九天云外泻黄流，上溯渊源青海头。飞瀑龙门争雄烈，平湖小浪底清悠。长河落日边关壮，大漠孤烟戍卒愁。万象包容襟怀阔，东流大海是追求。

协力同心

1995 年

协力同心情义长，满腔热血酿琼浆。衔杯更壮英雄志，把盏犹温义士肠。涓滴江淮肥沃土，气冲牛斗醉吴刚。滔滔沂水春潮涌，共赴前程奔小康！

怀念战友

1995 年

共曾卫国戍滇南，万里追思战马鞍。弹火纷飞驰铁甲，炮声轰响震雄关。壮心犹在情似火，铁骨年衰志更坚。啸拍栏杆空长叹，剑光豪射斗牛寒。

新长铁路

1995 年

飞轮电掣竞帆舸，铁道平行古运河。引领京杭牵日月，贯穿南北渡烟波。列车疾驶康庄路，汽笛高鸣跃进歌。万里长征开望眼，只争朝夕勿蹉跎。

赠空间医学创始人郭志辰大夫

1995 年 1 月

勇于探索赞先驱，医学空间创世无。真理来源唯实践，丹诚饱蘸著奇书。苍生觉海慈航渡，痼疾沉疴妙手除。造福人民功万代，光明无限是前途！

注:本诗作于石家庄。郭志辰大夫所编研的智能医学及空间医学理论将中华传统的中医理论与西医相结合,开创了全新的医疗治病方法,余耳闻目睹,亲身体验,其成功的实践,神奇的疗效,令人叹服!特赋七律一首敬赠郭志辰老师。

祝女儿骏原考取北京大学

1996 年 8 月

题名金榜勿虚夸,未负春风十度花。跨步燕园圆夙梦,愧无功绩报中华。登科回首缘勤奋,立志明朝创最佳。更上层楼开望眼,前程无限路无涯。

北京大学燕园述怀

1996 年 9 月

最高学府座京华,荟萃精英第一家。毕至群贤名海内,芬芳桃李遍天涯。未名湖水涵天镜,博雅高塔照曙霞。校庆百年逢雨露,春风老树绽新花。

注:自 1898 年创建北大迄今将逾百年,有感而作。本诗作于北大燕园。

沭阳环城河风光

1997 年

琼花瑶草护长堤,碧水穿城泛绿漪。平地飞虹垂倩影,连天灯火望津迷。高楼夹岸争雄峙,佳木临波竞秀姿。再造江山神妙手,人民绘写画中诗。

沭河风光带

1997 年

沿河锦绣手移栽,夹岸幽花四季开。倒影桥虹摇碧水,雄姿广厦逼瑶台。千帆拂浪吹歌去,万里清风送爽来。寻遍神州名胜地,方惊此处胜蓬莱。

注:以上两首七律发表于 1997 年 9 月 13 日《沭阳报》,现略作修改。

春风沭河岸

1997 年

一

漫步河滨路径斜,绕堤芳草望无涯。临风杨柳舒新绿,浴露桃枝笑放花。碧水潺湲通月窟,春波荡漾渡仙槎。琼楼玉宇烟霞里,无限风光百姓家。

二

寻芳何必去天涯? 沭水潆洄此处佳。滟滟清流滋秀木,茵茵绿草护幽花。虹桥数跨春波渡,紫燕归飞倩影斜。夹岸琼楼争俏丽,舟人指点是民家。

沭河泛舟

1997 年 5 月

悠悠碧水映楼台,异卉奇葩斗艳开。浪拍长堤飞棹渡,风梳岸柳舞衣裁。寻芳误认瑶台近,揽胜惊从阆苑来。夜指星空抬望眼,辉煌灯火耀天街。

香港回归日即兴(五首)

1997 年 7 月

一

百年国耻付流东,似箭归心十亿同。疆土瓜分销烟后,人民觉醒炮声中。歌飞七月团圆梦,旗耀五星飘血红。历史伤痕终愈合,九州一统共繁荣。

二

风云世纪话沧桑，蒙辱吞悲噩梦长。炮管挥毫签契约，河山滴血割他邦。香江碧水流清泪，南粤青峰耸剑芒。锦绣中华归完璧，明珠光灿耀东方。

三

怎忍河山似剖瓜，列强舰炮叩中华。销烟壮举留遗恨，义勇军歌动鼓笳。米字残旗飘落叶，国民喜泪溅飞花。今宵共仰团圆月，朗照神州十亿家。

四

鸦片烟销逾百秋，山河蒙难国蒙羞。米旗高挂龙旗落，泪水长随血水流。割地媾和天共愤，人民奋起忾同仇。喜迎香港回归后，一统辉煌共九州。

五

开门揖盗乞偏安，社稷沦亡顿首间。血战虎门兵勇烈，约签静海寺钟寒。忍看沃土繁华地，名易维多利亚湾。梦幻百年归故国，泪飞作雨洗腥膻。

静海寺警世钟

1997 年 7 月

一

骨肉同胞痛别离，年年岁岁盼归期。秋风冷雨相思泪，冰雪严霜染鬓丝。苟延皇权频割地，怒销鸦片奋枪戟。今朝警示铜钟铸，国耻铭心后事师。

二

香港追还举国欣，百年遗恨总难平。清廷卖国签和约，烈士销烟举义兵。疆土虽沦倭寇地，人民岂改故乡音？普天同庆回归日，血铸洪钟警世听。

人民解放军进驻香港(三首)

1997 年 7 月

一

武装先遣接回归,八一军歌壮国威。炮火硝烟兵刃淬,英雄血染战旗飞。港城进戍尊严护,枪杆听从党指挥。劲旅雄师新一辈,新长征路铸丰碑。

二

历史伤痕痛百年,虎门壮举忆销烟。洋人舰炮凌贫弱,勇士长缨抗霸权。八一军旗夸劲旅,千秋伟业继前贤。挥师驻港回归日,誓捍中华统一天。

三

败兵鸦片国门开,末代王朝气数衰。割地赔银蒙国耻,主权沦丧作奴才。虎门炮火冲天怒,义勇军歌动地哀。此戍港城师旅壮,何愁倭寇又重来?

注:《香港回归日即兴》《静海寺警世钟》《人民解放军进驻香港》系喜迎香港回归而作,并冠以总标题《喜迎香港回归而作　组诗七律十首》,参与 1997 年度江苏省金融系统“迎香港回归,庆百年梦圆”有奖征文活动,获三等奖。

虎门炮台

1997 年

百年见证国兴衰,鸦片销烟激战开。猛将捐躯兵浴血,功臣放逐事堪哀。无声炮口昂天外,浩荡海风抒壮怀。一战成名彪史册,雄兵后继又登台。

无题四首

1999 年

一

三十流年别沭阳，悠经风雨鬓初霜。人生苦短春更短，思念情长恨亦长。顾影无何邀月饮，天涯谁与共飞觞？芳心犹在悲花落，留得残红梦里香！

二

一别音容两渺茫，芳丛妒羡蝶飞双。重游故地温残梦，诗赋深情咏夕阳。人面桃红何处是？春风鸟语忆花香。童贞青涩羞启齿，抱憾终生遗恨长！

三

巫山缥缈梦萦怀，记忆回归现实来。豆蔻含苞花欲放，少年情窦正初开。风催雨涤青春逝，日损芳颜玉貌衰。恨海情天何所望？盼圆破镜赴泉台！

四

见证春花几度开，天涯谁与诉情怀？桃红只在诗行绽，倩影何曾梦里来？戍垒边风笳鼓壮，关山月冷断鸿哀。今生前世缘难续，相约重逢赴夜台！

欢庆澳门回归

2000 年

苦雨凄风去不回，碧莲紫荆竞争晖。中华锦绣添双璧，港澳山河统一归。南海扬波消辱耻，神州崛起国民威。十二亿人同欢庆，笑语声催喜泪飞。

贺京沪高速公路全线贯通

2000 年 11 月

一

蜿蜒千里势豪雄，浩荡东风醒蛰龙。壮丽山河添锦绣，苍茫大地起飞虹。横穿历史宏图展，纵贯中华国脉通。滚滚车流京沪路，追星揽月赴天宫。

二

伟哉京沪接天遥，跨越时空速度高。大地琴弦弹碧野，入云线谱奏春潮。车轮滚滚追星月，汽笛声声动九霄。故国沧桑惊巨变，辉煌前景看明朝。

南京阅江楼

2001 年春

追思历史建斯楼，滚滚长江岁月流。故国河山夸壮丽，王侯黎庶共荒丘。云帆竞渡浮春水，白鹭惊飞起绿洲。水阔天空长一啸，怡然忘却古今愁。

南京阅江楼述怀

2001 年

阅尽长江上此楼，诗思滚滚逐江流。豪吞万水争归海，远送千帆竞上游。雪浪洗消亡国恨，烟波荡涤古今愁。人民施展回天手，飞架双虹壮九州。

阅江楼

2001 年

千古金陵第一楼，凭栏北望大江流。虹飞天堑通车路，浪打城垣洗石头。烟雨秦淮流脉脉，片帆云影自悠悠。山河锦绣人民主，崛起中华冠五洲。

金陵怀古

2001年

六朝金粉帝王州，江水浮天日夜流，画阁琼楼新世纪，断碑荒冢故园秋。笙歌玉树金莲步，灯火秦淮荡彩舟。后辈每思亡国恨，警钟撞响震心头。

有感南海2001年4月1日王伟飞机被撞事件

冤家路窄撞军机，此一时非彼一时。今日王伟蒙难地，当年史密举降旗。忍看机组归还美，怒向南天赋小诗。遗恨百年悲甲午，国人痛定应深思。

惊闻南海我战机撞毁作此诗

2001年

韬光养晦待何期？世界风云隐杀机。史密王伟逢异代，战俘身殒不同时。漫言落后才挨打，软弱无能必被欺。纵览中华荣辱史，忧思百感赋诗词。

登蓬莱阁

2001年7月28日

诗名久仰慕蓬莱，此日登临眼界开。飘渺烟云迷海市，虚无蜃气隐楼台。波涛万顷连天涌，风雨千军卷地来。欲访八仙人去远，神州崛起出群才。

注：登蓬莱阁时，骤起风雨，不时又转晴，海天风云变幻，气象万千，令人心旷神怡。

蓬莱阁水城

2001年

依山环海筑高墙，名将争夸戚继光。忠勇千秋留塑像，英风万古护家邦。排空雪浪飞兵舰，拔地船桅耸剑芒。更比水城天险固，成城众志若金汤。

蓬莱阁眺望

2001 年

蓬莱高阁觅仙踪，锦绣江山四望中。海雨天风掀大地，烟涛雪浪撼长空。云迷津渡星河近，雾锁高城关塞雄。曾是抗倭鏖战处，旌旗漫卷血飞红。

蓬莱阁高城

2001 年

曾经万里觅蓬山，此日登攀不畏难。雾卷云飞淹岁月，天空海阔渡风帆。洪波拍岸涛声壮，浪涌高城日色寒。弹洞千秋留石壁，当年御敌是雄关。

注：在蓬莱阁高处墙上刻有“海不扬波”四个大字，此墙上留有日寇弹片击痕。

晨望蓬莱仙阁

2001 年

魂牵梦绕觅蓬山，雄峙高城渤海湾。屏障京华阻万水，潮生日月送千帆。楼台蜃气烟波渺，画阁风清拂面寒。雾散云飞回首望，艳阳光照色流丹。

观刘公岛甲午海战纪念馆

2001 年

刘公岛已熄烽烟，国耻追思甲午年。远眺海天风浩荡，英雄雕像势巍然。捐躯壮烈留青史，疾首伤怀遗恨篇。永励我军新舰队，劈波斩浪更无前。

刘公岛邓世昌塑像面对黄海，手持望远镜远眺东方

2001 年

烟波浩淼雨凄凄，浪拍刘公岛外堤。壮丽海疆传后代，英雄人物不同时。帆桅高树擎天日，瀚海长歌动地诗。痛忆邓公空洒泪，捶胸自恨我来迟。

甲午海战纪念馆

2001 年

浩瀚烟波烈士家，雄踞黄海望天涯。不时雾卷晴天雨，四季风开雪浪花。历史百年悲甲午，英名万代耀中华。长鸣汽笛军旗奋，伴奏渔歌唱晚霞。

注：刘公岛北洋水师覆没处现建有甲午海战纪念馆。

远眺长山列岛内长山列岛扼守渤海湾为京津之门户长山岛由我长山要塞区部队驻守

2001 年

一

蓬莱相望浴晨晖，云水苍茫隐翠微。屿列珠玑环碧海，山横锁钥固边陲。渔舟破浪征帆远，战舰巡航疾箭飞。拱卫京津称要塞，雄关屏护国安危。

二

昔年曾让敌心惊，放眼天涯海未平。环岛风云藏霹雳，连山坑道蛰雄兵。滔滔浪卷千堆雪，猎猎旗飞百战营。耸峙国门当锁钥，帆桅林立举长缨。

注：岛上建有永备工事，坑道相连，防守固若金汤。

大连滨海路老虎滩即景

2001年7月29日

北国边城气象殊，蓝天碧海托明珠。广场绿草生春色，夹道青松护坦途。自古兵家争战地，如今商贾竞通衢。红楼掩映云飞处，试问仙翁可住居？

旅顺口述怀

2001年7月29日

浪静风平渤海湾，藏龙卧虎舰摇篮。电岩炮指青天日，灯塔光明白玉山。万里边关形胜地，百年荣辱烙心间。今朝陆海雄师壮，定斩豺狼去不还。

旅顺日俄监狱

2001年

日俄争霸劫东辽，祸接兵连战火烧。锦绣田园成地狱，神州大地遍囚牢。声声倭鬼豺狼啸，处处腥风血雨飘。泪水滔滔流渤海，百年国耻恨难消。

大连港城风景线

2001年

凭依山势竞群楼，一片繁华海尽头。浪洗丹崖天不暑，风吹爽气地回秋。琪花瑶草迷芳径，碧海蓝天点白鸥。吐纳五洲吞世界，烟波港外认归舟。

北京战友聚会

2001年8月26日

在京与1972年入伍的北京籍战友宋学胜、龙传玺，王仲生等多人聚会，屈指算来，已逾20余年，阔别重逢，恍有隔世之感。

青春壮丽卫中华，铁打营盘曾是家。野战挥戈追落日，黄河夜渡踏寒沙。军旗飞卷蒙山雪，炮火雷鸣渤海涯。二十风霜双鬓染，共君谈笑赋黄花。

首届沭阳花木节

2001 年

中华锦绣百花乡，无限风光是沭阳。异卉奇葩争国色，地灵人杰育天香。千村蜜酿群蜂舞，万卉花丛彩蝶忙。诗咏飞歌传世界，五洲四海共芬芳。

欣闻长江三峡大坝建成试通航并泄洪蓄水高程 135 米

2003 年 6 月

坝锁江流何壮哉！泄洪航运闸门开。千帆逆水排空去，万壑风雷动地来。神女梳妆临宝鉴，巫山云雨掩瑶台。中华千古文明地，孕育诗坛李杜才。

三峡工程

2003 年

曾是伟人梦寐求，平湖高峡出夔州。闸门截断巫山雨，滟滪通航日夜舟。滚滚奔涛凝碧水，滔滔浊浪化清悠。女神应诧沧桑变，万里江流作电流。

读苏轼大江东去词有感

2003 年 5 月

满腔热血铸诗魂，博古通今笔力雄。笑傲青天歌月魄，气吞狂虏啸风云。忧民情颂河山丽，报国襟怀壮志同。一曲念奴娇问世，千秋传唱大江东。

五十初度

2003 年

一

曾经战火未言愁，风雨人生五十秋。诗咏疆场抒壮志，笔耕焦土写风流。长征不畏坎坷路，破浪勇行逆水舟。莫问前程须放眼，攀登更上最高楼。

二

乐知天命上层楼，满目萧然风雨秋。战友当年谁尚在，大江依旧向东流。登高每咏观沧海，泛水岂随范蠡舟？踏遍青山心未老，征程健步迈从头。

海南之旅组诗

2004 年 6 月

五指山

奋飞万里赴琼崖，勃发诗情兴倍佳。一柱擎天担日月，五山耸指壮中华。椰风馥郁迎宾客，碧海欢腾涌浪花。目尽天涯回望处，琼楼竞起是渔家。

鹿回头山

欲寻名胜遍神州，此幸天涯海角游。山石有情雕玉女，海风吹雨水温柔。椰林绿涌千重浪，港口怀拥万里舟。神鹿惊魂回首处，游人忘返亦回头。

漂流万泉河

革命当年历坎坷，英雄辈出万泉河。马蹄声逝埋芳径，竹筏悠然泛碧波。黎寨晨炊烟缥缈，椰林晓雾影婆娑。后人重走红军路，绿水长流奋进歌。

亚龙湾　海水浴场

无限诗情画意间，泳衣五彩色斑斓。千层浪吻黄金岸，万里潮平竞白帆。椰树青青环海碧，雪鸥点点戏天蓝。风光莫道蓬山美，怎及神州第一湾？

娘子军连营地

浴血曾经战火年，忽惊沧海变桑田。万泉水碧滋沃土，五指山高欲补天。椰树迎风争秀色，红旗飘舞熄烽烟。娘子军歌英雄地，百万琼花竞斗妍。

问嫦娥

2005 年

一

星河浩瀚盼通舟，此夜银盘变玉钩。桂树无言花易落，嫦娥有恨泪空流。彩云飘逸相思远，玉杵清音魂梦悠。极目广寒宫问讯，芳心苦恋几春秋？

二

情深意切赋诗歌，不绝绵绵思念多。空羡银河牛女渡，自由魂梦鹊桥过。悠经离别相思苦，凝聚丹诚岁月磨。欲问嫦娥明月夜，芳心仍恋后羿何？

望月四首

2005 年

一

纵然牛女隔天河，七夕年年得一过。玉露金风明月夜，幽花桂树淡银波。低眉暗滴相思泪，秉笔难书爱恋歌。是否蟾宫同不寐？后羿把酒问姮娥。

二

相思彼此隔天涯，冷月蟾宫岂是家？倩影相怜唯玉兔，清光孤照送年华。秋风万里催鸿雁，云海千重涌浪花。日夜归心如箭急，嫦娥泪眼盼仙槎。

三

年年岁岁望天涯，魂梦嫦娥玉兔家。粉面猜疑桃李色，明眸清夺月光华。金风吹拂星河浪，玉露滋开丹桂花。夜夜后羿常不寐，茫茫云海盼仙槎。

四

广寒月冷倍思家，清泪涟涟湿桂花。婀娜风姿携玉兔，飘飏仙袂拂流霞。悠悠魂梦情无限，浩浩星河路有涯。碧海云天遥望处，后羿何日渡来槎？

无题

2005 年

一

遥遥相望隔天河，久盼佳期从未过。千里飞鸿传锦字，一江流水漾春波。凉风瑟瑟花开少，冷雨潇潇泪洒多。长咏新诗人不寐，婵娟此夜梦如何？

二

欲邀月饮玉杯空，缥缈巫山幻彩云。歌赋春风抒爱恋，墨倾诗笔诉情浓。桃花愧比嫣红色，芳草猜疑绮绿裙。目送千帆凭栏久，心潮逐浪大江东！

三

遥隔天台山万重，心随流水向江东。书传锦字飞青鸟，诗赋华笺望断鸿。江海潮来时有信，芳颜惊艳影无踪。婵娟夜月人千里，云雨高唐梦否同?

四

诗咏寒灯夜未央,悠悠思念似春江。心弦谐振歌风月,妙笔抒怀翰墨香。云雨巫山终是梦,天台归路亦无郎。阳春一曲情高雅,鸾凤和鸣流韵长!

五

静夜思君诗赋愁,风鸣落叶又深秋。泪倾冷雨潇潇洒,情寄寒江脉脉流。极目青天随雁影,凝眸碧水盼归舟。依稀云梦巫山远,何日瑶台结伴游?

无题

2005 年

倾诉情怀彩笔挥,芳心吐露绽开蕊。悠然魂梦千思缕,比翼春风双燕回,夜雨飘潇和泪洒,诗情浪漫逐云飞。雁行望断凭栏久,懒得梳妆懒画眉。

春

2005 年

江南江北杏花天,春雨春风又一年。诗诉芳情倾爱恋,笔抒灵感意缠绵。画堂紫燕喃呢语,翠柳黄莺戏舞翩。此夜巫山神女梦,悠悠千里彩云边。

春之二

2005 年

嫩绿新垂杨柳丝,曾经冰雪岁寒时。诗歌爱恋风流韵,笔赋缠绵婉约词。碧水春江花月夜,巫山云雨梦佳期。心灵互感相思苦,君是洛河神女知。

春之三

2005 年

枯坐寒灯如醉痴，夜阑又是未眠时。诗吟挚爱深情句，魂梦朝云暮雨期。孤寂心惊莺燕语，相思泪洒绣罗衣。刘郎抱憾终身恨，欲返天台路已迷。

自题

2005 年

一

人生回首曾经过，万水千山历险多。北国烽烟驰铁骑，南疆浴血奋金戈。飞兵大渡惊涛滚，跃马黄河激浪波。解甲雄风犹未减，梦中仍唱大刀歌。

二

英年戎马渡关河，军旅生涯百感多。曾寄相思书雁字，愁将慷慨作悲歌。雄心万里豪情壮，白发千丝奈我何？应惜流年追日月，长征跃马再挥戈。

三

驰骋铁马奋金戈，壮岁曾经百战多。渤海鏖兵歌震野，滇南平虏血成河。风霜易损青春老，岁月难将壮志磨。十万雄师还故国，春秋廿载愧蹉跎。

纪念赴云南前线作战二十周年步军列过大渡河七律原韵

2005 年 3 月

奔腾激浪涌惊波，昔日飞兵大渡河。滚滚烽烟昂炮口，滔滔流水奏军歌。漫山绿树啼春鸟，遍野红花绽笑涡。历尽兵戈争战后，越中握手弟兄和。

纪念赴云南前线作战二十周年

回首南征道路赊，战车飞驶向天涯。声声号角悲残月，滚滚江流壮鼓笳。情奋军旗翻血色，墨倾焦土绽春花。沙场未了生平志，三等功微愧国家。

纪念抗日战争胜利 60 周年

2005 年 8 月

疮痍满目旧山河，民族中华屈辱多。沃野千村沦血海，同胞万众作倭奴。先驱共党挥镰斧，后继群雄奋举戈。靖国亡魂犹未死，诸君应把战刀磨。

纪念南京大屠杀 68 周年

2005 年 12 月

炮火枪声破石头，铁蹄蹂躏帝王州。阴风杀气迷江暗，鬼哭悲歌逐水流。倭寇屠刀争饮血，同胞尸骨垒荒丘。冤魂地下犹呼唤：为我中华报国仇！

无题

2006 年春

半纪风霜未白头，雄心不已志难酬。青春岁月无虚度，花季何曾付水流？世路坎坷经险阻，征程逆浪勇行舟。江郎谁说才华尽？妙笔抒怀诗兴遒！

桂林吟

2006 年

心驰神往梦魂牵，三姐芳名四海传。一曲山歌情切切，千姿竹影舞翩翩。天倾玉液滋漓水，地笋奇峰绽碧莲。永共江波流韵久，新歌传唱一年年。

注：桂林是山歌王刘三姐的故乡电影《刘三姐》拍摄地。在漓江

两岸到处是丛生的凤尾竹，诗中“竹影”指凤尾竹影；“碧莲”，指碧莲峰。

漓江放舟

2006 年

水碧山青冠五洲，桂林阳朔竞风流。书童叠彩峰峦秀，芦笛冠岩洞穴幽。曲曲清歌飘爽气，悠悠漓水荡轻舟。游船不舍游人去，汽笛声声似挽留。

注：书童山在阳朔境内，叠彩山在桂林市区。

桂林风光

2006 年

世人共仰慕诗名，喜觅仙踪赴桂林。漓水清波流脉脉，峰峦奇秀玉亭亭。花桥飞渡霓虹影，渔火辉明日月星。海外嘉宾争摄影，五洲共赏画中情。

注：花桥即七星公园内的花桥。

桂林颂

2006 年

漓江蜿蜒带青罗，倒映奇峰照绿波。拂面清风摇凤竹，悠扬牧笛伴渔歌。饮吮碧水迎神象，背负斜阳卧骆驼。莫道苏杭天下美，桂林试比问如何？

注：颈联指桂林市内象鼻山和七星公园内的骆驼峰。

漓江游

2006 年

远去嚣尘野趣悠，泛舟漓水梦魂游。风摇翠竹潇潇语，情漾春江脉脉流。百啭黄鹂啼绿树，双飞白鹭下汀洲。最怜新月弦初夜，静影澄波坠玉钩。

阳朔江滨——观映象刘三姐演出

2006 年

风竹临波绿玉栽，漓江锦绣画屏开。水从王母瑶池溢，山是仙姝照影来。渔火流辉明夜市，琳琅珍品靓西街。世人传唱刘三姐，万里神州大舞台。

两江四湖印象

2006 年

漓水桃江绕四湖，青罗玉带串珍珠。香飘桂木芳洲渚，滴翠群峰入画图。秀甲神州名胜地，喜迎四海众仙居。他年若遂生平愿，终老江边结草庐。

注：两江即漓江、桃花江。四湖即榕湖、桂湖、杉湖、木龙湖。四湖尽在桂林城中。

桂林吟

2006 年

绿染双江玉带环，四湖峰影映澄潭。鳞鳞浪起飞仙棹，滟滟波光照笑颜。徒有诗情吟碧水，恨无彩笔画春山。深铭脑海长相忆，回味无穷梦寐难。

梦幻漓江游

2006 年

天然造化胜苏杭，恍惚神游梦幻乡。桂树葱茏峰婷秀，波流碧玉水飘香。江声万古琴音远，山色千秋画幅长。无限风光描未尽，诸君细读吾诗行。

飞舟漓水画中行

2006 年

梦幻神游赴桂林，飞舟漓水画中行。波连银汉江流碧，山出蓬壶玉笋青。艳羡文豪争泼墨，魂惊骚客发狂吟。江山愧我才疏浅，搜尽枯肠意未平。

秀甲寰球第一家

2006 年

秀甲寰球第一家，桂林阳朔属中华。奇峰绿映三春水，芳树争开四季花。岩洞幽深连地脉，碧流蜿蜒向天涯。外宾屈指连 OK，岂独骚人诗赋夸？

赠妻

2006 年秋

转瞬光阴五十秋，与君携手又登楼。青丝临镜风霜染，鱼尾纹沟岁月流。曾仰星空思织女，几回月夜望牵牛？春心不怕红颜老，濡沫相依共白头。

牛郎织女

2006 年

浩瀚星空横绛河，若非牛女渡谁过？花经风雨芳菲谢，心被相思苦折磨。云彩悠悠浮春水，明眸脉脉送秋波。将倾江海研作墨，难写情深爱恋歌。

用李白金陵凤凰台韵

2007 年春

高台谁见凤凰游？漫说投鞭江断流。日暮莺声喧古寺，雪融春水绕荒丘。钟山王气经千劫，世代冤魂哭九州。指点六朝金粉地，笙歌勿忘国民愁！

哭祭我师刘传诗副政委

2007 年 3 月 30 日

千里惊闻噩耗来，刘公弃世赴仙台。麾师号令军旗奋，铁马奔驰石洞开。昔日整编裁劲旅，于今何处觅英才？将星陨落和平夜，战友滂沱泪哭哀。

怀刘传诗副政委

2007 年

斗转星移二十年，雄师奏凯即裁编。关山已换新天地，影集珍藏旧照片。每忆战车驰石洞，曾经炮火共烽烟。思君寻梦南征路，犹认英姿是木棉。

寄李文杰战友

2007 年 10 月 29 日

笑傲青山照夕阳，与君回首忆戎装。丹心红胜炉中火，豪气消融鬓上霜。二十烽烟熔肝胆，一腔热血铸诗行。年华半百方过半，壮丽人生路正长。

再登阅江楼

2007 年秋

一

万里西风上此楼，萧然满目独悲秋。江翻浊浪摇天地，雁叫残阳过石头。怅忆楼船思夜雪，总将缺月认吴钩。心潮更逐长江水，澎湃周身热血流。

二

崇楼飞阁耸虚空，千古繁华视野中。变幻烟云踞卧虎，嵯峨山影势蟠龙。涛声向晚悲歌切，落日余晖吐血红。勿忘屠城思国耻，大江东去恨无穷。

七彩云南

2007.11.22～11.29

重返昆明

二十年来旧地游，征衣色褪亦风流。昆明池水凝碧色，世博飞花隐玉楼。烽火已翻红袖舞，硝烟化作彩云悠。凯旋战友今何在？泪洒春城壮志酬。

再访石林

自然遗产世珍稀，林木萧森化石奇。万态千仪因地火，神工鬼斧孕天机。悠经雨雪风霜砺，阅历桑田沧海移。高名长共诗名仰，铁骨铮铮是吾师。

石林剑池

凛凛寒气色青苍，影射天池日月光。千仞奇峰抽利剑，一泓碧水淬锋芒。波连瀚海游龙潜，雾化云霓翥凤翔。造化天工夸壮丽，传闻仙侣认家乡。

大理风光礼赞

塔镇边陲气势高，雄姿萦绕白云飘。塑雕雪月风花景，歌咏蓝天碧水谣。四季苍山凝翠色，三秋洱海涌春潮。江郎到此才华尽，妙笔难将壮丽描。

注：大理有上关风、下关花、苍山雪、洱海月四景闻名，也称为风花雪月之地。现城区立有风花雪月四座雕塑。

苍山洱海

驰名世界誉中华，洱海苍山景色佳。最爱蓝天浮碧水，更兼雪月与风花。泉流玉液迷蝴蝶，袖舞清歌唱落霞。竞艳金花千万朵，游人到此不思家。

大理蝴蝶泉

蝴蝶泉边锦绣堆，翩翩蝶戏彩云飞。歌传五朵金花艳，曲奏千秋青史垂。源引苍山通血脉，波流洱海漾春晖。心弦共振琴音远，万里神州韵律回。

丽江玉龙雪山

冰峰突兀耸苍穹，百里蜿蜒卧玉龙。雪化琼浆名丽水，文明孕育古巴东。风飘乐舞千家乐，笑绽山茶万朵红。倒映龙潭明镜里，与君共浴水晶宫。

丽江古城

龙潭水碧映天蓝，倒影澄波浴雪山。绿树垂杨风袅娜，清流穿户韵潺湲。千年古道通茶马，万国宾朋聚此间。百姓民居皆画栋，高原雄丽胜江南。

束河古镇

古镇沧桑岁月赊，久通商旅走天涯。龙泉水奏迎宾乐，普洱茗烹敬客茶。不染纤尘青石路，雕梁飞甍绿窗纱。冰山雪化琼浆注，流遍黎民百姓家。

注：束河古镇位于玉龙雪山下，呈江南风貌。

西双版纳

关山四季郁葱葱，千里寻芳到景洪。古木青苍原始态，蕉林出没象行踪。金池碧水翔孔雀，边寨炊烟袅白云。仙境人间夸版纳，南疆翡玉翠玲珑。

访傣家村寨曼暖龙

油棕夹道树青青，竹舍高低掩绿荫。待客热情燃篝火，迎宾泼水涤心灵。筒裙旋舞春花放，玉笛歌吹鸾凤惊。试问民风傣家女，清甜笑语似流莺。

亲历爱伲山寨抢亲

婷婷嫋嫋艳红妆，戏抢新郎入洞房。舞袖轻飏飘异彩，歌喉婉转吐芬芳。纤纤玉手牵情侣，脉脉秋波泛月光。莫问巫山云雨梦，爱伲寨不是高唐。

西双版纳孔雀园

金池水榭似瑶台，异卉奇葩和露栽。乐奏仙姬霓裳舞，花争孔雀翠屏开。宜居气候三春暖，游览嘉宾四海来。每欲挥毫歌赞咏，恨无八斗赋诗才。

自题

2007 年

风霜渐损少年容，华发萧萧心尚雄。三月春花疑战火，九天秋月挽雕弓。常怀铁马冰河梦，厌见灯红酒绿浓。伏枥良骐思万里，高歌仍唱大江东。

编辑整理旧诗作有感

2007 年

一

珍藏拙作记豪言，恰是风华正茂年。渤海浪涛声激越，江南丝雨意缠绵。战车疾驶硝烟路，炮口高昂怒指天。莫让青春流水逝，再挥健笔写新篇。

二

热血满腔气浩然，从戎跃马奋挥鞭。车驰烽火三千里，豪咏新诗八百篇。涉险攻坚唯恐后，冲锋陷阵力争先。一支诗笔情潇洒，欲挽青春少壮年。

京华之旅组诗

2008年

北京北海公园

千秋名胜一登临，极目遥天俯帝京。故国寒烟青漠漠，新楼春笋玉婷婷。长城北望边烽静，众水东流海宴清。壮丽河山民作主，更需武备护和平。

登八达岭长城

控挽河山气势雄，苍龙昂首欲腾空。千秋崛起斯民力，万里讹传一帝功。自有春花飞塞外，更无怨妇泣闺中。人心莫用高城限，十亿神州庆大同。

居庸关长城

雄关耸峙万山丛，历尽沧桑话祖龙。生死盖棺无定论，是非功过说纷纭。长城万里丰碑在，遗恨千秋霸业空。灿烂文明彪史册，人民创造是英雄。

八达岭长城远眺有感

尽倾国力更劳民，欲阻匈奴铁骑侵。拱卫山河雄万里，高标史册耸千寻。古今征战烽烟举，义勇军歌血肉凝。勿忘东倭耽虎视，年年神社拜亡灵。

登长城述怀

大略雄才起霸心，高墙筑就护神京。千年耸峙迎风雨，万里绵延贯古今。一代伟人曾唱咏，几多骚客共歌吟。每思保卫长城战，国耻难消恨未平。

登八达岭长城感赋

中华一统始皇秦，万仞高城俯帝京。伟烈丰功垂史册，险关要塞耸威灵。烽烟战乱群雄故，赤县神州日月新。历尽千秋风雨后，江山锦绣属人民。

再登长城

几度登临几度歌，年华飞度感蹉跎。金戈铁马征尘远，烽火狼烟入梦多。阅历千秋凝血泪，曾经万里护山河。中华一部文明史，世代骚人竞咏哦。

八达岭

千仞高城雾锁关，蜿蜒万里壮河山。曾经雉堞燃烽火，见证金戈照月弯。怨妇春宵魂梦绕，征夫雪夜角吹寒。阅尽沧桑登高望，何畏人生道路难？

观鸟巢水立方

曾经十度赴京华，奥运重游兴致佳。建筑宏伟雄故国，宾朋云集友天涯。腾飞圣地人争颂，崛起神州举世夸。古韵新声歌盛世，我今铁板唱铜琶。

香山红叶二首

熊熊火炬燃枝头，霜叶飞红故国秋。独自凭栏抬望眼，与谁把盏共消愁？坎坷世路随春梦，风雨人生羡白鸥。此日香山登绝顶，高歌一曲唱神州。

霜叶殷红枫树林，香山秋色日萧森。千岩岚气浮云影，万壑松风扫落英。青镜流年悲白发，晚霞余火照丹心。裁军百万征衣解，谁向清溪试杵砧？

毛主席纪念堂

导师开国建丰功，决胜运筹纬幄中。锦绣河山滋露雨，神州是处遍东风。虽经改革风云变，心底犹飘旗帜红。一卧晶棺三十载，亿民挥泪祭毛翁。

长城

长城万里浴春晖，铁壁雄关隐翠微。故垒当年烽火举，戍楼曾见战旗飞。和平一统人心向，杀伐纷争民意违。塞北江南皆锦绣，牛羊牧马正秋肥。

老农诉拆迁

2008 年

园区扩建几搬迁，又拆新家老泪涟。茅舍补偿钱有限，青苗铲毁望无边。招工只挑芳龄选，就业谁将衰朽怜？生意不能还种地，举家仅剩两分田！

闻中越边境勘界有感见怀战友

2008 年 12 月

昔年浴血老山头，风雨流年二十秋。空有英雄忧国愤，恨无利剑斩民愁。低眉垂泪思英烈，极目遥天数白鸥。勘界南疆鏖战地，魂牵梦绕日悠悠。

梦溪园诗词　七律八首

梦溪园是我县为纪念宋代文学家、科学家沈括而修建的一座公园。北宋至和年间，沈括曾任沭阳县主簿，分管水利和农业，对沭阳的水利和农业发展作出了巨大贡献。

沈括一生多有建树，留下诸多文学科学著作，最负盛名的是《梦溪笔谈》。为此公园便命名为"梦溪园"。该园位于沭阳城东，园内立有沈括塑像，还有九曲梦溪流水，汇入园南湖中。湖中建有亭榭与音乐喷泉。环湖绕溪，林木青葱，翠竹披风摇曳，奇花异卉飘香，风景绝佳，令人流连忘返。此公园 2009 年建成并向群众开放。

为提升梦溪园的文化品位，沭阳县人民政府决定在园南侧湖边建立梦溪园诗词碑刻，征集县内外名人雅士诗词，本人亦有幸应约献稿。共计八首七律诗被镌刻于诗碑。

附八首七律如下：

2009 年 7 月

一

沭水悠悠念沈公，梦溪圆梦记丰功。波澄静影摇天碧，花绽朝暾吐血红。岸柳风梳池榭月，喷泉乐奏水晶宫。骚人竞奋生花笔，续写芳园四季春。

二

为官为仆走天涯，落户斯园永是家。雨露春蕾迎笑靥，喷泉漱玉绽飞花。湖光波影明秋月，燕语莺歌唱落霞。著述笔谈文睿智，丰碑千古壮中华。

三

寻仙万里觅蓬莱，云影天光画幅开。九曲清溪环翠玉，一泓碧水映瑶台。渔舟唱晚吹歌去，竹海披风送爽来。自古花乡文墨地，群星璀璨汇英才。

四

明湖波滟漾春晖，绿树含烟隐翠微。九曲梦溪流脉脉，三春芳苑蝶飞飞。虹桥倩影凌云渡，柳岸莺歌逐画眉。浩气英风名千古，沈公著述树丰碑。

五

曾闻海客话瀛洲，有幸梦溪园一游。瑶草琼花和露种，清波渌水自风流。亭台隐翠湖光静，枫叶飘红芳径幽。柳浪闻莺歌舞地，蓬山万里又何求？

六

潆洄九曲自银河，风袅垂杨戏绿波。步履梦溪寻梦境，神游仙苑问仙娥。花飞水畔流芳远，舟泛波心得月多。婉丽风光需婉约，壮夫欲效燕莺歌。

七

环游琼岛步春阴，桥影飞虹映月明。滟滟湖光摇玉树，潺潺溪韵伴啼莺。流芳青史思人杰，润泽苍生孕地灵。更为神州添锦绣，谁从海外借蓬瀛？

八

移山引水绣春光，浓缩苏杭现沭阳。名号梦溪文脉远，功垂史册字流芳。碧波影漾瑶池月，绿树花飞玉殿香。荟萃群英新世纪，丹心妙笔写辉煌。

梦溪园组诗　十三首

2010年至2011年

贺梦溪园诗碑落成

缘溪曲径自通幽，四季飞花逐水流。柳拂春条风袅袅，月涵秋影梦悠悠。芳园集萃蓬壶景，仙棹波摇爱侣俦。毕至群贤挥彩笔，诗碑勒石颂神州。

春到梦溪园

恍若瑶台到梦溪，虚无缥缈梦依稀。泉喷珠玉银蛇舞，花发天香紫燕啼。莫怨残红流碧水，应怜好雨润芳枝。不才欲作游园赋，谁借凌霄笔一支？

梦溪园寻梦之路

疑是武陵春梦否？梦溪水碧野芳幽。莺啼恰恰千歌啭，溪韵潺潺九曲流。泉漱琼花喷玉液，波悠仙侣荡轻舟。相机嘱拍来时路，勿忘桃源再度游。

野游梦溪

恰是春风化雨天，退休避世觅桃源。烟波蓬岛三山近，碧水银河一脉连。曙色微明闻吠犬，雄鸡报晓唱花妍。花间对答流莺语，喜赋新诗又一篇。

梦溪梦境

莫是魂游梦幻间？亦疑春色借江南。莺啼芳草垂杨岸，柳浪烟波系画船。月夜楼台回雁影，残宵清露湿云鬟。一泓碧水飞天镜，谁共仙娥照玉颜？

梦溪园之夜景

似疑幽梦步蟾宫，天赐瑶池水一泓。微雨先滋芳草绿，春风初绽碧桃红。泉喷七彩鸣丹凤，光耀千花舞玉龙。陶令问津迷去路，霓虹灯闪记仙踪。

梦溪园颂

沐浴春晖万物苏，宜游宜乐更宜居。溪泉漱玉光明灭，银汉流声若有无。花散幽香迷宿雾，月轮波影漾澄湖。灵霄宝殿如知晓，定取斯园作帝都！

游园惊梦

一曲菱歌白鹭惊，游园春晓踏莎行。花飞乐奏天香远，雨润风梳柳色新。溅溅鸣泉和燕语，悠悠溪水涤心灵。枯肠搜尽无佳句，有待诗魂作梦吟！

梦溪园再赋

远去尘嚣野趣悠，问君几度又重游？风摇翠竹萧萧语，溪漾幽香脉脉流。水碧霞明花绽露，蜂飞蝶舞不知秋。青天倒影新弦月，抛向人间钓玉钩。

梦溪之旅

寻芳览胜问蓬山，九曲清溪碧水环。滟滟春波流月影，悠悠白鸟下澄潭。莺歌燕语和风暖，泉漱琴音泻玉寒。毕竟天台云路远，梦溪仙境在人寰。

梦溪之美

波引瑶池玉液凉，岸环仙卉竞红芳。泛舟碧水神清爽，小憩花丛梦亦香。习习风传啼燕语，悠悠月影漾湖光。游人不乏烟霞客，浑认斯园是帝乡。

梦溪园新作

柔波细浪泛轻舟，九曲清溪脉脉流。异卉奇葩争俏丽，莺啼燕啭竞歌喉。潇潇春雨梳杨柳，缕缕香风送笛悠。绝世桃源归隐处，仙踪难觅梦难求。

梦溪园诗碑落成，其中镌刻余七律八首观后偶发感慨，同以七律记之

梦溪碑刻姓名留，胜占园林土一丘。八首诗词歌七律，数行文字诵千秋。青春永驻芳枝绿，心志澄明碧水悠。亦有微瑕瑜未掩，后人评点说风流。

上海世博会中国馆

2010 年 7 月 10 日

豪气吞江四海通，腾飞昂首起苍龙。高标史册云天碧，兀立鸡群鹤顶红。伟业千秋惊世界，威风八面傲群雄。百年世博中华梦，万国衣冠拜浦东。

纪念参军至今四十二年而作

2011 年 5 月

戎马关山度岁华，横戈万里赴天涯。边城烽火寒吹角，铁甲冰河夜鼓笳。竭尽丹诚无白发，将倾热血绽春花。钢枪入库挥诗笔，歌赋深情报国家。

送小女诺亚赴美国留学

2011 年 8 月 8 日

负笈求知赴异邦，乘风万里越重洋。腾飞久蓄凌云志，举翼今辞故国航。难舍离情频回首，强吞别泪赋诗行。未来锦绣前程望，海阔天空任尔翔。

注：本诗作于上海浦东机场。

与刘志平、江志平二战友重逢

2011 年 11 月 26 日晚

与刘志平、江志平二战友金坛重逢，追忆云南前线并肩战斗岁月，迄今已逾二十六年。往事悠悠，重叙旧情，感慨歔欷不已。得此七律三首。

一

金戈铁马忆当年，战友重逢喜泪涟。浴血南疆思炮火，笑谈战地话红棉。飘萧鬓发风霜染，冶炼豪情岁月坚。志壮心雄诗笔健，老兵转业写新篇。

二

万里南征忆昔年，老山血染战旗妍。每怀战友思前线，生死相依共木棉。炮火纷飞驰铁马，硝烟漫卷奋加鞭。与君解甲挥诗笔，续写豪情壮志篇。

三

青春热血绽红棉，跃马南征勇戍边。陷阵冲锋争赴死，立功评奖退无前。硝烟飞卷旌旗奋，炮火雷鸣豪壮言。泣别凯旋思战友，梦魂长绕老山巅。

回忆

2012 年春节

反刍往事味甘甜，铁马金戈路八千。征战边关歼敌寇，笔耕焦土赋诗篇。硝烟冶炼青春色，烽火熏陶少壮年。莫叹人生趋暮日，晚霞绚丽夕阳天。

有感

2012 年春

内退蜗居两岁余，隐身避世著诗书。豪情泼墨舒文采，热血盈腔润笔枯。战地金戈回日月，雄风铁马忆征途。丹心未忘忧家国，千古当师诸葛庐。

无题

2012 年

一

鱼书雁字寄相思，岁月悠悠恨别离。雨润芳颜花艳丽，桃红笑靥梦依稀。秋风夜咏秦楼月，春燕莺啼杨柳枝。诗赋深情歌一曲，凌云笔蘸墨淋漓。

二

天台寻梦杳无踪，一点灵犀互感通。锦字相思和泪写，清词丽句诉情浓。诗书漫读三千卷，彩笔抒怀又一春。望断星河鸿雁影，长流碧水向江东。

三

燕语莺啼又一年，诗词难赋意缠绵。玉颜泪洒桃花雨，歌咏春风丽日天。灯火秦淮人不寐，月华倩影夜无眠。长空犹羡孤飞雁，此去江东路几千？

与炮兵第十二师老战友在沭阳聚会

2012年五一节

入伍屈指43年，昔日风华正茂英武战士，今已鬓发霜白退休之人。岁月无情，往事萦怀，感慨万千，赋此七律。

投笔从戎志戍边，共经炮火与硝烟。黄河浊浪飞舟渡，渤海惊涛伴夜眠。风雨野营巴蜀道，鏖兵浴血老山巅。归田岂忘思鞍甲？烈士雄心无暮年。

青春无悔

2012年

青春无悔忆从戎，跃马挥戈力挽弓。烽火硝烟熔岁月，满腔热血铸军魂。赋诗唱咏文风异，交友豪情壮志同。报国情怀思疆场，丹心永恋战旗红。

有怀

2012年5月

军旅生涯回味浓，奋戈跃马泰山东。雕弓弯射齐天月，炮火燃烧渤海云。夜渡金沙笳鼓壮，血滋边土木棉红。昔年战友今何在？笑貌音容梦寐中。

御景温泉游记

2012年8月于溧阳

绿水青山久慕名，泉流脉脉诉温情。清风翠竹潇潇雨，竹海琴音瑟瑟听。倩女飞歌丹凤啭，骚人诗赋玉龙吟。瑶池天上渊源远，炽热清纯出地心。

有感

2012年

青春岁月问如何？数十年华倏忽过。跃马挥戈征战路，豪情壮志赋诗歌。夕阳日暮霞光艳，老树春风花更多。回首人生终不悔，前途莫畏险嵯峨。

有感

2012 年

岁月如流逐逝波，悠悠往事感蹉跎。一腔热血倾诗笔，万里征程写战歌。边塞烽烟驰铁马，关山冷月奋长戈。曾经困苦艰难后，何畏人生路坎坷?

七夕咏嫦娥

2012 年

相思难赋咏诗歌，织女牛郎又渡河。天上横亘银汉阻，人间谁架鹊桥过？秋风丹桂香飘远，月夜婵娟泪洒多。前世今生情未老，后羿永远恋嫦娥。

高唐

2012 年

飘缈虚无梦幻乡，多情宋玉赋高唐。花开晓露凝珠泪，语诉芳心诗韵香。杨柳春风羞倩影，芙蓉碧水愧红妆。朝云暮雨思神女，何日瑶姬幸楚王?

无题

2012 年

天涯无处觅芳踪，缥缈巫山问彩云。歌赋春风抒爱恋，明眸秋水倍思君。桃花愧比嫣红色，芳草何如碧绿裙？目送千帆凝望久，诗情万里大江东!

山东邹城会李文杰老同学兼战友即兴

2012 年 10 月 21 日

一别京华三十冬，别离愈久愈情浓。昔时气盛青年少，今日飘萧白发翁。每忆雄关驰战马,更思铁甲挽雕弓。举杯畅饮邀明月,还我人生第二春!

注:与李文杰同学自重庆毕业分别后,仅在1980年去北京总后勤部开会时见过一面,至今已逾三十多年。

致重庆后工李文杰诸同学

2012年

山城毕业倍思君,往事如烟一梦中。莫叹青春随逝水,喜迎岁晚夕阳红。惯闻战鼓思金甲,啸拍栏杆欲挽弓。老骥壮心犹万里,豪情不减少年雄。

诗赠李文杰战友

2012年

六十秋霜鬓发华,共曾万里戍天涯。金戈挑战关山月,号角吹寒卷雪花。炮火纷飞驰铁马,军旗飘展拂清笳。诸君勿笑头颅白,已把青春献国家。

与李文杰、吕敬志同学兼战友相聚感怀

2012年

醇醪怎抵友情浓?三十年华杯酒中。瑟瑟霜风催白发,悠悠流水送青春。鏖兵北国烽烟烈,浴血南疆胆气雄。皓首高歌抒壮志,朝思暮想战旗红。

战友重逢

2012年

悄然华发变秋冬,此日重逢似梦中。渤海风雄笳鼓壮,南疆血染木棉红。青春岁月流年逝,战友情谊陈酿浓。未忘军歌犹唱咏,铜琶铁板大江东!

有感赠战友

2012年12月

海角天涯曾是家，硝烟炮火送年华。冰霜塞北飞双鬓，豪雨江南扫落花。号角悲催驰铁马，战旗飘拂动清笳。青春无悔人生路，莫叹前程日渐斜。

六十

2013年

笑谈往事过如烟，迈步人生六十年。回首风云驰万里，战歌诗咏逾三千。无缘名籍英雄列，有愧参军宣誓言。日近黄昏征路远，奋蹄老骥快加鞭。

春节寄刘志平、江志平二战友

2013年春节

一

驰骋沙场共曾经，生死交谊战友情。陷阵冲锋无所惧，赴汤蹈火不心惊。青春血染红棉艳，壮志高歌枪炮鸣。烈士暮年思报国，军魂日夜恋长缨。

二

岁月飞霜染鬓青，征程回首话艰辛。挥戈跃马驰疆场，奋笔吟诗赋激情。记忆犹新思劲旅，战歌编集慰生平。昔年如虎雄风在，报国常怀赤子心。

依原韵忆军列过大渡河

2013年春节

南征万里共风波，铁甲雄师忆渡河。轮卷狂飙旗飞舞，风鸣汽笛浪高歌。峥嵘岁月催霜鬓，澎湃心潮涌漩涡。战友分离如隔世，新诗唱咏问谁和？

寄炮兵第十二师战友

2013 年

万里征程路坎坷，此生何畏困难多？霜飞东鲁凝盔甲，剑吼西风咏战歌。炮火边关传捷报，硝烟铁马渡盘河。相思南国红棉树，热血丹心鬓发皤。

注：盘河即指流经中越老山边境线的盘龙江。

有感

2013 年

六十年华倏忽过，青春岁月未蹉跎。千重险阻从头越，百味人生感悟多。诗句长吟怀旧事，征程远望唱新歌。曾经万里终无悔，莫问前途路几何。

感慨钓鱼岛事件

2013 年春节

钓鱼岛又起风波，搁置主权遗患多。九一八蒙亡国恨，十三亿众痛心窝。誓除日寇平倭虏，欲问中央有令何？不惜头颅求一战，老兵奋勇盼挥戈！

回忆炮兵第十二师战友

2013 年

惯闻笳鼓恋兵戈，军旅生涯梦寐多。铁甲雄师驰烽火，野营雪夜渡冰河。青春日渐风霜减，壮志岂甘岁月磨？泼墨挥毫怀战友，仰天长啸咏新歌！

赠战友

2013 年

同经危难共风波，战友重逢感慨多。铁马驰奔追炮火，雄师踏浪渡江河。南疆浴血金戈奋，北国飞沙利剑磨。无悔人生回首望，壮怀激烈赋诗歌！

回赠战友

2013 年

岁月如流逐逝波，青春回首路如何？抒怀豪气挥诗笔，立马雄关横槊戈。杀敌驰骋三万里，鏖兵强渡一千河。每思报国情犹烈，热血奔腾咏战歌！

忆赴云南前线作战军列过大渡河并怀牺牲战友

2013 年

一

身经沙场话兵戈，万里南征忆渡河。雪浪奔腾驰战马，军旗飞展拂惊波。墓碑铸就英雄梦，诗卷长存壮士歌。几许青春成白骨，于今回首泪滂沱！

二

成昆路越险嵯峨，两代雄师此渡河。碧水含情征尘洗，峭岩砺志战刀磨。波翻激浪连天涌，风掣车轮动地歌。莫道流年英烈逝，诗传千古后人哦。

注：2013 年春 3 月是我师赴云南前线参战 28 周年，有感而作此诗。

大渡河梯级水电站建成

2013 年

见证雄兵几渡河？奔涛汹涌识干戈。曾闻激浪鸣金鼓，犹记班师奏凯歌。破虏将军悲白发，远征岁月感蹉跎！如今流水遂人愿，坝锁波平似镜磨。

六十周岁感慨

2013 年

年华六十水流过，自有丹心鬓未皤。渤海扬波飞羽檄，南疆浴血洗兵戈。笔倾炮火抒豪气，剑指边关唱战歌。永驻青春情不老，诗思万里似江河！

忆军列过大渡河

2013 年

雄师几度曾经过？拔剑南疆抗越倭。轮掣风涛惊地动，车驰炮口指天河。昔年流水清波澈，今照征人白发多。往事依稀如梦幻，青春无悔有诗歌！

战友重逢忆南征军列过大渡河

2013 年

人生如梦感蹉跎，战友重逢忆渡河。号角声声掀激浪，车轮滚滚卷风波。昔飞北上天兵去，又送南征勇士过。续写荣光书战史，长流碧水诵诗歌！

忆大渡河思战友

2013 年

征戍南疆强渡河，与君有幸共经过。驰奔军列三千里，飞越神兵十万戈。战友难逢思无奈，青春不再问如何？临风一掬英雄泪，洒向中流涌浪波！

大渡河抒怀

2013 年

悠悠历史话长河，烽火硝烟故事多。惊叹凌空飞铁索，亦曾逆浪送舟舸。长征万里神兵渡，越战千军壮列过。威武雄师今奏凯，湍流温驯不扬波。

南征凯旋军列过大渡河

2013年

汽笛长嘶两渡河，兵锋南指奋干戈。战车十万飞天去，铁轨千寻钻地过。浊水闻声流碧玉，怒涛听令化清波。旌旗飘展班师日，浪拍岩崖奏凯歌！

忆凯旋

2013年

曾见南征奏凯歌，战车呼啸疾驰过。烽烟渐远流年逝，记忆犹新回味多。怒指青天昂炮口，温柔碧水洗兵戈。莫言将老雄心在，壮烈情怀思渡河！

忆军列过大渡河

2013年

昔日南征渡此河，车鸣汽笛疾飞过。飚轮滚滚追烽火，雪浪滔滔咏战歌。急湍悠然洄碧水，奔涛岂敢涌惊波？扬清激浊流千里。濯洗兵锋利剑磨。

与战友追忆参战军列过大渡河

2013年

战史扬名大渡河，老兵噙泪忆曾过。刀枪争共山峭耸，铁甲飞驰浪涌波。万里雄风鸣号角，千洄碧水奏军歌。南征成就光荣梦，无悔今生鬓发皤！

赴云南前线作战　再赋军列过大渡河

2013年

电掣风驰强渡河，车鸣汽笛啸狂波。旌旗飞展军威壮，激浪奔腾铁甲过。拍岸惊涛擂战鼓，清悠碧水咏诗歌。长征后辈追前辈，剑指南疆斩越倭！

再赋军列过大渡河之一

2013 年

十万雄师此渡河，青山绿水诵诗歌。飞腾雪浪征尘洗，叱咤风云军列过。滚滚奔涛催铁甲，声声汽笛啸惊波。高昂炮口南天指，待发雷霆扫越倭！

过大渡河

2013 年

汽笛声催飞渡河，雄师十万蹈洪波。奔腾激浪喧笳鼓，呼啸车轮奏战歌。浩荡长风驰铁甲，峥嵘山势耸金戈。吟鞭诗咏英豪气，看我明朝杀敌多！

赴云南前线作战再赋军列过大渡河

2013 年

雄风万里战车过，天降神兵飞渡河。汽笛长嘶驰锐旅，群山怒峙欲挥戈。森然序列旌旗奋，壮我军威激浪歌。骤响迅雷呼炮火，狂飙席卷灭残倭。

再赋军列过大渡河之二

2013 年

列车疾驶啸风波，千里飞兵大渡河。怒放山花迎虎旅，奔流碧水淬金戈。排空雪浪鸣天鼓，拍岸惊涛动地歌。勇赴南疆歼越寇，剑锋试看利如何？

与刘志平战友追忆军列过大渡河

2013 年

一

壮岁从戎共渡河，奔驰军列迅雷过。飚风飞展旌旗奋，诗赋豪情汽笛歌。雪溅浪花兵刃淬，波扬石壁战刀磨。南征十万英雄梦，岂惧枪林弹雨何？

二

昼夜驰奔强渡河，雄师劲旅踏惊波。风鸣号角三千里，浪打钢盔一曲歌。铁轨横空穿峻险，崇山飞跨郁嵯峨。赋诗追忆南征路，战友如今谁唱和？

三

峥嵘岁月水流过，铁马雄风又渡河。峭壁倚天抽宝剑，奇峰拔地耸干戈。惊涛击鼓军情迫，雪浪排山兵刃磨。剑指滇南驰万里，荣光续写谱新歌！

四

南征路远险嵯峨，壮烈无如大渡河。峻岭崇山雄铁壁，惊涛骇浪啸狂歌。铮铮钢轨横天外，滚滚风雷军列过。瞻望前程从此后，人生岂惧困难何？

忆军列过大渡河

2013 年

南征万里路蹉跎，曾赋诗词咏渡河。山耸剑峰争峭拔，车驰军列疾风过。涛奔笔底豪情涌，浪激情怀发浩歌。数十年华流水逝，老兵能否再挥戈？

再咏军列过大渡河

2013 年

剑指南疆飞渡河，旌旗飘拂卷惊波。车鸣汽笛催笳鼓，浪拍山崖咏战歌。呼啸长风传电令，清悠碧水淬兵戈。情怀壮烈诗豪放，问比苏辛差几何？

追忆大渡河

2013 年 3 月 19 日

投鞭欲断浪滔滔，剑指南疆征路遥。碧水漩涡洄地转，崇山峻岭插天高。奔驰铁马三千里，飞渡钱江八月潮。往事萦怀温旧梦，战歌续写再挥毫。

注：本诗韵同 1985 年 3 月 19 日所作《南征过成昆铁路大渡河桥》。

老兵情怀　寄刘志平战友

2013 年

炮火硝烟送岁华，忆曾戎马半生涯。将倾美酒怀英烈，每诵诗篇涌泪花。铁甲风驰追残寇，关山月冷怨清笳。雄心飞逐旌旗奋，军号常鸣滴滴哒！

寄战友

2013 年

凯旋劲旅即裁编，往事追怀泪泫然。炮火声鸣豪壮语，硝烟翻墨写诗篇。雄风铁马驰千里，北战南征数十年。自信挥戈能返日，人生会有再春天！

战友同学长沙聚会抒怀

2013 年 10 月 22 日作于长沙

2013 年 10 月 22 日到 25 日，应曾广清同学之邀，我们 1975 年毕业于重庆后勤工程学院二大队第九学员队四区队第十一班的同学，时隔近四十年，首次在长沙聚会。我们全班共十人。由于相别年代久远，各戍南疆北国，有的已经失去联系，此次聚会仅到六人。分别是：原广州军区第 42 军 124 师曾广清、第二炮兵后勤部的李文杰、内蒙古军区司令部的邢长胜、北京军区坦克第九师杜英才，北京军区工程兵司令部的杨七斤，济南军区炮兵第十二师汪润（除杜英才因其爱人有事缠身，其他五人均携夫人同行）。离别近四十春秋，当年风华正茂、血气方刚的青年现均已年逾花甲，脱去征衣且退休。战友重逢，恍如隔世，抚今追昔，感慨万千，诗思勃发，赋此七律四首以抒怀！（未到的几位同学是：原兰州军区第二十一军张金宝、新疆军区汽车29团的郭钦茂、后勤工程学院院务部周国斌、国防科委后勤部的彭延军）。

一

渝州别后聚长沙，风雨流年鬓半华。戍守边关雄地角，驰骋战马走天涯。炼锤赤胆烽烟烈，凋谢青春霜雪花。壮士情怀无暮日，辉煌夕照胜朝霞。

二

长沙重聚叙情浓，四十年华谈笑中。习武山城磨利剑，鏖兵疆场奋刀弓。边陲炮火抒豪气，朔漠烽烟断塞鸿。志壮心雄腾热血，梦中同恋战旗红！

三

共经万水与千山，四十年华倏忽间。岁月无情催鬓白，雄风犹在寸心丹。重逢唤醒青春梦，怀旧追思战马鞍。试问廉公能饭否？欲披铁甲劲弓弯！

再赋长沙同学兼战友重逢

2013年

共献青春报国家，南疆塞北戍天涯。狼烟烽火销金甲，铁马雄关度岁华。力挽雕弓秋月满，车驰雪海破冰碴。笑谈往事今回首，酹酒湘江涌浪花。

张家界大峡谷游记

2013年10月26日

崇山高峡绿清幽，步履缘溪信碧流。花色迷蒙云缥缈，晓风和唱鸟啁啾。攀援石栈千寻壁，荡漾澄波一叶舟。中外游人争屈指，风光奇绝冠神州。

战友情

2013年12月

战友重逢话别情，青春岁月忆军营。梦魂飞逐旌旗奋，耳畔犹闻枪炮鸣。号角声催驰战马，雕弓劲挽射流星。铮铮铁骨洪炉炼，无悔此生曾是兵！

答济南战友孙迎春、王福兴、薛子华诸战友

2013年12月

一

每忆军营别恨长，青春鬓发染秋霜。硝烟陶冶豪情壮，炮火声催睡梦香。铁马嘶风追战鼓，关山冷月淬刀枪。老将心雄情愈烈，志欲挥戈挽夕阳！

注：挥戈挽夕阳出自《淮南子·览冥训》："鲁阳公与韩构难，战酣，日暮，援戈而挥之，日为之反三舍。"后遂用"鲁阳挥戈"指力挽危局。

二

六十人生近夕阳，征程雪雨鬓星霜。战旗飞卷军威壮，枪炮催眠梦亦香。渤海长风鸣号角，黄河激浪淬锋芒。宝刀不老雄心在，澎湃诗情逐大江！

谒济南大明湖稼轩祠

2013年12月

静影澄波忠烈祠，大明湖畔谒宗师。美芹高论宏谋略，铁马金戈豪放词。如虎威风吞万里，凌云诗笔扫千骑。苍天不佑英雄恨，北望中原掩泪啼！

又题济南大明湖辛稼轩祠

2013 年

影漾明湖柳拂堤，此间堪比岳家祠。英风浩气名千古，铁马金戈笔一支。怎忍河山残半壁？欲回天地统全师。国家不幸诗家愤，血写人生豪放词！

南京雾霾日　有感长江污染益重

2013 年冬

经济繁荣三十秋，一江污染向东流。涛声似诉英雄恨，诗兴难同浊水悠。隐约钟山霾雾掩，灰朦月色锁重楼。挥戈欲返清平日，无奈人生半白头。

感怀

2014 年春

从戎卫国话当年，剑指南疆气浩然。炮火雷鸣催铁马，战旗飞展卷硝烟。青春已逝东流水，壮志岂随岁月迁？日暮心雄思万里，奋蹄不息再扬鞭！

再忆赴云前线军列过大渡河

2014 年 4 月 20 日

青春岁月水流过，万里南征忆渡河。军列穿山驰虎旅，惊涛拍岸淬金戈。炮声霹雳雷霆怒，诗赋豪情壮志歌。甲胄尘封三十载，战刀锋刃利如何？

战友聚会抒怀

2014 年 5 月

投身军旅路如何？风雨征程感慨多。畅忆钢枪挑夜月，梦思铁马渡冰河。炮声倾吐雄豪气，诗笔抒怀作战歌。自信青春能再度，挥戈返日勿蹉跎！

致炮兵第十二师战友沭阳聚会

2014 年 5 月 1 日

壮别军营泪洒多，青春无悔未蹉跎。霜凝铁甲冰河渡，雨涤钢盔刀剑磨。征战南疆倾炮火，驰骋渤海奋兵戈。暮年报国情犹烈，莫问余生岁几何！

诗词选《万里征程岁月情》出版

2014 年

铿锵诗韵记生平，万里征程岁月情。热血青春书战史，硝烟炮火铸军魂。千章诗赋凌云志，一卷丹诚报国心。笔墨留香寻足迹，浅深由待后人评。

济宁与战友重逢再忆赴云南前线作战军列过大渡河

2014 年

关山险阻郁嵯峨，叱咤风云忆渡河。三十华年流水逝，八千里路梦回多。车轮呼啸驰烽火，诗韵铿锵咏战歌。曾为军旗增血色，于今何憾鬓霜皤？

济宁老战友相聚有感

2014 年

忆曾卫国戍滇南，三十年华一瞬间。浴血老山同生死，驰骋战地共硝烟。追思往事情怀壮，流逝青春鬓发斑。四顾犹闻豺虎啸，焉能牧马放南山？

与汪海城、杨振生等老战友重返军营

2014 年

劲旅兵屯驻兖州，恍如隔世得重游。辕门曾记英姿武，壮志犹存霜白头。废垒洞藏龙虎气，雄关月照岁华流。昔年战友今何在？日夜思怀魂梦悠。

与汪海城、杨振生等战友重回兖州老部队驻地

2014 年

昔曾虎旅驻貔貅，斗转星移三十秋。雪雨风霜残垒在，关城耸峙白云悠。胸怀激荡军歌壮，翰墨淋漓诗笔遒。双股增生新髀肉，何能再度跨骅骝?

抒怀

2014 年

往事追怀如梦中，少年投笔忆从戎。身经炮火硝烟烈，冶炼心红胆气雄。铁马纵横驰战地，天狼猎杀挽强弓。今生无憾封侯事，千古师尊李将军。

注:李将军即飞将军李广，中国西汉时期的名将。汉文帝十四年(前 166 年)从军击匈奴因功为中央宫卫尉。元光六年(前 129 年)，任骁骑将军，后任右北平郡，(治平刚县，今内蒙古宁城西南)太守。匈奴畏服，称之为飞将军，数年不敢来犯。但就是这样一位屡建战功的名将，最终居然没有封侯。

回原部队驻地会转业战友有感

2014 年

雨涤霜摧岁月悠，悄然渐白少年头。人生无悔从军旅，壮志焉能逐水流? 万里征程驰铁马，一支诗笔写春秋。战歌时在心头响，永励老兵争上游!

与汪海城、杨振生等老战友重返兖州城原炮兵第十二师旧营地

2014 年夏

泗水河边铁道西，当年于此驻旌旗。记曾劲旅裁编日，正是雄师奏凯时。旦暮谁闻军号响? 昏鸦犹恋戍楼啼。老兵注目凝神望，白发飘萧泪眼迷。

注:首联指我部驻地兖州城位于泗水河畔，京沪铁路以西。颔

联指我师1986年6月刚从云南前线班师返回山东兖州，就接到裁编命令，缩编为炮兵旅。在后来又一次裁军中炮兵旅编制撤销，编入预备役炮兵师。兖州的营房闲置，至今尚有部分营区未能移交而处于荒弃状态。

中秋游扬州

2014年

久慕诗名盼一游，金风送爽下扬州。清涟波漾西湖瘦，白塔潆洄碧玉流。倩女吹箫明月夜，画桥秋影泛兰舟。今宵幸览广陵后，如愿人生梦寐求。

观如东洋口新港建设

2014年

滩涂建港势恢宏，百里蜿蜒腾巨龙。坝堰横亘围沧海，路桥飞跨卧长虹。物流输运车如水，汽笛高歌响入云。勃发诗情倾笔墨，风光无限赞如东。

与柳华亮战友追忆军列过大渡河

2014年

铁甲飞驰大渡河，风波万里两经过。惊涛澎湃军威壮，碧水长流回忆多。笔墨饱倾思战友，深情难赋咏诗歌。悠悠三十年如梦，常在心怀涌漩涡！

记南征军列过大渡河答柳华亮战友

2014年

雄师锐旅赴南疆，两渡此河风浪狂。车炮飞驰如箭疾，奇峰峭拔耸刀枪。涛声伴奏军歌壮，碧水扬波流韵长。饱蘸硝烟研作墨，征程万里录诗行。

词

水调歌头　偶感

1973 年 9 月

北国烽烟起，投笔赴从戎。金戈铁马万里，奋勇献青春。何惧前途风雨，奔腾滔滔激浪，入海敢屠龙。往事皆流水，一览古今同。

怀壮志，习军事，阅诗文。清高自负，岂知身外万山崇？誓为军旗添彩，中华家国梁栋，舍我其谁雄？力挽雕弓劲，仰面射天穹。

西江月　友谊颂——寄广州军区曾广清战友

1976 年 11 月

南海洪波天涌，泰山壮阔风云。征程万里日思君，脉搏一齐跳动。　　心系嘉陵江水，情怀歌乐青松。春风秋月望飞鸿，遥寄丹心与共。

采桑子　还乡

1979 年 4 月

霞光溢彩还乡路，柳色青青。百啭流莺，树树飞花夹道迎。

十年征戍关山远，久盼双亲。无限思情，万里春风送我行。

念奴娇　军旅十年

1979 年 11 月

寒鸦枯木，野风烈、长天断鸿飞灭。银汉横空翻雪浪，牛女遥遥相隔。天上人间，何其相似，万里伤离别。寒星如泣，泪珠晶莹闪烁。　　年少投笔从戎，闯天南漠北，襟怀雄阔，铁甲长戈骋四海，十度关山秋月。烽火硝烟，旌旗飞急雪，友交豪杰。高歌慷慨，不知归去何日？

水调歌头　赠别宋学胜战友转业返京

1979年11月

报国怀壮志，四海即为家。驰驱铁马千里，战友七年华。转业欣还帝郡，揖别关山冷月。清泪滴霜花，汽笛送君去，叹吾仍天涯。　当年似，钟子期，俞伯牙。高山流水、知音知己人羡夸。曾忆军前唱咏，谈笑风雷骤起，挥笔走龙蛇。从此雄师旅，谁共卫中华？

注：战友七年华是指：宋学胜战友系1972年入伍，与余相知已有七年多。

蝶恋花　游春

1981年春

曲径穿花通幽处。莺燕声声，欲留行人驻。是否瑶台经此路，仙娥步舞遗香雾？　一夜春风吹暗雨。丽日霞明，照落红无数。袅娜青条垂晓露，伤心泪泣芳邻去。

鹧鸪天　金秋夜

1983年秋

欲赴广寒梦寐求，奈何千里隔鸿沟。月圆花好金秋夜，伴我良宵玉兔愁。　情切切，梦悠悠，滢滢泪眼望神州。云天远比银河阔，谁为嫦娥摆渡舟？

唐多令

1984年

思念日悠悠，情同春水流。梦桃花津渡盼归舟。魂断江东波浩淼，新弦月，挂银钩。　笔墨写春秋，诗词赋别愁。透轩窗，夜雨飕飕。何期俪影临晓镜，牵玉手，共登楼？

浣溪沙　思念

冷雨潇潇夜未眠，残荷枯柳泣寒烟，日损青春又一年。　哀草斜阳边塞路，长风雁阵叫霜天。情思脉脉赋诗篇。

贺新郎　南征

1985 年春

急电催师旅。驾长车、雷鸣岱岳，角吹齐鲁。十万旌旗翻烈焰，横扫浓云残雾。越关河、惊涛击鼓。风卷硝烟驰铁骑，奋刀枪沙场飞血雨。京华宴，正歌舞。　　春闺梦里边关路。月凄清、征鸿嘹唳，寒蛩泣露。望断天涯凝泪眼，脉脉此情难诉。青春老，硝烟尘土。长忆绿波垂杨岸，燕双飞呢喃花间语。问远人，可记否？

浪淘沙　致宣传队女战友

1985 年

素手玉弓弯，勇跨征鞍。戍边万里别乡关。妙曼琴音歌战友，舞袖翩翩。　　报国寸心丹，气壮如山。硝烟滚滚卷波澜。笑靥春花争斗艳，绽放滇南。

鹧鸪天　春思

1985 年

和煦柔风纤细云，绛河清浅月当空。雁行望断衡湘远，莺燕归飞语未通。　　残梦醒，影朦胧。夜阑无寐与君同。相思泪伴巫山雨，汇入春江水向东！

鹧鸪天　月夜

1985 年

婉转莺啼燕语娇，一湾碧水蘸红桃。兰舟荡桨瑶池近，魂梦天台山海遥。　　余音袅，彩云飘，迷蒙月色夜吹箫。春风十里扬州路，君住烟波第几桥？

鹧鸪天　雨夜

1985 年

瑟瑟秋风夜雨潇，残花败叶落飘摇。寒蛩泣诉离情苦，关塞苍莽雁翼高。　　云漠漠，路迢迢，锦书难寄楚天遥。思君与共怀春梦，彩笔诗笺架鹊桥。

鹧鸪天　思念

1985 年

一

心悸莺啼燕语娇，锦书欲寄雁飞高。红杏花开春盼过，秋霜凄冷夜难熬。　　风似剪，月如刀，相思难断万千条。梦魂千里蓬山远，爱比蓬山梦更遥！

二

倩影红莲漾碧波，亦闻燕语唱莺歌。高唐梦寐巫山远，诗赋云情雨意多。　　思彼岸，盼帆舸，盈盈秋水隔天河。何时玉露金风夜，飞架鹊桥牛女过？

鹧鸪天　嫦娥后羿之恋

1985 年

玉露金风月色凉，桂花吐蕊发幽香。嫦娥悔恨偷灵药，回望人寰思故乡。　　云杳杳，路茫茫，飞架鹊桥银汉长。七夕相逢年一度，后羿怎不羡牛郎？

鹧鸪天　七夕情人节嫦娥怨

1985 年

七夕佳期月似钩，银河清浅又金秋。嫦娥怕过情人节，丹桂迟开玉兔愁。　　相思苦，红泪流，鹊桥飞架不须舟。牛郎织女堪羡慕，我闭蟾宫不自由。

鹧鸪天　相思情

1985 年

一

广寒孤寂度春秋，日夜嫦娥玉兔愁。故园俯瞰归心切，无限情思清泪流。　　烟波渺，断鸿沟，隔河织女盼牵牛。年年岁岁遥相望，哪怕风霜染白头！

二

金风送爽近中秋，碧海青天月似钩。思念嫦娥寻梦境，后羿除此又何求？　　遥相望，泪长流，星河浩渺水悠悠。七夕年年唯一渡，织女牛郎隔岸愁。

鹧鸪天　老山英雄颂

1985 年国庆

烈焰腾飞弹雨浇，血污汗渍湿征袍。弥漫硝烟淹日月，雷鸣炮火卷狂飙。　　红土地，草枯焦，岿然不倒战旗飘。老山戍守英雄志，奉献精神海拔高！

注：本词作于云南前线。

浣溪沙　参战一年

1986 年春

炮火声中又一年，战旗飞展卷硝烟，老山雄峙柱南天。　　脉脉情思家万里，枕戈待旦夜无眠，相依相伴是红棉。

注：本词于木棉花开时作。

望海潮　老山作战凯旋纪念

1986 年 5 月

急电飞传，雄师虎旅，狂飙席卷山头。炮火弥天，杀声动地，奔驰滚滚铁流。号鼓奋貔貅。看旌旗飘展，雨散云收。千里南疆，青山绿水碧如油。　　边关欲诉乡愁。忆家山北望，明月西楼。长空雁阵，大写人字，书寄战地风流。忠骨掩坟丘。镌英名不朽，烈士千秋。春风凯旋战友，挥泪别文州。

注：本词作于云南文山，文州指云南文山苗族壮族自治州。

摊破浣溪沙　无题

1991 年秋

碧海青天月似钩，星河飞雁过南楼。照影春波人渐瘦，水悠悠。烟雨虹桥攀折柳，暗抛红泪洒江流。目数千帆凭栏久，盼归舟。

满江红　有感南海撞机事件

2001 年 4 月

南海风云，战机坠、神州震怒。涛呜咽、激奋三军，如闻战鼓。海角天涯搜寻遍，生死未卜人何处？悼王伟、雪浪涌滔滔，披缟素。

蒙国耻，同甲午。切肤痛，悲千古。更刻骨铭心，怎忍回顾？泪眼问天天不语，何来雅兴诗词赋。亿万民、唱义勇军歌，长缨举。

鹧鸪天　街头见闻

2003 年春

街头烧卖小锅汤，食者闻言倍感伤。夫妻下岗儿辍学，老母八旬病卧床。　　大盖帽，不胜防，掀锅罚款人心惶。市容城管前脚走，又来税务与工商！

浪淘沙　自述

2004 年春节

铁马泰山东，年少从戎。南疆征战建功勋。血火硝烟边关路，忆恋无穷。　　百万大裁军，偃甲藏弓。雄风不减气如虹。祖国安危天下事，长系心中。

浪淘沙　裁军有感

2004年春

人去戍楼空，泣别山东。硝烟炮火铸军魂。百战征衣鲜血染，深锁箱中。　　四顾虎狼群，杀气汹汹。升平歌舞弃雕弓。心系长城雄万里，忍看裁军。

鹧鸪天　编辑南征诗稿感赋

2004年

半百风霜鬓未华，忆曾戎马戍天涯。硝烟烽火南征路，血染军旗照曙霞。　　红土地，绽奇葩，壮怀激烈笔生花。豪情奔泻长江水，再续新篇报国家。

鹧鸪天　万泉河漂流

2004年6月

片片云帆戏白鸥，万泉碧水泛轻舟。寻芳揽胜天涯路，忘却神形忘却愁。　　水脉脉，兴悠悠，诗思无限任漂流。一曲红军歌千载，激励人生竞上游。

沁园春　海南春色

2004年

万里云程，海碧天蓝，春色无涯。恋山河锦绣，回头仙鹿；椰风送爽，雪浪飞花。五指擎空，万泉滋地，绿水青山映白沙。潜波底，共锦鳞游泳，戏舞龙蛇。　　英雄血沃琼崖，访娘子军连战士家。听战歌嘹亮，诗情勃发；红旗漫卷，灿若云霞。继往开来，琼花竞放，万树争芳屈指夸。新世纪，聚博鳌盛会，礼赞中华。

注：回头仙鹿是指海南三亚的鹿回头山。相传古代有一黎族小伙打猎，追赶一头梅花鹿，当追到大海边，在走投无路之际，梅花鹿蓦然回头，旋即变成了一位美丽的姑娘。于是小伙就将姑娘领回家，二人相亲相爱结为夫妻。五指即海南岛的五指山，万泉即万泉河。

念奴娇　三亚鹿回头山

2004年

瀚海无边，鹿回头顾盼，丰姿绰约。一见倾心身相许，拥化南山奇石。不渝忠贞，桑田沧海，潮起复潮落。柔情挚爱，千秋浪漫传说。　　几度物换星移，佳期如梦，问春花秋月。万国宾朋天涯旅，不乏骚人墨客。把盏临风，唱酬啸咏，对天空海阔。骋怀极目，乐忧荣辱忘却。

鹧鸪天　天涯海角游

2004年

向往天涯海尽头，风云万里赴崖州。飞航琼海滔滔浪，不尽诗思逐水流。　　椰林秀，海风柔，春光永驻季无秋。山高五指擎天碧，笔走龙蛇记壮游。

鹧鸪天　博鳌海滨

2004年

久仰群山五指高，南天一柱耸青霄。笑迎四海嘉宾至，椰树临风竞舞腰。　　风煦煦，浪滔滔，天涯海角涌春潮。论坛世纪群英会，万国衣冠赞博鳌。

沁园春　寄重庆后勤工程学院李文杰、张金保诸战友同学

2005年3月

百万军中，才俊精英，麟角凤毛。汇山城星夜，光灿银汉；嘉陵江浪，歌乐松涛。叱咤风云，抒怀鸿志，腹满诗书气自豪。成学业，赴南疆北国，自诩天骄。　　岁月流水滔滔，问战友当今谁弄潮？叹青春易逝，征鞍解甲；金戈锈蚀，华发飘萧。髀肉增生，戎装色褪，啸拍栏杆缺宝刀。闻鸡舞，盼挥戈跃马，可否明朝？

注：髀在股腿骨相接处的外侧。髀肉复生指腿根部长满了肥肉。引自《三国演义》第三十四回中刘备因见自己久不骑马征战奔

驰，长期安逸腿根侧部长了肥肉(原文中叫髀肉复生)。感到岁月蹉跎，事业无成，老之将至，不觉潸然流涕长叹。

鹧鸪天二首　祝《江苏保险》复刊

2005年春

一

枝茂植根十亿家，地灵人杰赞中华。江苏保险多才俊，创业辉煌堪羡夸。　　吮露雨，绽新芽，春风又绿染天涯。情倾翰墨流芳远，竞艳文坛绚丽花。

二

保险群雄竞技台，此方沃土育英才。莺歌燕舞神州地，姹紫嫣红花盛开。　　东风劲，扫阴霾，艳阳高照暖心怀。苍生佑护慈航渡，春满人间幸福来。

鹧鸪天　无题

2005年

雨润芳心绽碧桃，出墙红杏倍妖娆。柳眉细叶春风剪，莺燕新歌语韵娇。　　云淡淡，月皎皎，巫山神女妹相邀。梦魂识得来时路，夜渡银河过鹊桥!

鹧鸪天　送别

2005年

彩袖风飐玉手招，凄然清泪别河桥。关山闻说三千里，鸿雁归飞几暮朝?　　水漫漫，雨飘飘，孤帆待发趁江潮。问君此去潇湘远，可比巫山魂梦遥?

望海潮　记念赴云南前线作战二十周年

2005年春

披坚执锐，风驰电掣，战车疾驶滇南。涛惊大渡，旗飞云岭，炮声震撼群山。号角促征鞍。望硝烟漫卷，壮阔波澜。老山岿然，泰华耸峙敌心寒。　　将军百战生还。经凯旋门下，热泪潸潸。烈士捐躯，血染沙场，换取国泰民安。把盏对红颜，酒醉人清醒，啸拍刀环。二十春秋日夜，魂梦绕边关。

永遇乐　忆我军5·31大捷20年

2005年5月

雾卷硝烟，战旗飘处，喧天鼙鼓。铁骑驰骋，弹飞急雨，炮火燃焦土。猫耳洞穴，堑壕纵横，阵地金汤雄固。挟风雷、天兵奋勇，沙场腾跃龙虎。　　杜鹃泣血，花红簇簇，竞艳朝晖晨露。二十秋冬，梦魂牵绕，烽火南征路。春风又绿，百战壕边，芳草萋萋如故。曾奢望、金樽高举，友朋共舞。

鹧鸪天　桂林山水

2006年8月

萦绕青山玉带飘，奇观胜景画难描。润滋南国流芳远，仙境人间梦幻遥。波滟滟，水迢迢，群峰照影竞娇娆。千秋唱咏多佳句，自古山名不在高。

沁园春　漓江游

2006年

水碧山青，江流玉带，秀甲中华。耸奇峰峭拔，神工鬼斧，千仪万象，极望无涯。接踵游人，嘉宾云集，千古骚人诗竞夸。歌唱咏，三姐情流韵，悠远清嘉。　　白鹇娇翼飞霞，共笑语盈盈逐浪花。数筱篁凤尾，葱茏丛翠；鸬鹚竹筏，绿岸金沙。倒影春波，烟笼芳树，茅舍精庐百姓家。寻梦境，访桃源世外，漓水仙槎。

满江红　桂林山水新篇

2006年

列阵群峰，翠欲滴、葱茏笔立。云雾绕、几分奇崛，几分俏丽。

秀甲寰宇名千古，名山尚缺名篇记。叹屈平、李杜未曾游，遗憾事。云天碧，风流地。群英汇，新世纪。赞江山如画，舍我谁是？仙境人间如梦里，香飘漓水波酿蜜。蘸江流、千里写新篇，谁堪比？

桂枝香　梦溪园问

2009年7月

环湖叠翠，引九曲清溪。悠悠碧水。千年魂归故地，神州欣慰。良辰美景群英会，酌流霞、与君同醉。绿茵芳草，春铺锦绣，奇葩名卉。　　水亭榭，泉喷玉碎。问骚人墨客，佳篇集萃。李杜苏辛豪壮，狂歌挥泪。红颜婉约生花笔，唯易安漱玉无愧。何人咏唱，梦溪新曲，蟾宫折桂？

鹧鸪天　无题

2009年

一

灼灼桃红枝欲燃，绿杨风袅醉春烟。流莺百啭歌啼恰，彩蝶双飞戏舞翩。　　情脉脉，意绵绵，江流碧水又新年。西楼月满相思夜，是否婵娟亦未眠？

二

艳若桃花玉貌娇，芙蓉出水竞妖娆。芳心萌动春风里，勃发诗思情焰烧。　　波渺渺，浪滔滔，江流千里送帆篙。雁行飞越潇湘远，云雨巫山一梦遥！

三

荷叶罗裙玉手裁，花容晓露绽莲腮。红梅笑放冰霜璨，唤醒群芳次第开。　　访紫苑，问蓬莱，诗凝心血诉情怀。瑶台仙降婵娟女，倩影春风梦里来！

四

怅望江流水向东，片帆远影没孤鸿。风萧落叶寒山瘦，雪瑞重楼妆玉琼。　　纤云杳，月朦胧，良宵无寐与君同。诗思遥寄情千里，雨润桃花梦里红。

五

淡淡星河月半轮，天涯谁是未眠人？孤灯倩影临青镜，翠袖红巾揾泪痕。　　缘柳岸，步春风，问君家住杏花村？几回欲语羞启齿，情诉诗行爱恋深！

水调歌头　夜思

2012 年

骋目江天阔，瑶台烟水迷。何日云帆再渡？风雨阻归期。忘却天台去路，追忆巫山梦里，是否女神知？相望银河岸，心往共神驰。

更漏尽、征鸿断、杜鹃啼。夜吟凉月凄苦，清露湿罗衣。记曾灞桥折柳，泪染潇湘斑竹，惜别两依依。遥遥挥素手，无语诉情思。

水调歌头　赠别

2012 年

忆别江东路，汽笛断肠嘶。飘零孤蓬悠远，何日是归期？从此天南地北，月白风清夜里，云雨梦相思。目数千帆过，凄然泪眼迷。

江天碧，星河淡，楚山低。雁行衡湘自返，万物有灵犀。泪溅西窗红烛，彩笺平铺尺素，秋水寄双鲤。彼此芳心诉，婉约赋诗词。

五言诗

晓行沂蒙山

1975 年 10 月

晓行沂蒙道，旭日照征途。晨风拂面爽，喇叭嘶云雾。沂水闪银波，朵朵浪花舞。蒙山松涛声，飒飒慰我语：日行千里路，同志多辛苦！战士谢沂蒙，笑言衷肠吐：比起两万五，我今算啥苦。驱车保国防，长征不停步！

露营歌

1975 年 11 月

暮宿蒙山下，扎寨把家安。天作青罗帐，明月悬灯盏。头枕蒙山石，星辰照我眠。夜深难入梦，冷霜袭征衫。火烤胸前暖，风吹背后寒。备战露野营，虽苦心犹甜。

海岛雷达兵

1976 年 3 月

擦亮荧光屏，四海在胸襟。滔滔云水怒，阵阵风雷听。汪洋孤帆影，长天一流星。历历屏中现，敌我辩分明。火眼金睛亮，胸中有敌情。风雨摇天线，情思连北京。战士守海防，毛主席放心。尽倾满腔血，海岛铸钢钉。天涯一人苦，神州万户宁。

注：本诗作于烟台黄海前线雷达站。

寄许先立战友

1976 年 7 月 14 日

朝天门码头，去岁别渝州。浩浩长江水，轻轻一叶舟。征帆天际没，清泪洒江流。山城回首望，雾霭隐群楼。万水千山阻，来往梦魂游。同怀革命志，友谊颂千秋。

夏日农村小景

1977 年夏作于曲阜

红莲摇碧水,早稻新吐穗。草坪牛羊壮,清池鱼正肥。牧笛随风远,白鹭绕田飞。祖国新农村,胜似天堂美。嫦娥广寒内,后悔当思归。

安山寺小憩

1977 年 8 月

每日驱车过,中途小憩停。如茵卧绿草,仰见远山青。清泉足下响,蝉声枝上鸣。疲劳浑忘却,感此作歌吟。

六言诗

雨夜行

1973 年 12 月 4 日

头顶霏霏细雨，脚踏泥泞小路。战士翻越高山，人人迅如猛虎。哪怕绝壁悬崖，哪怕汗流如注。练兵严从实战，何惧艰难险阻。回首千峰万壑，看我等闲飞度。

七言诗

风雪野营路

1972年2月1日

军号催我上征途，风雪弥漫野营路。胸有朝阳化冰雪，天寒地冻何所惧。朔风急飞雪舞，战旗漫卷冰雪路。一路风雪一路歌，滚滚铁流挡不住。

登山远眺

1973年12月6日

战歌追逐白云飞，脚踏青山热汗挥。低头俯视千峰矮，大地春光无限美。油塔欲与天比高，梯田饱灌银河水。为保祖国春常在，为保河山更壮美。踏遍千山心犹甜，铁脚迈开群山退。

注：本诗作于四川三江。

围歼敌小股匪特演习

1975年3月23日

枪声凄厉啸山林，车队行军遇敌情。战火阻断前方路，弹光照彻地通明。我军奋勇虎威展，飞跃险关夺路行。四面包抄围罗网，须臾匪特束手擒。

注：本诗作于四川壁山。

练兵备战保国家

1975年3月24日

巍巍群山抹朝霞，演兵奔袭何家洼。人未喘息汗未擦，配置地域先勘察。

巧借岩底筑工事，防空炮火设云崖。竹林深处指挥部，伪装逼真难觉察。

主席教导记心中，保存自己为了打。严格训练严要求，练兵备战保国家。

注：本诗作于四川铜梁何家沟。

下　部

新体诗

山间的小溪

山间的小溪呀，
唱得多么清脆　笑得多么甜蜜！
弯弯地绕过我们的营地，
又匆匆地流向哪里？

小溪呀小溪，
真有坚韧顽强的毅力，
不知疲倦地流哟，
日日夜夜　从不停息。

小溪呀小溪，
你有英勇无畏的胆气，
在猿鸟不逾的悬崖，
也留下了你闪光的足迹。

小溪呀小溪，
你是快乐的使者，
溪流经过，
便有花香鸟语伴随着悠扬的牧笛。

有了你，
古老的深山才充满活力；
有了你，
苍翠的森林才有无限的生机。

山里的小溪呀，
唱得多么清脆　笑得多么甜蜜！
涓涓细流

不停地在向我述说生命的意义：

奔流不息，
才有远大的前程；
走出山林，
才有更广阔的天地！

注：这首诗是本人第一首正式发表新体诗，刊登在 1982 年第 2 期《前卫文艺》上。

致守护灯塔的战友

在瀚海深处扎根，
于风口浪尖上安家。
生命难以驻足的孤岛上，
巍然屹立着一座灯塔。
聚集星星的灵感，
汲取日月的光华。

茫茫的黑夜里，
迷蒙的雾海中，
你用光的语言：
向航船问好，
与汽笛对话。

守塔兵头顶闪闪的军徽，
是她不竭的光源，
守塔兵青春的热能，
点燃她照亮海角天涯。

壮阔的海风为她奏乐，
晶莹的浪花绽放在她脚下。
往来的航船长鸣汽笛，
把最深长的谢意表达……

敬礼　亲爱的战友，
远航的舰船正彩旗满挂。
回望你风浪中高昂的额头，
不就是一座人生的灯塔？

注：本诗1981年5月作于黄海前哨。

清晨　我踏上巡逻的路

清晨　我踏上巡逻的路，
肩挎钢枪，豪迈威武。
边疆的山水欢迎我哟，
以她少女般动人的媚妩。

远山　飘逸着乳白色的晓雾
葛藤　垂挂下碧翠的流苏，
小草　向我笑出了晶莹的泪珠
野花　深情地把幽香对我倾吐。

晨风中的白杨啊，
每一片绿叶都在翩翩起舞，
林间小鸟与山泉的吟唱，
献给我无穷的快乐　幸福与欢愉……

感谢你　边疆多情的山水，

感谢你　大自然最珍贵的赠与！
战士就是你最忠诚的伴侣，
共为祖国筑起钢铁的门户。

于是
我更睁大警惕的眼睛，
持枪
迈开更坚实有力的脚步！

注：此诗曾发表在1982年第4期《前卫文艺》。

春天的小诗

小鸟用甜脆的歌喉，
蝴蝶以翩翩的舞蹈，
应春风热情的相邀。
柳条摇曳袅娜的腰肢，
小草用鹅黄色的笔触签到。

躲在绿叶后面的桃花，
忍不住露出了羞涩的笑。
这些美好的镜头，
都被小河，
清凌凌的磁带录下了……

江水出三峡

彩云挽不住，
迷雾遮不住，
两岸啼猿留不住，

滚滚江流
勇往直前的脚步。

在峡谷的夹缝中呐喊喧呼，
在群山的围堵中奔突夺路。
水在这里，
一改柔情似水
似水柔情的诗句。

当障碍　当困难
阻挡了前途，
请看每一滴水
每一朵浪花，
都是开拓的利斧！

船过三峡江天阔，
百舸千帆争飞渡。
一条朴素的真理
和对人生的感悟，
永远铭刻心灵深处：
在强者面前，
没有艰难险阻，
高山也会让路！

注：本诗作于 1975 年 7 月。

长江三峡纤夫特写

在巍峨的高山下，
似一群爬行的蝼蚁。

在滚滚的大江边，
如几颗微细的沙粒。
而你低沉雄浑的号子，
却让群山退避，
使大江颤栗！

赤足　裸身，
汗流浃背的躯体，
艰难地跋涉在，
骄阳下　风雨里。
身体前弓　与大地，
成三十度夹角，
而头颅却倔强地昂起。

牵引岁月的艰辛，
拉动前进的历史。
肩头　力挽紧紧绷直的纤绳，
脚下　猛浪若奔的江流不息。
相持　停滞，
前进　相持，
在相持中前进，
每一步
都是意志与信念的角力。
长鸣的汽笛向你致意，
游轮上的旅客肃立，
向你行注目礼。

强弓般弯曲的身体，
深深地蕴藏着，
无限自信心与爆发力。

肩头那根绷直的纤绳，
不正是射向明天的箭镝？

今天　我终于明白：
什么叫坚韧不拔，
什么叫自强不息，
什么叫矢志不移，
什么叫脚踏实地。
长江的纤夫，
就是你的代名词。

我要高声地歌赞你
——敢于同命运拔河的强者！
而我的诗句是如此苍白，
我的诗笔是如此纤细。
对于你们，
我永远怀有由衷的敬意。
献给你，
我只能用这首
不能够称为诗的小诗……

注：本诗1975年7月15日构思于长江西陵峡，定稿于8月。

“给亲爱的”

不止被人千次　万次说过，
而我　却总是难于启齿。
“亲爱的……”
我只能将你，
悄悄地埋藏在心底。

我珍惜　作为情感的珠玑，
需要心血来滋养，
才更加晶莹亮丽；
需要时间的磨砺，
才更加玲珑透剔。
正如一坛醇酒，
贮存愈久
愈加芳香甘洌

亲爱的　我只能轻轻地说，
亲爱的　我只能耐心地等待，
等待着
最合适的人和时机……

一把红雨伞

一把红雨伞，
在风雨中　美丽地撑起。
伞下　一片爱的晴空，
属于我和你。

你会感到我脉搏的跳动，
我能听见你急促的呼吸。
雨伞　缩短了心与心之间的距离，
雨伞　使我们紧紧地挨在了一起。

撑伞的手臂
已渐渐地麻木，
可雨　越下越大，
雨　越下越急……

而我　却在心里，
默默地祈祷：
这风　这雨，
不要停息……

盼信

如准点的航班，
驶出各自的笔端，
定期往返于，
两颗热恋的心之间。

每次　我都会准时地来，
迎接　这一片片，
洁白的　爱的风帆。

啊　生活航路上，
有无数的激流险滩，
汹涌的漩涡，
与起伏的波澜。
对于你　我的胸膛，
是坚实的岸。
而你的笑靥，
则是我温馨的港湾……

注：本诗构思于1977年4月，改定于1982年春。

孔庙杏坛前的沉思

对于你　人类的至圣先师，

我该用何供品和礼仪，
将你奠祭？
香烟缭绕的坛前，
拜谒者　两千余年，
前赴后继。

顶礼膜拜的，
未必都是优秀的子弟。
五体投地者，
或许就是最大的叛逆。

请原谅我　来晚了，
二十多个世纪，
没有带来束脩。
也未备香火，
或一枚钱币。

我只能从你的论著中，
去认真地发掘真理，
甚至包括质疑
以及对历史的反思……

注：本诗作于1982年5月。

钱的自白

是人铸造了我，
相反
我却又被人所追逐崇拜，
这正是我

最大的不幸与悲哀。

我最不愿看到的是：
有人　是为了我，
而被投入牢狱，
甚至被押上绞刑架和审判台。

我以独有的光泽与色彩，
反射生活与人生百态。
千百年来　我就是一面镜子，
真实地照出
所有人的面孔，
也包括他们
隐蔽得很深很深的内心世界。

我愿成为物与物　人与人，
乃至一切之间真诚的媒介，
唯独　不愿将理智和良心收买，
或者　将鬼使神差。
让人们自由地支配我吧，
我本不应再作为人命运的主宰。

请记住　我真正的面值是：
齿轮　麦穗托起的天安门上
五颗金色的星星，
在照耀你的前程与未来……

图书馆的夜晚

不闻海风的腥咸，

却有亮似渔火的灯盏。
柔波细浪之声，
是笔与纸在轻轻地叙谈。

这儿是不眠的港湾，
一排排书橱，
是一条条泊岸的航船。
我们 一群年轻的水手，
正匆匆打开
求知的舢板。

时钟 响过了十点，
我们的思绪
已飞向理想的彼岸。
在这浩瀚的知识的海洋里，
在这片如林的桅杆中，
升起了
属于我们共和国军人的
绿色的风帆。

注：此诗发表在1987年3月11日《前卫报》，所用笔名为王水。

我的犁

头顶喷火的烈日，
脚踩黑黝黝的大地。
一具老式步犁，
犁弓弯成硕大的问号，
俯身弓问，
这热气腾腾的土地：

在这片土地上，
默默地耕耘了两千年的我，
为何不能
同秦兵马俑一道，
走进历史的记忆？
这曲背弓腰，
步履迟缓的木犁哟，
又怎能牵动　中国
这蕴藏无限生机，
亟待腾飞的大地？

也许　这并非是我，
一个普通农民
所能回答的问题。
我承认　我的犁，
陈旧而落后，
且带有原始的痕迹。
但毕竟是它，
曾作为铁的里程碑，
结束了人类，
刀耕火种的历史。
它毕竟犁平了无数岁月的沟坎，
我们腰曾弯得像
犁弓一样的民族啊，
如今已笔直地挺起！

在它的金相组织里，
沉淀了黄河的波涛，
饱聚了祖先智慧的晶粒。
今天　我以爱的真挚，

再度对它　作特殊的热处理，
犁把　已被手上的老茧磨亮，
犁尖　更被我用汗水淬利。

我深信　唯有犁，
才真正是开启丰收的钥匙。
每犁出一寸　都是在缩短，
贫穷与富足　落后与先进，
以及它与康拜因之间的距离……

我期望，
经过祖祖辈辈艰辛地接力，
传到我手中的犁，
不应再传给儿子和孙子。
由我最终把它送进，
历史博物馆的橱窗里。

去和殷周的耒耜，
春秋的鼎彝，
战国的刀枪剑戟，
同马踏飞燕，
与金缕玉衣，
同那千古咏唱的唐诗宋词，
并肩站立在一起。
（那儿　历史早已为它
留出了适当的位置）

然而　我懂得，
要达到这并非遥远的最终目的，
现在必须，

背炙烈日　汗如雨滴，
一步一步地　不遗余力地犁。
犁出历史移交给我们，
这一代人的责任田地。

我将用它，
耕耘思想的荒芜；
芟除生活的荆棘；
削平前途的坎坷；
挑出千万条智慧的沟溪。
去开拓理想的沃土，
播撒希望的种子。
为祖国，
犁出一个崭新的世纪！

背负骄阳的灼热，
脚踏汗水浸透的土地。
拉犁的是牛，
后面扶犁的
是牛一样倔强的我自己。

我左手扶正犁柄　使之
与大地构成45度的最佳夹角，
右手　朝向心爱的老牛，
高高地扬起了鞭子。
而牛　似乎早已理解我的心情，
弓腰奋蹄　一声长哞，
拉响了震天动地的风笛……

致韶山

——纪念伟大领袖和导师毛主席诞辰九十周年

没有奇峰幽壑；
没有怪石巉岩；
没有森森古木；
没有瀑布飞泉；
呵　一座青青的
翠竹环抱的小山！

九十年前，
一个冻云笼罩的夜晚，
从这偏僻的山坳里传出
一个生命的第一声啼喊，

他和所有婴孩的啼哭一样，
绝不是一首诗，
但他　却强烈地
把万水千山震撼！

从此　中国，
这片灾难深重的土地上，
才耸起井冈的高峻，
宝塔山的伟岸。
珠峰　才骄傲地昂起头颅，
昆仑　才挺起笔直的腰杆！

关于他

——敬献给伟大领袖和导师毛主席

他不是太阳，但他驱除了
笼罩大地上漫漫长夜的黑暗。
他并非神仙　然而
没有他　中国至今将
仍深陷于无边的灾难。

他是领袖，
伟大而又平凡，
他有超人的天才　智慧与胆略，
正因为他的思想，
深深地扎根于人民，
扎根于党　扎根于集体，
扎根于
轰轰烈烈的中国革命中间。

他的脉搏，
始终与人民的心跳相连。
乃至他的血液已停止了流动，
他的思想永不冷凝，
依然能够在
亿万人民的心中，
久久地掀起怀念的滔滔巨澜。

对于父母，
他是长子，
对于中华民族，
他是最优秀的儿男。

谁说:他总是站在时代的最高巅,
洞察世界风云的变幻,
并牢牢地把握历史的发展。
我说:人民是宽厚的大地,
党　是这片大地隆起的
雄伟的青藏高原,
而他　正如巍峨的珠穆朗玛,
高高地耸入云端……

1983 年 12 月 26 日夜晚含泪敬写。

听蓝色的多瑙河

舒缓悠扬的音符,
欢快激越的旋律,
在乐池里泛起柔波,
在舞台　帷幔的空间打着漩涡。
从琴弦　自笛孔
妙曼地流出。
流向遥远的异国他乡,
流入不同肤色
不同种族人民的心窝。

啊　蓝色的多瑙河,
你是世界上的一条
没有国界的音乐之河!
拓展情感的流域,
跨越时空的长河。
在高度工业化的西方,
你是一条唯一

未被污染的精神之河。

我骄傲
我们伟大的中华民族!
我们有滚滚的长江,
我们有滔滔的黄河。
全世界的水系,
最终皆奔流入大海的浩瀚洪波!
包括湄公　巴拿马
苏伊士　密西西比
亚马逊与尼罗……

无论哪一条水系哟
都应该荡漾涟漪与碧波!
都应该是,
渔歌欢唱　鸥飞帆翔的场所。
都应和我的长江　黄河一样,
流淌着幸福与欢乐。
没有炮舰　潜艇的魅影出没,
没有漂浮杀戮的血腥与污浊。

是的　生活与艺术,
本应该是两条平行向前,
流淌着爱情与欢乐的长河。
这正是　施特劳斯先生的初衷,
是你理想的归宿。
要不　你怎又能谱写出,
这如此优美动听,
谐振了全世界人心弦的歌?

兵为大兵正名

我是军人，
千里边防线，
是我理想最佳的轨道。
界碑与哨位，
是我事业永恒的坐标。
我更希望
能以烈士陵园内圆形的墓冢，
作为总括我一生的句号。

我是军人,大兵
不过是八十年代馈赠于我的尊号。
清贫　是我的财富，
更是我的传家至宝。
每月十元的津贴　注定我，
只能抽最劣等的烟丝；
艰苦的环境　决定我，
有时　只能以压缩干粮和雨水，
甚至用自己的尿作补充，
在生与死的激战中体力的消耗。
于是　“大兵”，
便成为苦行僧的同义语，
成为某些人的笑料。

其实　在当今的世界上，
无论从精神到物质，
我乃是最大的富豪，
但我　我从不愿向别人炫耀。
我有九百六十万平方公里的责任田啊，

高山属于我，
我的情操，
便像山一样崇高，
平原属于我，
我的襟怀，便像平原一样广袤，
长江黄河属于我，
我的热血　似滔滔江河奔腾不息，
五湖四海属于我，我的思想
一如大海样激荡着风波云涛。
也正是因为，
我拥有着这一切呵！
即使在和平的岁月里，
我的大脑
也时时刻刻地在拉响警报！

我把歌声，
交给蓝天上悠扬的鸽哨；
我把笑脸
献给春天里绽放的花苞；
我用青春
去染绿田畴里返青的麦苗；
我把爱情，
留给那黄昏后流淌着甜蜜的林荫小道……
而我自己，
却用身躯去抵御，
最严酷的冰霜　最肆虐的骤雨风暴。
用胸膛　去迎接，
炮火　子弹最尖厉惨烈的呼啸！

呵　我青春之能耗，

已酿作祖国节日的千钟美酒，
我理想之光华，
已化作人民，
面庞上幸福的欢笑。

理解大兵吧　认识大兵吧，
请把目光移向
地图上最边远，最西南的一角。
这风卷着硝烟的战场，
这弥漫着血腥的战壕，
这打红了的炮管，
这拼弯了的刺刀。
这粘满红焦土的钢盔，
和钢盔下缠着绷带的微笑……
这正是我们
——大兵的骄傲与自豪！

注：此诗入编诗集《炮火中绽开的诗蕾》，1986年云南人民出版社出版。

我是一根焊条

我带着矿山筛选出的
纯朴的信念，
我怀着高炉冶炼出的
丹霞般的理想。
我有着工人汗滴
一般晶莹的憧憬，
我具有轧辊与铁砧，
赋予的最坚定的志向。

从我的骨骼到皮肤，
每一颗晶粒　每一个细胞，
都经过极严格的细化处理，
采用最佳　最合理的工艺与配方。

虽然　我的生命，
仅有几分钟的短暂，
但却异常强烈地辐射出，
太阳一样灼人的热，
彩虹一样绚丽的光。

我用生命的光与热，
去熔化铁的顽愚，
去烧红钢的冰凉。
去医治残缺，
去弥补破损，
去熨平裂纹，
去愈合机件与生活中，
一切不该有的创伤。

让衰老脱牙的齿轮，
重新迸发金属的歌唱；
让肢体瘫痪的机器，
再度爆发新的速度和力量；
让破裂的桨叶，
更强有力地搏击生活的风浪；
让曾折断羽翼的理想，
重新亮翅在时代的起飞线上……

啊　为了使正在治疗的伤口，

不再有新的损伤，
我烧灼的皮肤，
也会释放出凛然正气
把一切世俗的歪风邪气阻挡！

然而　我从不敢自诩为
是妙手回春的能工巧匠。
更不敢炫耀自己，
青春的壮丽与辉煌。
我怎能忘记，
是默默的电流，
拨亮了我的思想，
并点燃了我，
璀璨夺目的生命之光……

我是一根焊条，
我希求　我歌唱，
生命的价值在于奉献，
理想　只有融化在事业中，
才会闪光。

作为军人，
我也从未遗忘，
当我站在南国边疆，
这片燃烧的焦土，
面对弹坑累累，
这深嵌在祖国身上，
人民心头的血淋淋的创伤。
我高声地说：
我来了　我就是一根焊条

祖国啊
请把我焊上！

注：本诗于 1985 年 4 月作于云南前线。

耕耘在蓝天上

——记一位飞行员的话

机翼是银色的犁，
我耕耘在祖国的蓝天上，
隆隆引擎，是惊蛰的春雷，
流云滚滚，散发出泥土的芳香。

啊　蓝天　我的责任田，
我的责任
蓝天般的崇高
辽远和宽广！

我是农民的儿子，
在这方蔚蓝色的土地上，
我敞开罡风一样浩荡的情怀；
我怀着彩霞一样美丽的希望；
我播种星星一样闪亮的警惕；
我布洒阳光一样透明的理想。

我的犁
凝聚着大地上无数深情的目光，
我的犁
翻起了母亲被泪水打湿的梦想。
在我的羽翼下，

这孕育了五千年古老文明的土地上，
这诞生了屈原　林则徐的地方，
在奔腾着黄河　长江的大地，
在这绵亘万里长城的家邦。
这片火与血　热汗与泪水
浸透已饱和了的土壤，
我的父先　曾用镢头与木犁，
艰难地垦殖，
翻起的只能是
无边的忧伤与惆怅，
收获的只能是
年复一年的饥饿　贫困，
和比饥饿更为可怕的马乱兵荒。

因此　我才懂得：
我的犁　应该如何地精耕细耘
这片无比圣洁的土壤。
施肥　我及时地播撒
雨雪　雷电和冰霜，
灌溉　我会引来滔滔银河的波浪。

我把金色的收成，
交给九百六十万平方公里的祖国，
交给每一个农户　每一个村庄，
每一座城市的每一幢楼房。
我收获的是：
一缕缕安闲飘逸的炊烟，
是一串串笑声的清脆
和歌声的悠扬，
是一声声梦鼾的甜畅，

和一阵阵书声的朗朗……

让鲜花　绽放在姑娘的腮边；
让苹果　红熟在孩子的脸庞；
让美酒　溢满妻子的笑涡；
让甜蜜　顺着母亲笑纹流淌……

啊　为了让太阳和月亮的硕果，
缀结在故乡的枝头上，
让丰收的喜悦，
贮满十亿人宽敞的心房。
我精耕细作在蓝天，
我的犁　我的航迹，
正在勾画出，
伟大祖国明天的辉煌！

钢枪　彩色的笔

一

色彩的流线，
曳光弹刺耳的啸叫，
撕破了夜的沉寂。
黑夜里　我们射击。
也许　因为我是，
刚投笔从戎的新兵，
钢铁的甲胄，
还裹着浓厚的书生气习。
此时　我感觉夜，
恰如一张浓墨透染的宣纸，

枪　就是一支神奇的生花妙笔。

我稳稳运笔　轻扣扳机，
一条憎爱分明的射线，
弹道　闪耀着我灵感的光迹！
骤然在灯靶上绽开了，
朵朵鲜花的艳丽。

二

花是美的象征，
刀枪乃杀戮的武器。
钢枪　彩笔　战神与缪斯，
自古就有冰炭不容的对立。
但在战士的手中，
竟能够　如此奇迹般地和谐与统一。

那每一朵花的怒放，
便预示一个罪恶的倒毙。
这每一声尖利的枪响，
将会牵来春天，
一串串悦耳的莺啼！

呵　正是为了使世界上所有的刀枪，
有朝一日　都变成描红点翠的彩笔。
为了化硝烟的刺鼻，
为翰墨的馨香；
让 TNT 的烈焰，
飞作祥瑞的云霓；
为了让祖国，

让边关的每一寸土地哟，
都成为画家与诗人笔下，
莺飞草长　万卉争芳的宣纸。
我　以一介戎马书生白皙的手臂，
托起这支雷霆万钧的铁笔，
瞄准鬼火一样闪跳的灯靶，
——射击！

三

我曾经渴望，
能有这样一枝如意之笔，
去描绘多彩的生活，
山河的壮丽。
甚至幻想于梦中，
也能幸遇神的恩赐……
今天　我如愿以偿，
于是　我把它庄严地托起。
我将用它，
划出火与力的线条，
来演算未来战争。
这每个军人所面临的，
严峻而深奥的命题。
我以它耀眼的光弧，
去测量
正义与邪恶　生与死之间的距离。
去求解　去验证，
孕育于勇敢与壮烈，
流血和牺牲中的胜利……

此时我多么希望，
它真能画出溢彩流光五线谱，
奏一支小夜曲，
献给祖国，
献给亲人以安宁与甜蜜。
但我知道，
它的先决条件，
首先应把非正义的战争击毙！

四

呵　我的笔触不会干枯，
我的笔锋将永远犀利。
我不是江郎　我的诗情，
如长河入海　滚滚不息，
似大江东去　一泻千里。

因为我有，
一眼爱的心泉；
因为我有，
一腔激荡奔腾的血液。
因为我更知道：
只有我们
——新一代最可爱的人
才有获得它的权力！

注：此诗曾发表在1985年第三期《前卫文艺》。

关于牛郎织女的解释

——兼写给爱人

默默地期待着，
一年一度的佳期。
两道红杠的特快车票①，
标定了他此行的方向与轨迹。
而思绪总是，
快于飞驰的车轮与汽笛。

绵长的思念，
与离别时间成正比。
短暂的相聚，
会让他们对每一分钟，
都格外珍惜。
爱情　更因此而分外地甜蜜，
生活　似乎也由此而更有意义。

匆匆地重逢，
又匆匆地别离，
年复一年　使他们，
赢得了牛郎织女的名字。

是褒奖　是赞颂，
或是嘲笑与讽刺？

---

①　在没有使用电脑售票的时期，火车票是硬纸板质，分慢车、普快、特快三个级别。特快列车在出发站与到达站名上加印两道红杠，普快列车票加印一道红杠。

谁都无暇顾及。
唯有理解　支持，
是心灵之间的鹊桥，
早已跨越时空的距离。

况且团聚，
假期并非是唯一。
还有在彼此的思念中，
和无数次地相逢在梦里。

也许　世界上，
唯有军人和妻子，
可以对牛郎织女，
作出最权威的解释：
在理想的银河岸边，
我们彼此忠诚地坚守着，
各自发光的位置……

注：本诗作于1983年春。

军人的胸膛

在洪峰面前，
是一道大坝；
在风雪面前，
是一堵火墙；
在硝烟烈火中，
有白金的硬度；
在枪林弹雨里，
有钢盾的坚强。

呵　这就是我们
军人胸膛！

迎接困难和考验，
他是一座洞开的门。
拒绝名利的诱惑，
他是一扇紧闭的窗。
他有大海一样的浩瀚与宽广，
他有平原一样的辽阔与坦荡。
他有一腔奔腾的热血，
他的源头，
是不尽的黄河与长江……
呵　军人的胸膛！

他不仅仅是属于枪炮扼守的阵地，
也不仅仅是战车驰骋的疆场。
他通向花香鸟语的林荫小道，
他连着鱼跃帆飞的碧波荡漾。
烈日下　他有习习的清风；
冰雪里　他有明媚的春光；
寂寞时　他有交响曲的鸣奏；
欢乐时
又有着不懈的警惕与冷静的思想……

呵　军人的胸膛，
他和所有的人一样，
是肌肉　骨骼和神经的组装。
也有一颗，
随着时代与生活节奏，
而强烈搏动的心脏。

他还装着妻子的滑雪衫，
母亲的老花镜，
儿子哭闹着要买的“自动枪”。
他甚至正在筹划着
怎样从每月薄薄的薪水里，
挤出一点一滴
汇成一个双声道“三洋”……
（因为业余英语讲座
已经开始了第一章）

呵　大千世界　包罗万象，
充塞于军人的胸膛。
他是谁也无法探明的，
思想宝藏　精神的矿床！

然而他拒不作任何时髦的广告，
和一切浮华的装潢。
一层国防绿军装的覆罩，
使得他骄傲地挺起在，
人民最需要的地方。

挺起　是和平的城堡，
幸福的屏障。
倒下　会填平弹坑与沟壑，
铺作通往胜利和未来的桥梁。
呵　这就是我们
——军人的胸膛！

注：此诗入选解放军文艺出版社 1986 年出版的《猫耳洞诗选》。

士兵与钢盔

覆盖着
对于战斗与胜利的向往，
庇护着
自小就梦想当将军的欲望。

而正义也需要防护，
勇敢　更需要武装，
让钢铁般坚强的意志，
再增加一层钢铁的坚强！

战争　为士兵而加冕，
要承担起时代的重任，
我们昂首
最先承受钢盔的重量。

放心吧　祖国，
钢盔下的头颅，
浓缩了我们理想的辉煌。
即使被子弹所洞穿
钢盔会证明：
士兵的额头，
总是迎着弹丸飞来的方向！

注：本诗作于 1985 年 3 月 5 日写在领取钢盔的时刻。

新兵车行

——写在赴云南前线作战，军列即将开行之时

被口令集合成，
钢盔的山峦
枪刺的丛林，
我们列队，
祖国　开始点名。

从五千年历史纵深走来的士兵，
秦兵马俑复活的生命。
从杜工部的诗行，
从辛稼轩的词章中走来，
列队　应战争的邀请
点名　准备登车，
即将向硝烟与炮火开进。

牺牲与阵亡，
也正在悄悄地逼近，
准备圈点　谁是
将要镌刻在墓碑上的姓名。

而每一声气壮山河地答："到！"
足以让死神胆战心惊。
更博得了黄河　泰山的喝彩与共鸣！

没有军乐，
没有战鼓壮行。
听不到车辚辚　马萧萧，
弓响霹雳弦惊。

更没有爷娘妻子，
父老乡亲，
牵衣顿足的恸哭，
正义　不需要眼泪饯行。

因为人们很忙，
上班劳动　工作学习，
还有跳舞　溜冰，
球赛　电影……
这丰富多彩的生活啊，
一切　都要按正常的节奏进行。
而战争的凶险，
只能属于我们——
共和国的士兵！

一声汽笛的长啸，
划破夜空的寂静！
哦　忘了告诉军列，
告诉车轮与汽笛：
人们正在酣睡，
生活需要安宁。
请不要把祖国
甜蜜的梦惊醒……

注：本诗作于1985年3月15日夜晚构思于兖州北站，定稿于军列至昆明的开进途中。

军列代号

——我部开往云南前线军列的代号是850101，要求每位战士记住此号码

这不是有奖储蓄的号码，
不是十万分之一的彩电或冰箱。
六位阿拉伯数字的排列组合，
浓重的夜色中，
将进军的汽笛拉响。

这六位要求士兵熟记的数，
似乎有点抽象。
它或是十万个沉默的雷霆，
或是十万个被压抑与冲动的渴望。
也许包含着，
十万个妻子或女友的期待与祝福，
或许正牵系着，
十万个母亲慈祥的目光。

也无须再问十万个为什么，
两条铮铮向前伸展钢轨已证实。
它是十万支锐利的箭，
将搭在共和国边防的强弓上！

啊　六位数字，
就像六面体魔方，
能够幻化成
千万个不同的图像。

对于我和我的战友，
正开赴硝烟滚滚的南疆。

明天或许是，
一座座肃立的墓碑。
可能是，
一枚枚闪光的勋章。
也可能是，
一付拐杖或轮椅，
或一曲哀乐的悲伤。
但士兵可以肯定地说：
无论有再多的或许，
而最终应是凯歌胜利的激昂！

这是一串
有待明天破译的密码呀，
但对于每一颗怦怦跳动的心，
此刻都在默默地祈望：
凭着自己年轻生命的绝对值，
必定能在
战争的撕拼与搏杀中，
为祖国赢得头奖！

注：本诗于1985年3月15日夜晚急草于兖州北站，初稿于军列至昆明的开进途中，定稿于1988年八一建军节。

系着红领巾的炮车　向前线开进

南国的群山致注目礼
绿雾中　一抹飞动的红霞，
系着红领巾的大炮，
正隆隆地迎着硝烟进发。

随着炮车的颠簸，
士兵的心跳也在加剧；
周身的热血，
也在加速奔涌和喧哗。

炮管上的红领巾，
使他　联想到
奥运金牌上的绶带，
骄傲地在祖国的胸前悬挂。

也使他想起：
“你是一面飞扬的战旗
你是一炬燃烧的火把……”
——这是少先队员，
诗朗诵中的一句话。
送别时
曾激起他写诗的欲望，
与灵感的火花。

啊　即使最动听的语言，
最优美的诗句，
都难以将士兵此刻的心情表达。
他相信　明天
昂奋的大炮
定会替他作出最响亮的回答！

注：部队向前线开进前，送别的少先队员，将自己心爱的红领巾系在我们的大炮上。1985 年 3 月作于云南开远。

照遗像

军人在上战场之前，每人都要照张一寸的免冠像

彼此心照不宣，
这可能是遗像。
照张一寸的免冠，
对于将赴战场的士兵，
或许是留给世界最后的印象。

是的　为了给恋人，
留下爱情的怀想；
为了给父母留下，
永久的思念与珍藏。
为了烈士墓碑肃穆的期待，
也为了让战友捧回
他能够亲眼看到：
凯旋门前，
那一片歌声与鲜花的海洋……

按条令　他认真地，
整理了军容着装，
面对镜头
笑容　像灿烂的太阳！

生与死，
快门无法选择，
但他相信　战火，
将会把这青春的瞬间定格，
并放大为父母的骄傲，
和家族的荣光。

他将面带笑容，
从容地奔赴战场，
笑容　可使敌人胆颤
也能够逼退死亡。

即使作为遗像，
他相信　这最后的微笑，
将无愧于后人的景仰，
也无愧于先辈们的期望。

他还希望后方
于和平生活中的同龄人，
能从那被粗黑边框定
永恒的微笑中，
去理解　判读士兵的心：
对于生活　未来，
我们同样怀着美好的憧憬，
与热切的向往……

选定构筑炮位

在血与火的交织点，
我们把炮位选择；
在生与死的经纬线上，
我们把工事构筑。

山风急雨，
日出月落，
迷蒙的雾气，
飘逸的云朵，

不过是每天匆匆路过。
只有铁铸的雄关，
是我们战争之神永固的基座。

叱咤风云　壮怀激烈，
雷霆万钧　满腔怒火。
按祖国所赋予的射向，
按人民意志装定标尺，
定能叫入侵者，
灰飞烟灭。

啊　五千年历史的荣辱，
是我威力的源泉。
母亲　人民殷殷的嘱托，
是我能量的积蓄。
托起我坚实身躯的是：
伟大的祖国，
是九百六十万平方公里，
壮丽的山河！

战地印象

——烽火的南疆

不见蝶舞莺飞，
没有鸟语花香。
只有拼杀的勇烈，
和牺牲的悲壮。
不闻潺湲的流泉，
没有牧歌的悠扬，
也听不见鸣蝉的浅吟低唱。

只有冲锋的呐喊，
与军号的激昂！

枪声　炮声在演奏一部
撼天动地的乐章。
硝烟的帷幕拉开，
烈火　血光，
照亮了我们，
一代军人无畏的形象！

啊　战争的舞台，
烽火的南疆。
正牵动着十亿人关注的目光：
——泪为之而纵横
神为之而弛张，
血　为之沸腾与激荡！

最隆重的葬礼

——献给排雷英雄

在爆炸的巨响声中，
在冲天的火光里　倒下了你。
群山在战栗，山风在抽泣，
战友在高呼着你的名字进击！

呵　有谁能够享有，
这惊天动地的葬礼？
“危险，我去！”
这片五十米宽的雷区呀，
是你　以自己班长的特权，

和一个共产党员的名义，
向领导　争来的墓地。

为了胜利　你最先想到了死，
也许　你未曾想到，
一位二十四级的士兵，①
竟能享受这如此隆重的葬仪！

但你坚信，
在自己倒下的位置，
祖国的尊严，
将威不可犯地崛起！

注：此诗入编1986年解放军文艺出版社出版的《猫耳洞诗选》，笔名王云，本诗最后两小段投稿后被出版社编辑删除，现在本人又将这两小段加上。其内容是：

为了胜利　你最先想到了死，
也许　你未曾想到，
一位二十四级的士兵，
竟能享受这如此隆重的葬仪！

但你坚信，
在自己倒下的位置，
祖国的尊严，
将威不可犯地崛起！

---

①　当时部队最低行政级别为23级，是排长，并无24级这个行政级别，但我们士兵经常把班长戏称为24级的干部。

他

他　腼腆得象个姑娘，
少言寡语　不吭不响，
甚至　班务会上，
两分钟的发言，
就让汗水湿透了军装。

可谁能想象？
“向我开炮　向我开炮！”
从前方步话机传来的
这撼人心魄的呐喊，
竟是发自于他那
一向沉默的胸腔！

“向我开炮　向我开炮！”
一声高呼，
如汹涌澎湃的海啸，
如惊涛拍岸的大江。
象春雷滚过天际，
震撼着祖国的南疆。
在前沿　在后方，
在每个战友的心中回荡！

是的　烈火能将铁冶炼成钢
可现在　他一如平常
当记者前来采访
刷地　他脸又红了
象个害羞的姑娘……

注：此诗曾刊登于1985年9月5日成都军区《战旗报》。同年9月6日刊载于济南军区《前卫报》并获1985年度《前卫报》优秀作品奖。其后入选山东人民出版社1986年版的《猫耳洞诗选》和解放军文艺出版社1986年编辑的《猫耳洞诗选》两本诗集中。

关于光荣的解释

——在前线，战士都习惯地将牺牲称作“光荣”

你不仅是铭刻在，
大理石上的永恒与不朽；
也不仅是，
烈士墓掩埋的短暂的青春。

对于母亲，
你是绵绵无尽哀伤与悲痛；
对于恋人，
你是她梦中永远灿烂的笑容；
对于家庭，
你是哀乐声中低垂下的黑纱；
对于祖国，
你是五星红旗高高飘扬的碧空。

光荣　会将一捧冰冷的骨灰，
化为春天的沃土；
光荣　会把人们悲伤的泪水，
酿作新生活的美酒千钟。
跨越历史　超越时空，
光荣的涵义，
难道不可将生活中的一切包容？

在士兵的心中，
最富诱惑力的是
莫过于“光荣”。
作为阵亡的代名词，
仅属于军人的专利，
它并非是每个人都可以享用。

难怪士兵，
从不忌讳，
每当谈及“光荣”，
他们是如此地心驰神往啊，
又如此地表情庄重，
如此地坦然而轻松。
却又有一种，
按捺不住兴奋与冲动。
作为人生的唯一的一次，
应该属于——光荣！

生与死的接力

——这是一个真实的故事，发生在云南前线

“今日生男”，
喜讯把万水千山飞跨，
飞向硝烟弥漫的战场，
而死神　却比电报更先期到达。

躺在战友的怀中，
他的遗体尚有余温，
此刻，产房里，
降生了呱呱坠地的男儿。

当连长手捧着电文，
悲喜交加的热泪如雨而下……

短暂的时间差，
使他未能体味做父亲的幸福，
迟到的电报，
能否告慰刚到另一世界的爸爸？
这是战争的残酷，
这是血与火写就的
一部真实的童话！

全连鸣枪默哀，
用清脆的枪响，
将战友们哀思
与祝福同时表达。

我们愿孩子的心灵，
不要蒙上一层黑纱。
拥抱他的，
将是充满阳光的生活。
而拥抱父亲的，
是南疆温热的红土，
和这片热土上，
四季不谢的山花。

就在军人献身的悲壮时刻，
试问
会有多少新降生的婴儿，
用他们的第一声啼哭，
注册共和国的户口簿，

注册我们生生不息的锦绣中华？

这是一次生命的接力啊，
对于我们的民族，
对于我们的国家，
生因死　而享有安宁与幸福，
死因生　而倍显光荣与伟大……

石林之游

——士兵的位置

寻遍石林　四处张望
唐僧石　阿诗玛……
无不栩栩如生，
逼真而又形象。

可在这艺术的迷宫里，
在这芸芸众生的群雕中，
竟找不到一尊，
属于士兵的塑像！

莫非　大自然的鬼斧神工，
也会把我们当代的士兵遗忘？
哦　即使被遗忘，
我们依然在，
默默无闻地巡逻　放哨　站岗……
并且　义无反顾地走向，
炮火纷飞的战场。
甚至　牺牲　流血　负伤……

也从未想过，
要得到何种报偿。
更未奢想，
要借石头的不朽，
供人们永远观赏。

当他坦然地离开，
突然间发现自己，
头顶的军徽
胸前的奖章，
却引来了游人相机
咔嚓咔嚓的闪光。
啊　迎着游客钦羡的目光，
共和国的士兵，
已走进人们心中，
最神圣的殿堂。

注：此诗于1986年6月11日在济南军区《前卫报》发表。

战地木棉花

没有被炮火扼杀，
没有被硝烟窒息，
硕大的花朵，
缀满了你的铁杆虬枝。
紧挨着战壕，
挺起了
俊逸俏丽的英姿。
战火纷飞中，
燃烧着你的丹诚；

滚滚的硝烟里，
有你甜畅的呼吸……

正因你有火一样的豪情，
你才选择了这片燃烧的国土。
正因你有流血的记忆，
你才扎根这块血染的阵地。
不　正因你爱我们的战士，
爱我们翠绿的军衣和
爱军衣武装的勃勃英姿，
爱我们殊死战斗与坚守的位置。
你才以身相许，
不舍不离　生死相依。
将一片丹心，
将一腔赤诚爱，
捧给我们英雄的战士。

在士兵的心里，
你有永不凋谢的花期。
战斗间隙，
你是恋人的红纱巾；
枪炮声中，
你就是一面
迎风飞扬的战旗！

木棉花　英雄的花

你有炮火摧不垮的潇洒，
你有弹片削不倒的挺拔。
你有骤雨扑不灭的焰情，

你是风暴吹不落的奇葩。

啊　你是树中的伟丈夫，
你是花中的热血男儿。
遒劲的钢枝铁干，
庇护着身后一朵朵
一丛丛　姹紫嫣红的玫瑰　牡丹，
杜鹃　山茶……

植根于南国边关，
用一腔赤诚的爱妆点，
打扮着她。
纵然是弹痕累累，
哪怕是遍体伤疤，
在这片燃烧的焦土上，
高擎起一片，
属于自己生命的朝霞！

炮阵地速写

雄踞高山之巅，
高山更显得巍峨。
隐藏丛林之中，
林木愈发青翠碧绿。
傍依边寨村落，
连炊烟也飘逸柔和。
在它的身旁　时常有，
苗家姑娘甜脆的笑语飞过。

没有孤独，

在战斗的间隙，
粗壮的炮管上，
还不时会有小鸟栖落，
并且　在唱着深情的歌，
从不寂寞。
炮位旁，
四季都盛开各色的花朵。
就像星星
捧着明月，
依恋月宫里的嫦娥……

注：本诗于 1985 年 6 月作于前线炮兵 24 团七连阵地。

沙场上的骆驼
——献给亲爱的军工战友

弹药　干粮筒，
在脊背上高高地隆起，
弓腰　低头，
迎着硝烟与炮火，
艰难地迈开，
沉稳而坚定的脚步。
一串串汗珠，
滴落在深深的脚窝。

往返于生死线上，
穿越雷场，
狙击枪口的重重封锁。
于生命的禁区里，
艰难地跋涉。

因之　被战友们戏称为
战场的骆驼。
为了补充体力的消耗，
骆驼可以随时动用
驼峰内的储蓄，
而我　却情愿用草根充饥，
以雨水解渴，
从不启用肩头食物。
而为了保护背上的负荷，
我　随时准备，
将鲜血和生命献出！

这是热和力的积蓄啊，
这是爱与恨的浓缩。
这是胜利的希望啊，
这是维系战友生命的温热！
军工战士的背上，
驮着的是伟大的祖国！

啊　我就是一匹祖国，
喂养了十八年的骆驼
——战场的生命之舟。
长江　黄河的母乳，
已注入了我的血液
精髓与骨骼。

开拓　跋涉，
永远属于我。
俯下身体，
在死神的眼皮底下，

艰难地匍匐。
我心中的驼铃，
正摇响一支必胜的歌……

百米生死线

对于恋人的脚步，
是一段不足两分钟的缠绵；
对于飞转的车轮，
更不过是一瞬间的概念。
啊　一百米，
如果作为地球，
四万公里弧长的一段，
可以忽略不计。
但作为领土的神圣与尊严，
祖国边防上的线段，
却始终与十亿人民的血脉相连。

这是两万五千里，
长征路的继续和伸延，
可又比万水千山
更充满杀机与凶险！
这是通往前沿，
通往胜利的必由之路，
使将军和士兵，
同样地梦绕魂牵。
他同样又附丽着，
多少热血男儿生命的质点？

爆炸的切割，

炮火的阻拦，
鲜血搅合着泥浆，
子弹如瓢泼的雨点。
弥漫的硝烟封锁，
它的每一厘米都是
用头颅　躯体　与生命的铺垫……

战争　在用这段一百米
生与死的标尺，
极其严酷地
将每一位士兵的忠诚与勇敢检验！

他们匍匐留下的血迹，
和前赴后继的高呼与呐喊。
已向世人昭告：
在中国军人面前，
从来就没有，
不可逾越的鸿沟与天堑。

它无疑是属于英雄的赛场跑道，
金牌　也将无愧地授予
共和国士兵的胸前。
无论他们以何种姿势通过，
也无论他们是否
全部　能最后到达终点……

说明：在通往前沿211高地的中途有一段约百米的路，毫无遮拦地暴露在越军火力打击下，给我方前出与后送造成极大的困难。敌方为切断封锁它，不惜使用各种火器。在战斗最激烈的时刻，我方每前进一步，都要付出巨大的牺牲。记不清有多少战友就倒在这百米途中。因之,这条路被称之为“百米生死线”。

老山颂歌(歌词)

——献给坚守在老山前线的战友

你有昆仑的峭拔,
你有泰山的伟岸。
你有华岳的奇险,
你有黄山的壮观。
集天下名山之灵气,
雄踞千峰万岭之巅。
啊 老山 不老的山,
战士用最忠诚的爱,
终身与你相依相伴。

你有山的气质,
又有海的浪漫。
你有刚毅的魂魄,
你有无畏的肝胆。
任凭风狂雨骤,
何惧炮火硝烟。
啊 老山 不屈的山,
战士用青春的热血,
浇铸你在祖国的西南。

你是勇士的领地,
你是英雄的摇篮。
你有动人的传说,
你是辉煌的诗篇。
战士用年轻的生命,

把你托上时代的祭坛。
啊　老山　神圣的山，
崛起了祖国的尊严，
屹立在人民的心坎。

血型——写在化验室门前

参战须检验血型　也检验每一位士兵

——题记

像去领奖一样地兴奋，
像赴考场一样充满自信。
一群年轻的士兵，
依次列队在化验室门前。
等待着化验血型。

士兵明白验血的含义，
——战场　就意味流血与牺牲。
明天　他们将开赴前线，
彼此都在默默地期望，
能用自己鲜血，
将胜利的捷报染红。

请看　他们正争相捋起胳膊，
就象一片崛起的森林！
祖国　请检验吧，
这一滴滴青春的殷红，
——承袭了祖先遗传的精华，
和中华民族最优秀的基因。
每一条饱胀的脉管里，
正哗哗喧响着

长江、黄河如鼓的涛音！

啊　士兵相信
自己的血型：
军人的鲜血
原本是和平的甘霖。
每一滴　都会使枯树发芽，
荒漠返青。
泼出去，
自能熄灭侵略的烈焰，
能洗雪屈辱与国耻的膻腥！
能升华为共和国
每一个玫瑰色的黎明……

生命线

记我前沿1175.4高地，被称为八十年代的“上甘岭”。激烈的战斗致使后勤补给被切断，在断粮断水的情况下，战士们仅靠坑道石壁缝隙里渗出的涓滴之水，坚守到胜利。

点点滴滴　滴滴点点，
从石头的缝隙里，
悬下一丝清凉的水线。
于是　士兵将焦渴的唇，
轮流贴向了石壁，
甘洌的水滴，
浇灭了喉咙的烟焰。

断粮　断水，
炮火　硝烟，
战斗的残酷，

切断了阵地的补给线。
唯一不能切断的是
祖国的血脉，
在滋润着士兵的心田。

她是长江　黄河的毛细末梢呀，
她是大地的脐带　母亲的乳腺。
她是共和国军人，
热血沸腾的力量之源！

滴滴答答的水声，
似在诉说士兵的铮铮誓言：
祖国　给我以水的涓滴，
战斗中　我们将报以热血的涌泉！

受检阅的爱情

幸福同战斗相近，爱情与事业比邻

——题记

越过花坛，滚过草坪，
穿过车水马龙的长街，
驶向那柳丝轻拂的湖边小径。
一位姑娘推着轮椅，
轮椅上端坐着一位士兵。

呵，她是那样的漂亮、年轻！
可他，下肢已截，
而且，双目失明。
这怎不将路人好奇的目光吸引，
连夕阳，也睁大红圆的眼睛！

是兄妹，是夫妻，还是情人？
姑娘，以一丝甜甜的略带羞涩的笑，
已把彼此间的关系说明！

是出于同情，还是出于怜悯？
是他有一笔可观的家产，
还是他，有个大权在握的父亲？
或者，是什么别的原因……
否则，丘比特的金箭，
绝不会误中他的靶心！
“爱情＝商品”
这世人默认的公式呀，
难道姑娘她，
竟能够如此轻而易举地否定？

是的，一位如花似玉的姑娘，
一个半身残废的“大兵”。
在世俗的天平上，
一端很重、很重，
一端太轻、太轻……

可姑娘的心啊，
却一直保持着良好的平衡。
在无数审度的目光下，
他们，正从容不迫地行进！

他的微笑，幸福、由衷，
她的步履，稳重而又轻盈。
他的坐姿，山一样地安定泰然，
她的体态，风吹杨柳，袅袅婷婷。

没有携手，没有挽臂，
也没有使用最时髦的拥抱与接吻，
但，我敢肯定
两颗赤诚的心啊，
依偎得很近很近……

当然姑娘不会妒嫉——
那一对对笑语盈盈，
不时擦肩而过的俪影。
这荡漾着爱情的湖滨，
这迷人的黄昏，
就叫做幸福，就叫做和平！
它应该属于共和国的每一位公民。

而保卫边疆的军人，
流血献身的士兵，包括身边的他，
该是多么地可亲可敬！
曾经，他们也是这样，
把两行初恋的足印，
深深地铭刻在，
这镀满晚霞的湖边幽径……

如今，弹片削去了他生活的翅膀，
却丝毫未泯灭她比翼双飞的决心。
他的双目失明，
她应该是北斗，为他把方向指引。
他截去双足，
她应该是引擎，推动着他前进。
她是他心中的太阳和月亮啊，
有了她，

黑夜里也充满温暖与光明！

请看她用双手的温柔，
以步伐的坚定，
推着士兵
正大踏步地向爱情的纵深迈进……

呵，他们穿过花丛，
鲜花绽开笑脸；
他们走向草地，
芳草铺陈绿茵；
他们驶向湖滨，
湖水动情地吟唱；
他们走上长街，
一路绿灯放行……

祖国呵，人民！
请检阅吧，
你的儿女，这纯洁而美丽的心灵，
我们的时代，这伟大而高尚的爱情！
夕阳、湖波、快摄下这动人的场景……

注：本诗1985年7月作于昆明，改定于云南前线。在1986年第一期《前卫文艺》发表。

我是绿色长河的一滴水

绿　妆点山河的壮美，
绿　衬托红花的娇媚。
绿　是象征青春的色彩，

绿　是孕育一切生命最初的芽胚。
啊　我赞美绿，
因为　我是绿色长河里的一滴水。

我仰慕青山的绿，
昂首共蓝天比美。
我更爱春江的绿哟，
悠悠如醉人的绿醅！

可当我穿上，
这身普通的国防绿军装
竟找不到，
一句恰当的语汇……

是碧水把你洗涤？
是青山将你染翠？
呵　是你给生活带来常驻的春光
你　莫不是春的反馈？
今天　当我溶入，
这水碧山青的南国边陲，
走向这掩映在绿荫丛中的炮位，
我才第一次强烈地感到，
绿于生活，
不仅仅是一种点缀……

注：此诗在1985年第三期《前卫文艺》发表。

南国的相思

“红豆生南国，春来发几枝。
愿君多采撷，此物最相思。”

——（唐）王维

虽说这里是遥远的南国，
却从未生长相思的红豆。
这片深红深红色的土壤哟，
那是被英雄的鲜血所染透。

千万颗戍边战士的心啊，
不就是千万颗成熟的相思豆?
圆润饱满、玲珑剔透。
在硝烟弹雨的急袭下，
无一坠落，
也没有丝毫的颤抖!

但　战士的心啊，
也会有怀念故乡、思念亲人的时候。
那只能是在枪声疏落的战斗间隙，
或是在击退敌人反扑的胜利之后。

此刻　他们会放开被火药味烤干的歌喉，
唱一支思乡之歌，
“十五的月亮——”
雄峻壮伟的边关，
顿时在歌声中变得恬静与温柔。

唱吧，让歌声驱散硝烟，
唱吧，用歌声迎接更激烈的战斗，
让整个身心沉浸在悠扬的旋律中，
歌声能愈合尚在滴血的伤口。

唱吧，“十五的月亮——”

唱吧，我用泪水，
我用心灵，
我用一腔沸腾的热血为你伴奏……

注：此诗于1985年在《前卫文艺》第三期发表并入编山东人民出版社1986年出版的《猫耳洞诗选》。

红豆

——战地相思籽

从唐诗中筛选出来，
从历史的沃土中发掘出来，
播种在二十世纪
南中国燃烧的土地。

怀抱神圣的界碑，
傍依坚固的工事，
在生长英雄与史诗的国土上，
吐露出一年一度火红的相思。

她是一颗蕴藏着理想的种子，
她是一粒充满着情感的种子。
她是士兵的心，
深深地思念着母亲和
哺育他的故地。
但他　更爱正义高耸的边关，
热恋着血肉浇铸的阵地。
唯有对他们
才有倾吐不尽的绵绵相思……

她曾是　泣别亲人时的泪珠，
她曾是　战斗负伤殷红的血滴。
硝烟与战火的冶炼
使之　具有最顽强的生命力。
如果　压进枪膛
定能将侵略击毙！
撒入焦土　将会
萌发出一片绿油油的春的生机！

“光荣弹”

在前线的每一位战士，都随身揣有一颗小手雷，准备在最危急的时刻拉响引爆自己，誓死不当俘虏。因之也被大家称作“光荣弹”。

沉默中　蕴含着力，
冷静中　包藏着火，
也把光荣的梦浓缩。
作为军人　深知它的威力，
更懂得，
“光荣”意味着什么。

呵　它是枚理想的硕果，
也是一支无畏的战歌，
唱响在祖国最需要的时刻。
对于生命，
它是一个响亮的句号，
恸泣鬼神　气壮山河！

绿色的生命

——在前沿阵地上，我见到士兵用钢盔栽下的一丛老山兰

断枝在炮火中喘息，
枯草在硝烟里摇曳。
弹坑如同累累的伤疤，
布满了这小小的高地。

战火烧灼　弹片咬噬，
谁敢相信，
这片死亡地带，
竟然存有生命的奇迹？

一丛在钢盔里，
栽种的老山兰，
吊在坑道口，
正吐露出盎然的春意，
并顽强地展示她的美丽。

这本身就是一首诗，
昨天　她还在硝烟里挣扎，
在弹坑旁抽泣。
柔嫩的绿叶，
还有流血的记忆。

她是生命　绿色的生命，
需要雨露　阳光，
需要新鲜的空气，
需要一抔温暖的春泥。

当握枪的双手，
把她从焦土中小心翼翼地捧起
那洁白的小花，
倾吐出缕缕幽香的感激！

武士的威猛和
姑娘般的细腻，
——士兵的情感与心田，
原本是一片温热的土地！

啊　为了每一片绿叶，
都能在阳光下自由地呼吸，
每一朵花蕾
都不会被硝烟窒息。
为了呵护祖国明媚的春天，
士兵不惜用自己的头盔，
甚至会连同头颅一起……

为女战友写照

不敷脂粉　不抹口红，
更没有高级的发乳和珍珠霜。
血迹　烟痕，
汗水调和南国赭红色的泥浆，
作为英雄的底色，
把你青春靓丽的容颜化妆。

迷彩服勾勒出，
最优美的曲线，
鲜花般的笑容，

在铁青色的钢盔下绽放。
还有她美丽的灵魂，
与崇高的理想……

你比传说中的仙女媚人，
你比神话里的维纳斯漂亮。
——而你更有健全双手与臂膀，
为了战斗　你要紧攥钢枪！

在自古以来，
只属于男子汉角逐拼搏的沙场，
战争　没有让你们走开，
子弹的啸叫　炮火的轰响，
正为你们演奏青春的乐章！

祝我师《南疆红棉》诗报创刊

于硝烟里绽蕾，
在炮火中吐蕊，
永不凋谢枯萎，
开放在战士的心内。

生就铮铮铁骨，
开得无私无畏，
犹如火红的战旗，
在枪林弹雨中飘飞。

国色艳压群芳，
英姿雄冠万卉，
浸染了英雄的鲜血啊，

辉映南疆的壮美。

注：本诗作于1985年9月。

战地琴声

——听我的祖国

战士是祖国的知音，
锦绣的中华山高水长。
硝烟里飘来悠扬的琴声，
伴随着远处隆隆的炮响。

琴声能抚慰疲惫的身心，
音乐能舒缓战斗的紧张。
尤其是在，
这流火与滴血的战场，
琴音与军号，
具有同等的权威和力量！

听：——我的祖国
一曲未终　顿时
我的心潮在激荡，
热血在陡涨……

我是界碑　我代表着泰山与昆仑

我不是九天高贵的来使，
我不是太空飞陨的星辰。
我——一块普通的石头，
在南国边陲，牢牢地扎下了根。

啊，我是凝固了的，
岩浆的热忱；
我是结晶了的，
黄河的涛声。
方方正正，
我是精心雕刻的民族的尊严，
坚如泰山，
我本来就是他最优秀的子孙！

啊　迎着呼啸袭来的炮火，
迎着亚热带酷烈的赤日、骤雨与狂风，
我巍巍然代表着十万大山，
代表着高耸云天的泰山与昆仑。
我，一块普通的石头，
当站立在祖国最需要的位置，
便是一座
不可逾越的山峰！

啊　哪怕有一万次地震、
一万次海啸与山崩，
我也永远记住这位置的神圣。
即使被深深地被埋入地下，
我相信未来，
定会来发掘与考证……

注：此诗发表在 1985 年第二期《前卫文艺》。

鸽子　栖落在士兵的肩膀

一只由首都少先队员赠送的和平鸽，在老山前线阵地上安了家。

从祖国的心脏，
到遥远的南疆；
从天安门前飞来，
落在战士的肩上。

不停地扑楞着洁白的翅膀，
红玛瑙般的眼睛忽闪忽闪
将陌生的主人打量：
啊　这一群由战火雕塑出的群像。

钢盔和绷带下，
刚毅不屈的头颅，
充血的眼睛里，
荡漾着慈爱与善良……

哦　鸽子，不要惊慌，
放心地栖息吧，
在士兵的肩上。
炮火中，这是一方安定的绿洲，
硝烟里，这是一片蓝天的晴朗。

这里　才是你的归宿；
你真正的故乡。
和平，于此处发源，
正义，将由他伸张……

注：此诗入编《猫耳洞诗选》，1986年山东人民出版社出版。

战争与和平

炮管的伪装网上，
栖落一只白色的精灵，
一只鸽子　沐浴着飘散的硝烟，
在梳理她羽毛的洁白与晶莹。

谁能说　这不是一幅宁静的画？
谁又能说　这不是一首美丽的诗？
她在无声地诠释
战争与和平。

啊　弹雨濯洗后的蓝天，
是如此地明净，
经硝烟过滤后的空气，
是多么地清新！

哦　美丽的鸽子，
最善择木而栖的良禽。
卫国戍边的士兵，
永远是最可爱的芳邻！
她分明感到趾下，
这令敌胆颤寒的加榴炮管中
正流动着一股脉脉的温情……

注：本诗于1986年2月作于云南前线我师46团炮阵地。

冲击之前

束紧了腰带，

扎紧了裤脚袖口，
按上级的要求披挂完毕，
手雷、枪支、钢盔、匕首……
打扮的他英姿勃勃，
精神抖擞！

他是尖刀班唯一的新兵呀，
刚满十八岁
——真正的好钢
用在了刀口！
只是离出击的时间太长，
哎，还有半个钟头，
实在叫人憋的难受！

对战斗的向往，
对胜利的渴求。
此刻，思想情感的浪潮啊，
正猛烈地冲撞着他年轻的胸口。

他在想，怎样才能冲在最前，
第一个把红旗插上山头。
他在想，鲜花簇拥的凯旋门，
军功章映红了祝捷的美酒。
还有她，姑娘那深潭般的目光啊
一眼就能把人的神魂牵走！
还有　雷区、暗堡，
死神也在张大着贪婪的血口……

当然　他有死的准备，
为此　他把那份刚写的入党申请，

也悄悄地揣在了胸口。
留待牺牲之前掏出来，
那时　鲜血准能把它染透！
他记得　电影上，
曾有过这样的镜头。

啊　他已不再是，
在妈妈面前撒娇淘气的时候；
也不再是
用弹弓打碎邻家玻璃的时候；
十八岁　年轻的额头，
这枚思想的硕果啊，
已在钢盔的覆盖下提前成熟！
它预示　士兵的理想，
必将在战场上获得丰收……

注：此诗入编解放军文艺出版社出版的《猫耳洞诗选》1986 年出版，并刊载于 1989 年 4 月 1 日《长庆石油报》。本诗添加了被出版社编辑出版时删除的一小节，其内容是：

还有她，姑娘那深潭般的目光啊
一眼就能把人的神魂牵走！
还有　雷区、暗堡
死神也在张大着贪婪的血口……

泉水叮咚响

“泉水叮咚响，
泉水叮咚响……”
顺着他颤动的琴弦，
在欢快地流淌……

那韵律的甜美哟，
那音符的甘洌与清凉，
滋润着每一个焦渴的喉咙，
流进了被硝烟灼干的胸膛。

威猛的大炮
静默地端坐于一旁，
口吐悠闲的蓝烟，
同把这激战后的喜悦分享。

这一股清凉的泉水呀，
从湿漉漉的猫耳洞里，
从这弥漫着硝烟的战场，
正叮叮咚咚地流向远方。

啊　远方，有他思念的故乡，
远方　有他心爱的姑娘！

也正是为了
他那心爱的姑娘，
和养育他的故乡，
他的琴音才如此地委婉而缠绵，
他的炮声才那样地高亢与雄壮。
他才将如此赤诚的爱，
连同这一腔热血的滚烫，
全部倾注在这片，
远离亲人的土地上……

泉水叮咚，
泉水叮咚响……

注:此诗被选编入解放军文艺出版社 1986 年出版的《猫耳洞诗选》,所用笔名为王水。

炮群

胸膛　积蓄了亿万吨仇恨与愤怒,
开口　便会有威震天宇的惊雷滚过。
一支声势浩大的乐队,
奏响硝烟与烈火的管乐,
一曲霹雳与闪电合成的壮歌。

这是胜利凯歌的前奏,
让人民心花怒放,
教敌寇丧魂落魄。
她永远不朽的主题是:
为了和平
为了祖国……

注:本诗于 1986 年 2 月 22 日作于云南前线炮兵第 22 团阵地。

新星

——一个新兵的话

我是从父亲的烟袋锅里,
从母亲昏花的泪眼里,
从祖祖辈辈烧着牛粪火的灶坑中,
飞迸出的第一颗火亮的星!

我燃烧的理想,
我炽热的激情,

以及童年的梦，今天
终于凝结成这血红血红的八一之星，
高悬在我的头顶！

从此，我加入了光荣的军旅，
迈进了星的阵营。
从此，银河增添了一朵新的浪花，
祖国，又多了一双警惕的眼睛。

也许，因为有我，
生活会少一片阴影，
黑夜更多一线光明。
从此，慈爱的母亲哟，
每夜都将会有
星空一样奇幻美丽的梦境……

啊，我是一颗初生的新星！
在浩瀚的银河系，
在无垠的宇宙空间
我，仅有十八岁的年龄！

也许，我会飞得很远很远，
在亲人目力不及的某处固定。
或去南疆，守护西沙的渔火，
椰林的灯影。
或赴北国，
去把乌苏里江的船歌倾听；
或上喀喇昆仑，
与冰峰雪莲争妍斗丽；
或去东海，

朝朝给祖国报告金色的黎明……

但我最大的希望哟，
是成为一颗忠诚的卫星，
永远沿着人民的心迹运行。
我不会越轨，不会逃逸，
祖国　给我以强大的向心力，
一切私欲，都不能把我吸引！

也许我会在战争的流星雨中，
化作一块壮烈的陨石，
沉重地坠向地心，
从而走向永久地沉默与冷静。
但我可以自豪地说：

我曾用生命的全部光和热，
照亮过昏暗辽阔的天庭！

啊　在军队，
这荟萃了民族精英的星河里，
我是一颗初升的新星！
至于我的位置，我的轨迹，
应该让时代的需要去标定。
而发光，
乃是我的天职，我的使命……

注：此诗在 1985 年第三期《前卫文艺》发表。

明天　是他十八岁生日

一株蓬蓬勃勃的生命之树，即将闭合他的第十八圈年轮。

明天，是他十八岁生辰。

望着连里留给他的生日礼品呵，
尚未启封　就已作为祭品，
向一堆铅块，压在战友们心头，
很沉　很沉……

是他　第一个跃出战壕，
紧随着炮火的延伸，
是他　用炸断下肢的身躯，
滚响了隆隆的雷阵！
他以不满十八岁的生命啊，
叩开了通向胜利的大门！

也许明日，
他的故乡　仍将以古朴的乡风，
遥祝自己远方的亲人；
或许　正当母亲用颤巍巍的手，
为他捞起长寿面的时辰，
他将被葬进陵园，
那座隆起的新坟。

战争，军人命运之导演呵，
竟会把葬礼与生日，
戏剧性地安排在
同一个阳光灿烂的早晨。

注：此诗在1986年7月1日《黄河诗报》发表，笔名苏阳，并入选解放军文艺出版社1986年出版的《猫耳洞诗选》。

潜伏

——致攻克211高地的战友

浓重的夜雾　吞没了边陲，
吞没了青山绿水，
吞没了星星和月亮的光辉。
深深的草丛里，
隐藏着斑斓的迷彩服和
我们铁青色的钢盔。

哦　边关的夜晚，
并非像歌词中唱得那样柔美，
那样令人陶醉……
我们愤怒的目光，
正射向百米外，
黑黝黝的山头，
上面是敌人盘踞的堡垒。
毒瘤一样，
深深地嵌在祖国健康的肌体内。

整整一个夜晚的潜伏啊，
正是为了顷刻之间，
把它彻底摧毁！

忍着蚊蚋叮咬的痛痒，
我们几乎把牙齿咬碎，
饥饿　焦渴，
也只能悄悄地用舌尖，
舔一舔草叶上的露水。

啊　凭借我们神经与心灵的遥感，
此刻　祖国　母亲，
正用慈爱的目光
默默地注视我们的后背……

我们以心脏强烈地搏动，
与秒表的滴答声悄悄地回应：
在这片黑夜的死寂中，
正孕育着一场动地的风雷！

不由　我想起了龙蛇的冬眠，
我们是龙的传人啊，
为了祖国的尊严，
中华的腾飞，
我们正期待着，
焦急地期待着，
静静地在谛听：
那冲锋号角的吹响，
——惊蛰的第一声春雷！

注：本诗于1985年7月20日作于云南前线。

这里　没有四季之分

亚热带的骄阳，
毒箭般垂直射向这里。
鞭子一样的急雨，
猛烈地抽打这片土地。
没有春夏秋冬之分，这里
只有浓雾、硝烟，

是常住的大使。
而炮火、子弹随时
会象豪雨般席卷这里……

因而　我们会时常思念，
我们的北方，
家乡天高云淡，
秋阳的明朗和艳丽。
还会想起
我的江南，
春水碧于天、画船听雨眠，
无限诗情与画意……
于是，我们常常诅咒这里
该死、倒霉的天气！

可我们又愈来愈感觉到这里，
对于我们的心，
有异常强大的磁力。
这硝烟和雨雾的混合体，
对于我们的生命，
简直须臾不可分离！
要不　当担架抬上伤兵后撤，
还得要连长命令的严厉！

当我们把血汗抛洒在这里，
当这里倒下我们亲爱的战友和兄弟，
是猛烈的炮火，
是呼啸的子弹，
告诉我　这片土地的价值。
以及我们坚守的意义：

有我们在这里，
我的北国　我的江南，
才有鲜花、绿草、红叶
与瑞雪的艳丽，
才有春夏秋冬，
四季分明的交替……

注：本诗于1985年夏作于云南前线炮阵地。

和平之剑

深深地植根于红土地，
垂直于九百六十万平方公里的地面。
在古老的东方，
在曾被蹂躏　践踏与瓜分的国土上，
自豪地竖起，
一个民族坚不可摧的信念。

作为一柄剑，
干将和莫邪①
是他远古的祖先，
民族的精魂铸就。
历史的烽火冶炼，
雨雪风霜的砥砺，
血和泪的激淬
终于在五千年之后的一个早晨

① 中国古代传说中造剑的名匠。干将，春秋时吴国人，曾为吴王造剑。后与其妻莫邪奉命为楚王铸成宝剑两把，一曰干将，一曰莫邪（也作镆铘）。

扬眉出鞘，
锋锷凛然　直刺蓝天。

敢于亮剑，
亮出属于中国人自己的龙泉。
但绝非是向世界，
夸耀自己锋芒的威严。
是甲午的风云，
是圆明园的断壁残垣，
是石头城下三十万冤魂，
在哭诉　在呐喊
在期盼　在呼唤
这柄沉埋于历史记忆中的利剑，

人们用惊喜的泪光擦拭他，
撑起了共和国明丽的蓝天。
有了她，
达摩克利斯之剑①
才不会降落到，
我们雄鸡形的版图上面。

即便如此，
我还是真诚希望她
作为一棵树的形象，
站立在时代的地平线。

---

① 源自古希腊传说：迪奥尼修斯国王请他的大臣达摩克利斯赴宴，命其坐在用一根马鬃悬挂的一把寒光闪闪的利剑下，由此而产生的这个外国成语，意指令人处于一种非常危险的状态。

沐浴着和平的阳光，
抽出新绿的枝叶和芽尖。
让小鸟在上面筑巢　唱歌，
并任其世世代代地繁衍……

注：本诗1986年春节作于云南前线小石洞地空导弹阵地，看我军地空导弹起竖之时。

洗征尘

——记一群刚从阵地换防下来的士兵，在瀑布下洗浴

摘下钢盔与枪支，
把被汗渍与血迹，
浸透的军衣脱去。
让青春的健美，
让雄性的慓悍，
和我们国土样色泽的肌肤，
在祖国的青山绿水面前，
赤裸裸地袒露。

刚刚撤离燃烧的焦土，
我们纵身跳入这悬崖下的瀑布。
洗去沙场的硝烟与征尘，
洗去战地的汗臭与血污。

清凉的泉水，
飞流的瀑布，
就像母亲慈爱的手，
亲切地抚摸我们疲惫的身心，
和伤痕累累的肌肤。

昨天　战火的冶炼，
此刻　清泉的洗礼，
不禁使我想到了钢铁
淬火的热处理工序。

我确信　士兵的意志，
也会由此而获得更高的硬度。
如果明天，
冲锋的号角再次吹响，
重新奔赴血与火的征途。
我们会以行动诠释：
什么叫做一往无前
什么叫做义无反顾……

注：本诗作于1985年夏，云南前线。

人生的答卷

——一份未及填写的入党志愿书

在清理遗物时被发现，
在他贴胸的口袋里，
一份空白的入党志愿书，
尚未来得及填。
洁白的纸，
浸染了鲜血的红艳。
斑斑血迹，
宛如一朵朵碧池里的红莲，
绽放在锤头与镰刀组合的封面。

而此刻

一丝安详的笑意，
正挂在他失血的腮边。
担架　象一条平稳的渡船，
已将他摆渡到生命的彼岸……

正是昨天，
战斗的前夜，
他刚从指导员手中，
领回这份梦寐以求的入党志愿。

也正是凭借这份空白的证件，
他才有资格，
获准参加突击队，
最先　突破雷区的封锁，
最先　穿越百米生死线，
直至　最终被葬进烈士陵园。
从而走向人生
最辉煌的制高点！
他将与界碑比肩，
永远　永远　守护着祖国
南疆的神圣与庄严……

该怎样诠释这份未及填写的
入党志愿？
空白并不等于苍白，
空白中却有无限的内涵。
这是一份应给予满分的答卷啊，
人生的价值　得以最完美的实现！

请看这镰刀，

在收割成熟的理想；
请看这锤头，
在锻打闪光的信念；
这殷红的血迹，
在书写着生命的铮铮誓言！
将由历史移交
传递给未来与明天……

注：本诗1985年9月作于云南老山前线。

军人的形象

在炮火中曝光，
在血泊里显影，
于硝烟里成像。
定格在共和国的史册里，
发表在亿万人民的心上。

小憩

在吸足了浓烈的硝烟之后，
他点燃了自造的旱烟，
闭眼品味着，
任袅袅飞升的烟圈，
把思绪拉得很远很远。

家乡、父母、
清溪环绕的农舍，
一望无际的麦田。
还有　小妹妹调皮的羊角辫，

还有她——
未婚妻桃花般嫣红的笑脸……

这是珍藏在他心灵深处，
由回忆来反复耕耘的自留地；
这是同属于每一位军人情感中，
一片任思想自由翱翔的蓝天。

憋足劲，再猛吸一口，
笑纹，象蚯蚓一般，
爬满了钢盔下被灰垢覆盖的脸。
他，真正地品味出了
这辛辣与苦涩中的香甜……

注：此诗入编解放军文艺出版社1986年出版的《猫耳洞诗选》，所用笔名为苏阳。

抽烟者自述

我们的烟瘾最大，
在吸够了战斗的硝烟之后，
仍想再抽上一支香烟。
士兵根本不信，
那些危言耸听的宣传！

尼古丁，梯恩梯，
我们兼收并蓄，
军人阔大的肺叶，
是时代的净化器，
能过滤一切毒性的尘烟。

请看我们的身后，
是祖国——
鸽哨悠长的晴空，
是繁花似锦的春天！

注：此诗以笔名苏阳入编解放军文艺出版社 1986 年版的《猫耳洞诗选》。

来吧　诗人

枪声　炮声，
在奏响青春的乐章，
在昏暗的坑道里，
在潮湿的猫耳洞，
有理想在闪光。

这燃烧的阵地，
也是缪斯的殿堂。
这滴血的土壤
是诞生英雄的沃土，
也是孕育艺术之花的温床。

血染的诗句
映红绽开的木棉。
来吧　诗人，
请从硝烟里捕捉灵感，
到炮火中冶炼诗行。

献给母亲的生日

——十月一日

可以忘记饥渴，
可以忘记疲劳，
可以忘记伤痛，
可以忘记父母、恋人和家乡。
甚至于个人的生死、
这一切的一切、
都可以统统地
暂时把他遗忘。

唯独，十月一日，
这是祖国母亲的生日啊，
她一直被惦记在士兵的心上。
今天，又该为您祝寿了，
可阵地上
没有丰盛的宴席，
没有美酒的芬芳。

能以水代酒吗？
而在我们扼守焦土上，
所有的水分，
早已被炮火烧烤得精光……
甚至，每个人的喉咙里，
都象含着一颗灼热的太阳！

祖国啊，亲爱的妈妈，
请您原谅！
为了您的安康，

为了您的繁荣与富强，
您的儿郎，
将以死报效于疆场。
请允许我，
掷头颅为杯盏，
倾热血作酒浆！

注：本诗1985年10月1日作于云南前线阵地。

心中的祖国

你是昆仑的高峻与巍峨，
你是平原的坦荡与辽阔；
你是绵亘万里的
古老雄伟的长城；
你是奔腾不息的
气势磅礴的长江黄河；
你是西子湖菱歌荡漾的碧波；
你是古运河汽笛牵引的帆舸；
你是天安门前的华表；
你是中南海彻夜通明的灯火。

你是大漠凌空直上的孤烟；
你是东海壮丽喷薄的日出；
你是春风化雨中辛勤的播种；
你是金秋田野里丰硕的收获。

你是校园朗朗悦耳的书声；
你是姑娘贮满甜蜜的笑涡；
你是佳节里

万户家宴上的天伦之乐；
你是日新月异的沸腾的建设
与蒸蒸日上的生活……

你也是圆明园的断壁残柱；
你更是昂奋的义勇军进行曲；
你是上下五千年恨的苦果；
你是纵横八万里爱的浓缩；
你是包容于十亿人心中
一切能量之总和！

当我忍受着饥饿与干渴，
面临死亡的威胁
和战伤的痛苦折磨，
在祖国南疆的堑壕里，
轻声地呼唤着您，
仿佛就像依偎在
母亲温暖的心窝。

我会义无反顾地，
挺身为你挡住，
呼啸袭来炮火，
并奋起击退敌人，
一次又一次疯狂地反扑。
即使是战死，
相信我快乐的笑容
也会象绽放的花朵。
因为战士心中有您啊
——我亲爱的祖国！

注：本诗于 1985 年 10 月作于云南边防前线。

南疆中秋夜　此夜无眠

浓黑的云层，
弥漫的硝烟，
完全把月轮的皎洁遮掩。
穿透夜色，
士兵正用警惕的目光，
在扫视阵地前沿。
缠着绷带的伤口，
仍在渗出鲜血，
打得发烫的炮管，
还在袅着青烟。

即使无月照，
我们也无眠。
我们会从焦灼的喉咙里唱出一轮
“十五的月亮”
让她照亮边关，
也照亮我们的心田……

啊　即便是没有月照的中秋，
同样会产生诗的灵感，
同样　我们还会各自放飞心中
绵长而悠远的思念……

因为我知道
在这千里共婵娟的中秋夜，
彻夜无眠的，

不仅仅是我们高昂的炮口
不仅仅是枪刺的闪闪，
不仅仅是高倍的望远镜，
也不仅仅是警醒的边关。
还有遥远的故乡
不过　她属于幸福　安详和浪漫。
——此刻　荡漾着月华的美酒，
正满斟千杯万盏。

我想那徘徊于月下的婵娟
此刻　也许正翘首仰望天南，
一定也在心底轻轻地吟唱：
“十五的月亮”
照亮了家乡，
也一定会朗照边关！
也许　她还会仰慕
那遥遥相望的牛郎织女，
正含情脉脉地闪烁在
银河的彼此两岸。

啊　战争与和平，
在无情制造着两地的阴晴，
冷冷的星光，
在权威地诠释人间的离合悲欢。

面对炮火与硝烟，
士兵　此夜无眠。
然而　我仅有思念，
断无遗憾。
因为我清楚：

在我身后　祖国的大好河山
——九百六十万平方公里的大地上，
此时　月光正静静地在流泻着平安……

注：本诗于 1985 年中秋之夜，作于云南前线小石洞。

战地笛声

不仅是为了缓和
战斗紧张的气氛，
笛音　也不会感动上帝与死神。
音符　颤动着轻盈的羽翼，
在浓重的硝烟里袅袅飞升。

啊　士兵的爱与恨，
赢得胜利的喜悦，
失去战友的悲愤，
笛孔　是他宣泄情感的闸门。
笛声在诉说
他对生活的挚爱，
和士兵对祖国的赤诚。

他曾渴望成为聂耳，
成为中国的施特劳斯
或贝多芬。
希望笛管为他叩开
金碧辉煌的艺术殿堂之门。

在潮湿的猫耳洞
不仅贮藏着军人的机智与勇猛，

也孕育着他五彩斑斓的梦。
他正吹奏“蓝色的多瑙河”
希望她的柔波，
沿着曲折的战壕。
去滋润全世界的肥田沃土，
也包括这片
被战火烧焦的土层。

坑道　不是乐池，
不会有热烈的喝彩与掌声。
可我确信，
前沿每一位战友都在谛听，
我的祖国在谛听，
此刻　在中国的南疆，
从亚热带的战壕里，
飞出的袅袅笛音，
定然会激起所有爱好和平的人们，
情感与心灵的谐振……

阵地上的小蝴蝶

——记一只美丽的小蝴蝶，落在士兵的钢盔上面

是追逐春光？
或许　是寻觅花丛，
在硝烟里迷失了路径。
一只美丽的小蝴蝶，
收敛了双翅，
停在士兵的钢盔上，
象随风飘来的一片落英。

在蝴蝶的记忆中，
昨天　这里曾有小鸟清脆的歌唱，
和蜜蜂忙碌的嗡嘤。
就连空气中
也弥漫着花草沁人心脾的芳馨！

而此时，刺鼻的硝烟，
混杂着火药味与血腥，
枪声与炮声，
不时在震颤着它脆弱的神经。

也只有这顶钢盔，
它相信
是绿色的安全岛，
可以栖息　暂停。

它似乎懂得，
在硝烟与炮火中，
属于钢盔的职责与使命。

它分明知道：
在这顶钢蓝色的头盔下，
覆盖着　鲜花一样美丽的魂灵
和春天般温暖的爱情……

写给国际和平年开始的第一天

联合国大会将1986年定为国际和平年，而此时，
我们正战斗在硝烟弥漫的云南前线。

枪声取代于伇时钟，

炮火翻开了，
公元 1986 年
第一页日历。
“国际和平年”
——人们曾翘首企盼日子。
而震耳欲聋的炮火，
浓烈的 TNT，
却给予多少善良的愿望，
以无情地嘲讽与打击！

一位中国士兵，
在炮火中应声倒地，
殷红的血汩汩流出，
瞬间浸透了他绿色的军衣……

一年又一年，
一个世纪又一个世纪。
人们总是在腥风血雨中，
呻吟　呼唤：
——黄油、面包
不要大炮和飞机！
可在指向他们家园的
黑洞洞的炮口上，
却插满了鲜绿色的橄榄枝。

枪声再一次，
击碎了和平的希冀！
而和平　毕竟是全世界的愿望，
和平　永远是整个人类的意志！

历史将会铭记今天：
“国际和平年”，
公元 1986 年的刚刚开始，
在南中国的红土地上，
这位年轻中国士兵，
最先　用他倒下的肤黄色躯体，
为和平而奠基……

注：本诗于 1986 年元旦作于云南前线。

折断的琴弦

——悼念连队一位弹琴的战友

他用双手，
曾拨动无数心灵的和弦。
他的琴音，
曾弹奏出士兵的理想与爱恋。
可现在
琴声连同他鲜活的生命，
已永远地断绝了音弦。

从此　每当战斗之余，
不会再有妙曼悠扬的音符，
来驱散弥漫在阵地，
与战友心头上的硝烟。
失去了琴音的伴奏，
战地百灵的歌喉，
也不再有往日的圆润与甘甜。
就连“十五的月亮”
也不会像从前那样，

明媚　皎洁　浑圆……

罪恶的弹片，
无情地摧折了他生命的琴弦。
而在全排战友的心底，
却默默地抽出了，
二十五弦柔长的思念。

他们会用，
这绵绵无尽的思念啊，
编织成祖国的南疆，
最坚固的防线！

战壕

——地下长城

沿着边境线曲折地延伸，
把祖国的版图深情地拥抱。
没有烽火台崛起的崇高，
钢铁的构架深深地隐没于地表。

你以陷敌于灭顶之灾的深度，
你以地平线以下的森严与耸峭。
环护红花与绿草，
阻挡狂风雨暴。
在战争与和平之间，
在硝烟与虹霓之间，
你是不可逾越的鸿沟一道。
一条绵延于地下的长城，
构建了民族的尊严与自豪。

关山的狼烟　冷月，
亘古的笳鼓　烽燧，
人们不只在历史的记忆中寻找。
延续五千年岁月，
硝烟　战火从未熄灭，
至今仍在华夏的边土燃烧。

战壕　以另一种形式与姿态，
承袭了长城的风采与荣耀。
你长城般恢宏的气势，
你长城般雄固与坚牢。

砌成你威严的雉堞是
士兵铁青色的钢盔，
与雪亮的刺刀！

注：本诗于1986年2月作于云南前线老山主峰步兵第596团阵地战壕。

没有观众的演出

没有掌声　没有欢呼，
没有舞台　没有帷幕。
这是一场没有观众的演出。

她们字正腔圆的演唱，
唱得是如此地动情，
唱得是格外地投入。
面对一座座肃立的墓碑，
听众是，

已经冷凝了的生命的集合。

她们倾注了全部情感的积蓄，
唱响心中最美的赞歌。
如泣如诉，
婉转激越，
催人泪下，
气壮山河，
打破了陵园的寂静与肃穆。

深情的歌声在告慰：
三尺红土下，
另一个世界里，
不死的英灵
和渴望艺术的魂魄。
祖国和亲人在惦记着你们
歌声没有把你们忘却。

听到了吗？
这支献给英雄的颂歌。
山风以呼啸回应，
松涛以喧响共鸣。

我分明感到，
你们心灵的和弦
与共振的脉搏……

请看：这里的每一片绿叶，
每一朵花，
每一叶小草，

都是谛听的耳朵……

说明：1986 年春节前夕，由田华为团长的八一电影制片厂演员剧团，来到云南前线麻栗坡烈士陵园，为长眠在这里的英烈们作一场特殊的专场演出。其场面感人至深，催人泪下。故以诗志之。

一位未来将军的梦

墓碑以立正的版面，
发表了他的姓名　籍贯与出生。
一丘隆起的红土，
覆盖着一个未来将军的梦。

一半为炮火烧毁，
一半浸透了他青春的血痕。
他所遗留的战争论手稿，
正是他将军理想的物证。

关于孙子　巴顿、
克劳塞维茨和拿破仑、
关于战争初期、
关于电子对抗、
关于毛主席的人民战争，
关于诸军兵种协同与合成……
洋洋洒洒，
他全然不顾
军龄与文笔的稚嫩，
斗胆地触及未来
并直指历史的纵深……

一名新兵，
一个土窑洞走来的子孙，
人们还清楚地记得：
就这次冲击路线的选定，
他曾和连长激烈的辩论。

他还宣称：
当好士兵　仅是他，
实现将军梦想的第一期工程。
他期望自己笔下的千军万马，
首先能够排列成铅字的方阵，
先见诸于报端，
然后再去赢得未来的战争。

而异国的弹片，
无情地击碎了将军的梦。
也铸就了这座墓碑，
屹立起他生命的永恒。
——就在这完全属于他个人的专版上，
仅刻有他的姓名，
人们却没有看到，
他论文的刊登。

啊　南疆的红土地，
不会掩埋遗恨。
人们会从这血染的遗稿中，
去深入解读未来将军的梦，
以及他走向梦想
短暂而壮丽的人生历程……
因为他，

比任何人更清楚：
即使是最优秀的军事论文
都需要用军人的鲜血去验证！

注：本诗于1986年1月作于云南前线。

关于军功章的解释

在士兵的瞳仁里，
她是一轮金色的太阳。
在男子汉的心目中，
她的魅力，胜似
姑娘的笑靥，
春花般绽放的脸庞！

她具有最强大的磁场，
吸引　诱惑着多少年轻的生命，
为之冲锋陷阵　奋不顾身，
出生入死　蹈火赴汤！

浇铸她，
军人以汗珠的苦涩，
以一腔热血的滚烫！
增添她的光芒，
又有无数的恋人　妻子，
无私地奉献出“十五的月亮”。

啊　她比钻石珍贵，
她比日月辉煌！
她是浓缩了的精神之铀，

谁也无法估算，
她会释放出多大的能量！

可在评功会上，
无论谁都面红耳赤地
拼命谦让。
即使是佩戴在胸前，
他们仍会红着脸说：
这应该属于人民　属于党……

注：本诗写在参战总结评功之时，1986 年 5 月 20 日。

清明节　烈士墓前的沉思

炮火耕耘的土地上，
热血浇灌的土地上，
曾播种了多少深情的爱？
鲜花用芬芳的语言，
墓碑以立正的姿态　证明这里
有多少壮美的灵魂葬埋。

坟头上茵茵的绿草，
碑石上毛绒绒的青苔，
会使人想起，
朝气蓬勃的生命。
想起那些，
属于年轻战士青春的风采。

是的　大地母亲懂得，
和煦的春风理解，

应该用什么样的色彩，
永远
将他们覆盖……

注：本诗于1986年清明节作于云南前线麻栗坡烈士陵园。

南国的剑麻

不以姿色取悦于目光，
没有花的芳香宣扬自己，
生命以另一种风姿，
向世界奉献出坚毅的美丽。

俨然如八面威风的武士，
一树树　一丛丛，
作为界碑与士兵的伴侣，
并肩　在祖国的门前站立。

对于友谊，
高举欢迎的仪仗；
对于侵略，
则是怒拔的枪刺。

像刀　像剑　像戟，
亚热带的骄阳和豪雨，
磨砺出你锋芒的锐利；
炮火与硝烟，
锻打出你姿态的威仪。

令人敬畏的武装，

不仅给植物，
也给所有的生命
以深刻的启迪：
啊　既然生长在这片开花的国土，
就应该成为她，
最忠诚　最坚定的卫士！

墓碑

——士兵林

热血渗入土壤，
头颅埋在大地，
也会簪芽破土，
生长成一片蓊郁的树林，
一片碑石的树林，
一片让母亲　让恋人，
流泪与相思的树林。

绿叶不属于它，
花朵不属于它。
没有蜂飞蝶舞，
也没有啼啭的流莺。
岁月的顾惓，
只有一年一度的清明。

但它　依然是
地平线上最壮美的风景。
为了让花朵不再凋零，
为了绿树四季常青，
为了鸟语莺歌的悦耳，

为了使生活充满温馨，
也为了刚刚破土的幼苗
永远沐浴春风雨露与甘霖，
这里的每一株树的枝叶，
才全部脱落，
并且每一株，
均以士兵的姓氏命名。

一片萧森，
一片突兀与刚劲。
一片褪尽了绿色的生命，
在向春天发出无声的邀请，
它会让缕缕白发，
也会让枯萎的思想与灵魂，
在一夜之间返青……

注：本诗于1986年清明节作于云南前线麻栗坡烈士陵园。

这里葬埋着军人的忠骨

——致麻栗坡烈士陵园

异国的皮靴践踏和
历史上不平等条约的压迫，
坦克　装甲车履带的碾击，
超负荷的苦难与屈辱，
都不曾使他断裂，
哪怕是丝毫的弯曲。
这就是中华民族，
坚强的脊柱　钢铁的骨骼。

我们承袭了祖先遗传的基因，
血脉里　骨骼中富含了
不屈的钙　和坚硬的铁。
当战争　用烈火与钢铁之砧
再次锻打我们，
八十年代军人的筋骨，
他的强度和硬度，
绝对承载得起，
更沉　更重的时代载荷。

活着　以他的刚强与不屈，
擎起祖国晴空的湛蓝，
和莽莽群山的巍峨。
死后　也将化作不灭的磷火，
在风雨如晦的夜晚，
星星一样　照亮南疆，
这片寂寞幽深的山谷……

边寨的清早

晨风吹散了硝烟，
炊烟　岚气在苗寨上空，
袅袅轻飘。
绿雾里的凤尾竹，
迎风摇曳她婀娜的肢腰，
杜鹃花绽开惊喜的笑容，
逗得鸟儿恣意鸣啭雀跃。
啊　祖国的南疆
——这里的黎明静悄悄……

只有　被弹片削倒的大树，
被爆炸撕碎的花苞，
被炮火摧毁的蕉园，
和被烧焦了的野草，
在痛苦地述说　并见证
战争的残酷，
与生活的美好。

不必担心　不必惧怕，
也无须隐蔽与卧倒。
炮火硝烟已属于昨天，
人们可以尽情地享受生活。
和平的艳阳，
将在我们头顶高照。

请看　蹲在掩体内的大炮，
绿色的伪装网下，
高昂的炮口指向前方，
默默地在远眺。

注：本诗于1986年春作于云南前线我师炮兵阵地。

移交阵地

炮火撕去了你葱绿的衣装，
山梁　赤裸裸地袒露着，
赭红色的脊背。
在亚热带的烈日下，
坚强地裸露，
并强烈地反射

太阳的色泽与光辉。

虽然是遍体伤痕，
弹坑累累，
但他作为山的整体，
作为南疆　祖国领土的一部分，
没有一寸丢弃。
正袒露与我们同样的肤色，
亮出北方男子汉剽悍与健美。

今天我们依依不舍地移交，
由新的战友守卫，
请相信
他们会同样的忠勇与无畏。

并且　明天的雨露，
岁月的流水，
终将会洗净你
周身的血腥与污秽。
我相信　时光老人，
还能为你再披上，
原有的葱绿色植被。

如此　一次次，
一代代地移交，
有朝一日　我们的后辈，
作为这片土地，
最新的主人，
不是用枪和刺刀，
而是用犁　锄头精耕细耘。

不是流血，
洒下的是　他们劳动的汗水。

当他们俯下身子，
顺手捧起一把土，
定会从中发现，
锈迹斑斑的弹壳。
他们会仔细地闻，
并在手中慢慢地掂量它的珍贵。
他们会听到
遥远的呐喊声，
嗅到昨天硝烟与火药的气味。

他们会用擦汗的毛巾，
小心翼翼地包起，
把它带回。
啊　这是老一代的军人，
遗留下无比珍贵的
中华民族精神的镭……

注:本诗作于1986年4月我部向第47集团军移交阵地之时。

筑路兵之墓

——谨以此诗敬献给修筑成昆铁路而牺牲的铁道兵烈士

缀在钢铁的长藤上，
形同累累的果实。
坟冢与路轨，
生命与事业，
构成完美的几何图形，

——圆与直线相切。

没有站牌，
没有月台，
没有任何一趟列车停靠，
哪怕只是，
短暂的片刻。

你以永恒的沉默，
应和山风　汽笛的
悲壮与激烈。
你的存在，
你的价值，
已成为这段钢铁的历史，
最好的注释：

通往明天的路，
不仅仅需要水泥　沙石，
也不仅仅需要钢轨　枕木。
也需要青春　热血，
更需要用士兵年轻的生命，
与　坚强的骨骼。

墓冢以无声的语言在述说，
死亡　不过是生命
存在的另一种形式。
作为军人，
即使走到生命的终点，
依然能够保持
严整的战斗序列。

请看:这沿线所有的坟墓,
无一不是严格遵循
条令所规范的分列式,
在接受古往今来的检阅。

啊　作为生命的特等站,
永远享受,
无需上车及下车的待遇与级别。
而每一趟风驰电掣的列车,
南来北往的旅客,
都会在目光极其短暂停靠的瞬间,
感到灵魂的震撼!
并从中获得
精神的鼓舞与鞭策……

注:在成昆铁路两侧随处可见为修建此路而牺牲的烈士的陵园。本诗于1985年3月作于赴云南前线作战途中军列上,1986年改定。

我的自白

我　献身于国防的士兵,
弹光　炮火曾摄下我战斗的身影。
千里边防线　铭刻着,
我深深的足印。
站岗　放哨　巡逻　执勤
夜晚　我的军徽,
和星星一样闪亮着警惕的眼睛。
拂晓　用我凝霜的枪刺,
挑出祖国金色的黎明。

我有　吞吐世界风云的肺活量，
我有　包容五湖四海的博大胸襟。
我　共和国的士兵，
即使用百万部高速计算机
也无法算出我，
丰富的　多元的感情。

我是慷慨的，
人民的需要，
会无私地奉献青春汗水与鲜血；
我是吝啬的，
为了一寸的国土，
会不惜自己的生命。
我看似愚蠢却又异常地聪明，
因为仅仅以个人微小的牺牲，
换来的却是祖国十亿人的安宁！

我　思想的万花筒，
不时会幻化出，
五彩斑斓的不同图景。
我羡慕　崇敬
陈景润　朱建华　郎平……
等民族的精英。
在世界的领奖台上，
为祖国赢得无上的光荣。

而我是士兵，
最渴望的是：
能在战火中
成长为一名将军。

在我军辉煌的战史上，
永留英名。
于是　我的枪口与准星，
对战争时刻保持着高度地警醒！

如果战火，
一旦蔓延过边境，
那我
就不能算一名合格的士兵！

我宁愿　在平凡的哨位，
磨损自己的青春，
一辈子默默无闻。
或者能在边关，
松柏掩映的烈士碑上，
默默地　工整地
签署上　自己的姓名。

女人——让战争走开！

——写在云南前线作战凯旋之日

乘着奔驰的战车，
坦克装甲的履带，
卷起的滚滚尘埃。
迎着爆炸的气浪，
弹雨的呼啸，
迎着炮火隆隆的轰响走来。
看不清你的面庞，
透过弥漫的硝烟，
我们依然能分辨出你。

钢盔覆盖下的妩媚和，
全副武装青春的英姿，
迷彩服勾勒出飒爽靓丽的风采。

生与死搏杀的疆场，
血与火燃烧的战地，
绝不是轻歌曼舞
乐曲飘飞的舞台。
这原本是属于雄性，
男人们争锋角力的世界。
而你们，
却义无反顾地走来。

你们的风姿，
你们的神采，
你们铿锵有力的步履，
你们顶盔贯甲的仪态，
你们用钢枪，
对木兰诗作出最权威的诠释与注解：
战争
——没有让女人走开！

战场　也正是由于你们的到来，
也正是由于你们的存在。
这片燃烧的焦土，
这方流血的疆场，
这块搏击与厮杀声激荡的男子汉的领地，
为这充斥着雄性荷尔蒙与硝烟的空气里，
悄悄地注入
一缕脉脉的温情与爱……

我们的战友会感受到：
就连这面飘飞的战旗，
也平添了更加亮丽的色彩。

你用曼妙的舞姿，
为突击的战友壮行；
也用夜莺般歌喉，
为凯旋的勇士喝彩。
是你用心灵般洁白的绷带，
止住兄弟伤口的流血，
也敷上姐妹的温暖与情爱。
你天使般迷人的笑靥，
太阳一样温热的情怀，
会让死神的恐怖走开。

你们与战友并存，
你们与阵地同在。
在总攻击令的电波里，
有你跳跃的心律；
冲锋的号角中，
有你英雄的气概！
在炮火壮阔的轰鸣声里，
也有你杀敌的激情在澎湃！
在火红的捷报里，
也必然渗透你血染的风采！

今天，军车将隆隆地驶进凯旋门，
这是人们久久地盼望与期待。
迎接你们的　是掌声，歌声，
飘拂的红旗与彩带，

佩戴红领巾的少先队员
手捧着鲜花微笑向你们走来……

而你却蓦然回首，
转身向后。
用庄严的军礼
向这群山绵延的雄关，
向枪炮声停息的边塞，
向青翠苍茫的芭蕉林，
在和平的朝阳下
向袅起炊烟的苗寨，
道一声难以割舍的“拜拜！”

此刻，鸽群的哨音正回响天外，
烈士墓前的哀乐低回……
军功章与木棉花，
映红了你泪水盈盈的莲腮。
现在，你们可以问心无愧地说：
不是战争让女人，
而是女人，让战争走开！

注：本诗于1986年4月27草于云南文山。

军人的泪水

在心灵的最深处孕育；
在情感的沃土中栽培；
在战斗的岁月里冶炼；
在炮火与硝烟里锻淬。
晶莹剔透，

熠熠生辉！

可比珍珠，可比玛瑙，
可比翡翠。
啊　军人的眼泪，
甚至比鲜血更为珍贵。

当失恋和相思的痛苦；
战场上的伤痛与疲累；
面临绝境时，对于生活的追忆；
死亡降临时，对于幸福的回味。
此时此刻、我们不会抛洒泪水，
只有一腔青春的热血，
在滚滚腾沸。

为了泼灭侵略的战火，
为了洗雪边土的污秽，
为了滋润田野里返青的禾苗，
为了催开枝头含苞欲放的花蕾，
为了润滑、浇灌，
国徽上的齿轮与麦穗，
我们宁可倾洒热血，
而吝惜眼泪。
在军人的词典里写着：
战士流血不流泪！

今天　当我们的战车，
隆隆地驶入凯旋门；
当我们一头扎进，
祖国母亲温暖的怀抱内；

此刻　一颗颗晶莹的泪珠，
不由得夺眶而坠！
啊　献给祖国
献给母亲与亲人，
我们
第一次打开了心灵之贝……

注:本诗写在 1986 年 6 月 1 日部队从前线凯旋,进入凯旋门之际。

伤兵　在溜冰场

一条有体温的腿，
两支无生命的拐杖，
配合默契
承载着一个不甘寂寞的灵魂，
承载着他按捺不住地冲动，
和久久的向往。

优美的溜冰圆舞曲，
如同军号的激昂，
对于每一颗年轻的心，
无异于是强大的磁场。

笃笃　拐杖正有节奏地
将霓虹灯下的夜晚叩响……
虽然冰鞋与拐杖无缘，
可他　丰富的情感，
鲜活的思想，
与同龄人一样，

没有负伤。

对于初学者，
他以眼神给予激励与搀扶。
对于娴熟者，
他用微笑钦羡与欣赏。
啊　冰面上划过
一道道优雅洒脱的弧线，
正画出新一代青年，
美好生活不同的走向……

哦　朋友，
大胆地滑吧，
脚下　不会有雷场；
放心地旋舞吧，
大地　不会倾斜，
不会摇晃……

他不想说明：
自己截去的另一下肢，
永远　永远
留在了祖国的南疆。
与界碑　墓碑构成铁的三角，
正稳固地支撑着共和国的版图，
支撑着人们生活的全部重量。
也包括脚下
这片溜冰的舞场。

迷彩服

——记一位身着迷彩服的士兵　出现在街头

仿佛是外星人，
自宇宙太空而来；
或是皇帝的新衣
亮相在都市繁华的长街。

是展示服装新潮流？
或是引领衣着的趋势与未来？
这五彩斑斓的色调，
使人们想起《血染的风采》。

啊　正是这支歌，
曾风靡一时；
唱遍了
祖国的大江南北……

很快　他就匆匆地离开，
在人们的视线中远去，
他没有说：拜拜！
便淹没在　西服　旗袍
和彩裙的人流人海。

作为共和国的士兵，
他真诚地希望：
我们的时代，
同龄人——姑娘和小伙子的目光，
更多地关注明天，
玻璃橱窗中

与时装模特身上，日新月异的款式与色彩……

注：本诗于1988年国庆节作于杭州。

都市风景小照

作为英雄，
他却不是高大完美的形象。
双拐木然地支撑着他，
一条裤管空空地，
在晨风中悠荡。
早七点　迎着朝阳，
都市的大街
五彩的车流　人流，
在滚滚流淌……

谁也无暇注意他，
（并非是遗忘）。
在这远离战争的地方，
英模报告团的宣讲，
在赢得了掌声的雷鸣后
曾使城市下了一阵泪雨。
但人们的脸庞，
便很快地阴转晴朗。
大家已把思想的重心，
转移到对物质生活的追求上。
而他　却将身体及生活的重心，
完全移交给了拐杖。

这里的舞池　溜冰场记得：

他曾有令人妒羡的舞步与速度，
那打破本市万米长跑记录的腿，
其中的一只，
已永远埋在了国境线上。

他感激拐杖，
使他仍能以立正的姿势，
站立在都市的风景线上。
高位截肢，
而心灵　完全健康。

啊　面对拔地而起的立交桥，
面对森林般高耸的楼房，
他倍加珍视
与之并肩站立的机会，
这正是军人理想中
祖国的形象！

注：本诗于 1986 年 7 月作于连云港，10 月改定于济南。

八月的话题

——录一位士兵的日记

八月，太阳与地球有最近的距离，
八月，是西瓜与冰激凌最畅销的日子。
八月，也是爱情热得发烫的日子，
一双双携手并肩的情侣，
使幽静的林荫小道更充满诗意……

八月的高温，

曾冶炼出灿烂的军徽，
八月的彩霞，
曾织就第一面辉煌的战旗。
此刻 我在哨位上，
认真地思索着八月的含义。

虽然，身边没有炮火，
没有硝烟。
八月的太阳哟
却用它异常强烈的紫外线，
对士兵进行极其严格的热处理。
而我，仍能以立正的姿势，
将自己的一片小小的绿荫，
投向灼热的大地。

我知道，在烈日下站定的，
不仅仅只是我自己，
此刻 高楼与脚手架，
正与温度计的汞柱同步上升，
立交桥在哨位旁，
与我同样地挺起勃勃的英姿！

田野里，玉米正在灌浆，
高粱正在抽穗，
苹果在悄悄地
向腮边涂抹胭脂；
阳伞、泳衣宛如大地的花蕾，
在八月海滨的骄阳下争妍斗丽……

啊 八月，

将在士兵的心田，
播下多少美好的记忆？
在烈日的暴晒和暑气的烘烤下，
我用滚烫的汗珠，
一点一滴地在计数着，
时间的推移……

啊　经历酷热的八月，
士兵也将同大自然，
同祖国一起，
走向成熟的秋季！

庄严的告别

——写在老兵退伍上交帽徽的时刻

从人体最崇高的位置，
最神圣的地方，
摘下了
这轮属于他心中的太阳。

是的　在南疆的硝烟里，
他曾用鲜血，
为它增添新的光芒。
此刻　两行滚烫的泪水啊，
又把它洗得铮亮　铮亮……

当他　把这枚小小的帽徽，
颤巍巍地捧在手心，
谁敢相信　他的手，
有着托起祖国尊严的力量！

在与军徽
作最后告别的时刻，
“拜拜”——这最时髦的词，
他不忍讲。

这是列入移交最珍贵的物件，
于是　一颗沉甸甸的心，
也永远留给了军营，
种进这片春意盎然的土壤……

注：此诗在1986年10月22日《前卫报》发表。

石林阿诗玛石

被风雨和传说，
被人们的目光，
雕塑成一尊完美的形象。
任凭岁月在你身旁，
无声地流淌。
任凭云雾在你身旁，
梦幻般地飘荡。
你以永恒的美，
迎来送往多少朝晖与夕阳？

俏丽的风姿，
青春的倩影，
对于爱情的守望，
对于幸福的向往，
使你终于获得了
永不衰老的形象。

来到这里的人们，
才会感悟到爱情的力量！
真挚的爱，
会使女性似水的骨肉与柔肠，
变为石头的坚强！

啊　一尊爱的偶像
如同强大的磁场，
正吸引着一对对　一双双，
新一代的
阿诗玛　阿黑哥，
翩翩起舞在你的身旁……

石林

亘古的鄙远，
荒凉与偏僻，
大西南
成为山的发配流放之地。

山的林立　山的云集，
山的竞争与比试，
大地也显得狭小，
天空也倍感拥挤。

面对着山，
竞相崛起的百态千姿。
也许　你会悟出：
正是由于
这拥挤中的竞争，

竞争中的拼比，
大西南的山
才一座座，
如此地俏丽　雄奇！

致钢轨

两条平行的钢轨，
两条伸展的胳膊，
将祖国的大地，
深情地拥抱。
默默地向天边延伸，
承载着铿锵的车轮迅跑。

飞跨崇山峻岭的陡峭，
穿越辽阔平原的广袤。
共同洞穿隧道的幽暗，
一起飞越江河的波涛。
志向辽远的地平线以外，
一道奔赴前程的光明与美好。

你们　使我懂得：
什么叫永远进取，
什么叫志同道合。
相亲相爱，
前进的路上互为依靠；
结伴终生，
但又恪守一定的距离；
生死相依，
却又永远不能彼此相交。

啊　一对相爱的伴侣
忠贞不二的情操。
他们有钢铁的铮铮誓言：
爱情
绝非仅仅是缠绵的接吻，
或紧紧地拥抱！

注：本诗于1986年5月作于成昆线。

云南土林

曾是谦卑地在人们脚下，
默默地承受
生活的负荷与重载。
敞开宽阔的襟怀，
哺育万物　奉献出，
博大而深沉地爱……

并不曾想到，
更不敢奢望，
会有今天
如此崇高的形象与风采。
啊　即使是最低贱
最卑微的泥土，
一旦站立起来，
同样具有拔地擎天的气概！

泰山天街印象

摩肩接踵，

熙熙攘攘；
杂沓的脚步，
混乱的市场。
声嘶力竭的叫卖：
奶油冰棍　米花糖……
卖价
当然也随海拔高度而增长。

仍有大盖帽与城管
在悠闲踱步，
东瞧西望。
只是没有拆迁的警车
和挥舞的警棒。
这便是天街
留给我最深的印象！

啊　千百年来，
人情冷暖，
世态炎凉；
尔虞我诈，
凌弱恃强。
人世间演绎无数悲剧，
无数的苦难与灾荒……
于是乎　人们，
才萌生了对天堂　天街的
幻想与向往……

注：本诗作于1986年秋。

纪念红军长征胜利五十周年

——重读《金色的鱼钩》

在小学的课文里
读过你，
在博物馆的橱窗里，
见过你
——一枚金色的鱼钩。
珍藏在童年的记忆中，
熠耀着精神的光芒与不朽。

知否？金色的鱼钩，
曾牵一丝希望的银线，
抛向历史的河流。
作为垂钓者，
不沽名钓誉，
不钓高官禄厚。
放理想的长线，
以生命作饵，
旨在钓取
国家　人民的解放与自由！

怀着执着的信念，
远大的理想与追求，
鱼钩及他的主人
最终战胜了饥饿，
将死神驱走。
奇迹般地穿越草地，
翻过雪山，
突破天险腊子口……

长城抗日的烽火，
解放战争的硝烟，
鸭绿江的冰水激流，
半个世纪个寒暑春秋，
多少度风狂雨骤。
啊　金色的鱼钩，
更加熠熠生辉！
金色的鱼钩啊，
也永不会生锈！

五十年后的今天
你　更像一个倒悬的问号，
在严肃地考问我
和我的战友：
迎接新的战斗，
新的长征，
你们　该怎样迈步前走？

注：本诗作于 1986 年 10 月 23 日晚。

雪山上的婚礼

——记一个真实的故事

新郎　戍守雪域的士兵，
新娘　来自天堂姑苏。
青藏高原蜜月佳期啊
由一顶军绿色的帐篷庇护。
4500 米海拔的婚礼，
标出了一对新人爱情的高度。

牛粪火燃烧着高原的热情，
青稞酒满斟了战友的祝福。
冰山高擎红烛，
雪花欢乐的旋舞。
大红“囍”字在骄傲地宣布：
空气缺氧的高原，
从此　不再是缺少爱情的禁区。
庄严的界碑，
从此　又多了爱神的共同守护。
神圣的边陲雪域啊，
不仅仅只有，
热血男儿的忠诚和勇武。

战友们以热烈的鼓掌，
定要新娘把罗曼史讲述。
两腮羞涩的红晕，
透出无比幸福的媚妩。
寥寥数语，
姑娘把美丽的芳心吐露：
——我爱他，
也爱他守戍的冰峰雪域。
要说我们爱情，
雄伟博大的青藏高原
就是爱　最坚牢的基础！

注：本诗作于1986年10月14日。

告别

——写在老兵退伍离开海岛之际

将要告别酷烈的海风，
将要告别汹涌的波涛，
告别大海昼夜不息的喧嚣，
告别海天无际蔚蓝色的单调。
从此　也将告别，
曾渴盼来信的焦躁；
也将永远告别，
因收到“最后通牒”
而引起失眠的烦恼。

失恋的痛苦
海水的腥咸
已经被他用青春的岁月
和着泪水与汗水一齐铸造。
铸作一枚枚铮亮的军功章
太阳一般在他的胸前闪耀。

今天　红色的退伍证
正扯起面红色的风帆
最终驶离了海防前哨。
驶向新的生活
驶向曾经的梦境，
驶向他阔别的都市
久违的繁华与喧嚣。
驶向爱情的港湾，
驶向她甜蜜的微笑……

当起航的汽笛拉响
他的心
却又垂下了沉重的铁锚。
啊　不管今后
人生的航程多么遥远漫长
他思念的长缆，
将日日夜夜，
紧系在这
魂牵梦绕的小岛……

注：本诗作于1986年秋。

常青藤

曾因柔弱而遭非议，
曾因纤细而被诋谤。
以至于攀援，
是我唯一的生存方式，
也成为一条莫大的罪状。

生存的空间，
本不应该为强者所垄断；
风与空气　雨露与阳光，
本来应属于所有的生命共享。

并非是为了索取，
并非是为了占有。
在与命运的抗争中，
我要变柔弱为坚强！

上帝没有赐予我，
坚强的骨骼与脊梁。
而我相信自己，
有一颗勇于进取的心，
会抓住一切机遇，
奋发向上　向上……

写给黄山梦笔生花

每个人的履历，
本应由自己书写。
遗憾的是，
黄山的诗篇，
完全出自他人的手笔。

黄山应该有一支，
属于自己的笔。
不是在幻想中，
也不是在梦里。

而是牢牢地，
把握在自己的手里。
笔锋直指云天，
书写自己的历史，
也描绘
祖国山河的壮丽与雄奇。

黄山飞来石

至于你从何处飞来，

人们无需追究。
你以奇特的造型，
已经获得了人们的赞许。
并在黄山，
永远地落下了户口。

不以后来者而自卑，
不为资历浅而害羞，
与黄山傲立的群峰一起，
同样以主人的姿态，
立正
将四海的宾朋迎候！

猴子观海

其实　这不是海，
云流雾海的汹涌波涛下，
是一片山石嶙峋的世界。

远古　这里曾经是海，
傲立的峰峦，
曾是海底的暗礁　珊瑚
在岩石的皱褶里
有贝类或鱼儿的化石，
有关于海的记载。

啊　岁月的沧桑，
古往今来，
大自然的奥妙与变迁，
绝非是猴子的目光，

所认识与理解。

猴子观海，
给予人类以启迪：
相信目光的洞察力。
可以无限延伸，
穿透事物的表象，
和风雨尘埃。

冷静观察　关注世界，
关注风云的变幻，
关注动荡的时代。
回首　审视历史，
前瞻　眺望未来……

黄山石

这里的每一座山峰，
都是一首不朽的诗。
每一块石头，
都有它形象的名字。
而每一个名字，
都蕴含着丰富的哲理。

大自然的创造力，
人类的想象力，
都赋予黄山的每一块石头，
具有生命的活力。

哦　朋友，

让我们走近黄山
认识自然，
同时也会加深
认识我们自己……

致维纳斯

当优美的曲线被截断，
便留下了一个世人惋叹的缺憾。
一个无法复原的美，
一个难以解答的疑案。
因为残缺
才能最大限度地启发，
人们的审美感。
因为残缺　才能充分地，
调动人们的想象力，
去把残缺补充　完善。

完美的残缺，
或许　拥有更深
更为丰富的艺术内涵。
啊　世界本非尽善尽美，
完美　也许才是，
一种真正的缺憾……

给我的台灯

对于你　我
一切都无法隐瞒，
甚至　最绝密的情书，

也不曾躲过你睿智的顾盼。

你曾无数次倾听，
笔与纸亲切地叙谈。
不是偷窥，
每次　总是你最先目睹，
将要展示给明天的文章和图案。

你用一圈爱的光环，
为我圈定了一个
晴朗而明丽的空间。
一束光的红晕
成为我　思想启锚的港湾。
有了你，
生活　永不会有黑暗的夜晚……

时间

我无声地到来，
又从你身边悄悄地走开，
步履轻盈　行色匆匆，
来去无踪。
在人们的不知不觉中，
我却又真实地存在。

落叶飘零　冰河冻解，
小草发芽　杜鹃花开，
不时地在变幻着我的形态。
但唯有年轮，
才是我真实的影子，

被珍藏　记录
在每一棵树的心怀。

我永远精力旺盛　千古不衰，
见证了人类从爬行到站立。
无数朝代的更替与垮台。
五千年的文明史，
我弹指一挥，
就将其轻轻地覆盖……

我可以被拉伸和压缩，
也可以被捕捉与抓紧。
唯一不可切断，
我的每一个链环，
每一个细胞，
正连绵延续
组合成历史　现在与未来。

用现代人观点说：
我可变为金钱　利润，
我的价值连城，
会使所有人目瞪口呆。
但金钱，
却永远不能将我收买。

我公正无私之处在于
对所有人均一视同仁，
不管是权贵　平民，
也无论是富翁或乞丐。

我是属于全人类的财富，
正有待于一切有识之士，
发掘　开采……

致 W 君之一

纯属偶然的相遇，
如梦如幻的邂逅，
目光无声地对撞，
瞬间　神经的网络
接通了回忆的电流。
是惊　是喜，
是爱　是仇？
木然地对视，
仿佛是在另一个星球。

时光飞逝，
倏忽已二十个春秋。
往事悠悠　不堪回首，
难以启齿,欲说还休……
沉默中　只有目光，
在悄悄地交流。
能用眼睛说话，
又何须开口？

破译心灵的密码，
我相信唯有你　能够。
历经二十年风雨，
爱的火焰，
已经熄灭。

而尚存的余热，
至今还在温暖着我的胸口。
二十载，
岁月的长河日夜奔流，
彼此情感的浪潮啊，
是否
还涛声依旧？

致W君之二

你用眼睛告诉我，
你的神经在颤抖；
我以沉默回答你，
我的心灵在忏悔……

你的心底在渗滴鲜血，
我的灵魂在流淌泪水；
梦中的鹊桥虚无缥缈，
相隔二十年后的重逢聚会。

二十年情感的陈酿，
满斟在各自的心内……
觥筹交错中　高度清醒的思维，
没有被酒精麻醉。

我们以微笑祝福，
彼此用目光碰杯。
无需开口，
此刻　言语，
已成为多余和累赘……

你的眼睛(之一)

泪水不曾浇灭，
你那灼人的热情。
若干年后，
你依然迸射出闪亮的火星。

在你目光的逼视下，
我感到面颊在发烧　发痛。
发痛的　还有这颗，
在不住颤抖的心灵！

不敢对视，
正如昨天
不敢接受，
你爱的邀请。
一切皆成为历史，
一切都如夜空中，
迅即陨逝的美丽的流星……

低头　我只能用回忆，
对昨天的羞涩与怯懦，
作悔恨与反省。
不　我不祈求谅解和宽恕，
我只愿　在你目光的烤炙下，
直到化为灰烬……

你的眼睛(之二)

你曾辐射出爱的光束，

激活我愚钝的神经。
你曾像一炬燃烧的火把，
点燃了另一颗炽热的心。

于今　你那两扇心灵的窗孔，
两条由目光铺筑的路径，
对于我　是否仍是开启
或能够通行？
我还能否径直地步入，
你纯洁而又美丽的心灵？

啊　两潭清纯的秋水，
依然明澈如镜。
但镜中的我，
已不再是
勃勃英姿，
青春潇洒的身影。

也许　只有待你，
轻轻闭合的夜晚，
我才能够悄悄地走近，
走进你　幽深而甜蜜的梦境……

你的眼睛(之三)

像秋水一样地明澈，
像月光一样地皎洁，
最难忘那深情的一瞥
永远在我记忆中铭刻。

二十年雨雪冰霜，
没有剥蚀；
二十年日晒风吹，
依然泛出明丽的光彩。
闪耀着诱人的色泽，
历久弥新　难以忘却。

是清醒　是麻木？
是羞怯　是懦弱？
当最初的目光一瞬间地对接，
我竟选择了退却。
你无言的相邀，
我却没有回执。

谁知　那竟成为我，
一生中最美好的时刻，
就连回忆　也多了几分甜蜜，
几分痛苦与酸涩。

从此　深深地悔恨，
痛苦地自责，也在相伴我，
熬过了多少不眠的夜晚，
多少度春花与秋月。

在此后的日日夜夜，
年年月月，
绵长的思念，
便成为爱的半径，
两颗炽热的心
两个最美的圆啊，

永远不能相交，
而只能相切。

当我从梦魇中醒来，
爱情的花蕾，
已从含蓄的初绽，
渐次凋落，进而
结出了自己的果实。
沐浴阳光雨露，
历经春风冬雪，
爱　已由青涩变为成熟。
而我，却永远　永远
错过了收获的季节。

如今只有
风会说　雨会说，
天上的云会说，
太阳和月亮也会说：
是命运的注定，
将一开始就变成永别。
那是夜空中，
两颗最亮丽的星星，
只能在漫漫的黑夜里，
遥远地闪烁……

注：本诗作于1988年春。

你的眼睛（之四）

曾传递过纯真的爱，

流泻出如火的热情。
两束无言的目光，
牵系着两颗赤诚的心。
岁月的长河没有割断，
你那含泪的脉脉温情。

曾经是相互照耀，
相互温存，
相互排斥，
又彼此深深地吸引。
就像宇宙间的两个星座，
反射彼此的光明，
却又永远无法靠近。

啊　寒来暑往，
朝晖夕阴，
历经凄风冷雨。
如今　两颗尚未冷却的心，
只能严守一定的距离，
用希望的微光　遥相照映。
并遵循各自的轨道，
在生活的空间里，
默默地　默默地运行……

无题

由目光架设的鹊桥，
只能默默地　悄悄地，
将曾被尘封的情感交流。
但永远　永远，

无法渡越历史的银河，
现实的鸿沟……

岁月大江东去，
时光岂可倒流？
二十个冬夏春秋，
彼此心的搏动，
是否还保持同一个节奏？

相互祝福吧，
不要再触碰心灵上，
业已结痂的伤口。
也愿时代　不再造就，
新的唐婉、陆游……

纵有　一千条借口，
或万般理由，
然而　我都不能宽恕自己。
感情上的一层薄纸，
竟缺乏勇气去戳透！

从此　命运的方向盘，
将牢牢地把握在自己之手。
请相信我，
——如果生活
再走到新的十字路口……

注：本诗作于1988年春。

写给未来的诗篇

相顾无言的瞬间，
目光　已洞穿彼此的心扉。
情感的闸门一旦打开，
思绪如一泻千里的江水……

二十年　恍如隔世，
岁月无情。
青春的花朵，
已渐渐地凋谢　枯萎。

只能将爱深埋在心底，
而思念却可以自由地放飞。
痛苦　忏悔　被高度浓缩成诗句，
字里　行间　正渗透出殷红的血泪。

哪怕仅有一次，
热情的握手，
便胜却，
无数次眼泪的忏悔，
而我们却不能。
两颗炽热的心灵之间，
横隔着一道冰冷的银河，
和一座不可越逾的界碑。

今生与来世，
生命的轮回，
渴望灵魂的再次相拥与握手。
只有当死神　把我们的，

形骸变成骨灰。

相信我的诗句会
告诉世界，
让我们的儿孙 后辈，
慢慢地咀嚼，
细细地品味——
啊 跨越时空的爱，
有一种永恒的美……

注：本诗作于2008年。

古运河抒情

从铁马雄风的蓟北，
到杏花春雨的南方。
从历史的长夜，
奔向今天的太阳。
这就是你，
古运河的波浪。
你是一首雄浑的史诗，
你是一曲流动的乐章。
贯穿于历史，
与岁月平行，
连接起今来与古往。连接起
昨天的迷惘与明天的希望。
你是液体的桥梁，
这就是你，
这就是古运河的波浪。

在众多的水系中，
在江河的家族里，
发源于人的智慧，
发源于人的力量。
人民的汗水与心血
是你不竭的源泉和乳浆。

你让长江与黄河，
第一次挽起了臂膀。
从此　雄鸡形的版图，
更充满了生机与力量。

应该像认识长城的雉堞
以及烽火台一样，
来认识运河，
来认识中国，
认识她的柔波　雪浪，
她的汽笛与帆樯，
她的岸柳与垂杨。
她的昨天与今天，
她的欢乐与忧伤……

她垂直于万里长城，
一条是祖国坚挺的脊梁，
一条是神州血脉在流淌。
固态与液体，
柔美与刚强的组合，
这才构成了中华民族，
最完美的形象！

献给中国共产党建党六十周年

——致锤头与镰刀

在岁月的洪炉里加热，
在历史的砧案上锻打，
终于锻打出雄鸡形的版图。
引颈高啼，
唤来了东方玫瑰红的曙色。
锻打出国旗上五颗金色的星，
熠耀着太阳般辉煌的光泽。
承载着生活的希望，
幸福与欢乐。

对于昨天　是收获，
对于未来　是开拓。
是无数人的汗滴与泪水，
是无数人沸腾的热血。
磨洗和淬利的锋刃，
彻底地割断了，
数千年凄苦的岁月。

当沉甸甸的谷穗，
被镰刀所收割；
在金秋的十月，
并被晾晒在天安门红墙的国徽上。
人们不会忘却，
为了明天　此时，
正是播种的季节。

锤头与镰刀，

工人　农民，
钢铁与钢铁的联姻结合，
构成庄严的图案
六十年来
一如高悬于人们心天的日月。

作为信念与意志的标记，
在她的旗帜下，
有最坚强的群体在集合。
这支队伍，
有严整而雄壮的气势，
排山倒海般地壮阔！

注：本诗作于1981年7月1日。

长庆油田组诗

——献给长庆油田的石油工人

（之一）油海浪花

冲破岁月的封锁，
冲破地壳的重压，
千古被禁闭的激情，
终于从这里得以释放和迸发。
绽放为，
永不枯萎的油海浪花。

谁说戈壁只能孵化，
笔直的孤烟，
浑圆的落日，

冰冷凄清的残月，
疯狂肆虐的风沙？
只配收藏，
征夫戍卒的累累白骨，
和被风化锈蚀的箭簇与铠甲？

也仅仅收录过单调的驼铃，
和凄凉悲壮的鼓笳。
虽也有过火的烧痕，
那只是，
古长城和战垒的烽燧，
高举起杀伐的火把。

绵延万里，
贯穿于历史的丝绸之路，
也从未引领春风到达。
至于那海市蜃楼的奇观，
则是光与空气所戏弄的幻景，
和对现实的虚化。

啊　大漠里埋藏着千古之谜，
由历史留给今天去解答：
朵朵盛开的油浪的奇葩，
正以四季常春的生命力，
绽放在这海之角　天之涯。
而与她并蒂争艳的，
是石油工人，
闪光的青春年华。

注：此诗曾刊登于1990年5月12日《长庆石油报》。

（之二）大漠之恋

这里是生命的极地，
是爱情的禁区，
被春风遗忘的天涯。
而理想　信念　却能够，
在此生根与发芽。

请看这高高矗立的井架，
茫茫戈壁上，
会使人想起，
瀚海中的帆樯与灯塔。

在这片，
充满死寂与荒凉的地下，
采油工却本能地感觉到，
共和国的血脉，
在昼夜不停地呼啸　喧哗。

这里的每一粒沙子，
都在熠耀光华；
这里的每一寸土地，
都在呼唤开发。

冷漠的戈壁，
也蕴藏着热情的爱。
地下的石油，
是她炽热的血。
只要你，
肯付出青春的代价。

啊　大漠襟怀，
是如此深情而博大。
乌金色的油流，
把她爱的心曲表达。
而我的钻机也以深情的笔触，
探入地心，
与她开始了最热忱的对话……

（之三）写给采油女工

肥大的工装，
掩不住你的妩媚与潇洒；
甜美的笑靥，
如正绽蕾的春花。

亭立在采油树下，
以辽阔的地平线为背景，
展开一幅，
新美的大漠风情画。

啊　在属于鹰隼翱翔
和血汗马驰骋的空间，
在历史曾经发配戍卒
流放雄性的荒漠天涯，

钻机以响亮清越的语言，
替她宣布：
女性和春天的首次占领与开发。
任流沙砥砺红颜，
任漠风梳理秀发，

她用纤纤玉指紧握闸把
甜甜地一笑，
便激起了万顷油海欢腾的浪花……

（之四）石油之源

——献给石油勘探工作者

太阳以无限的热情烘烤戈壁，
热风将空气中仅有的水分掠走。
绝无人烟，
没有走兽，
没有水的涓流，
和鸟的啁啾。

是谁　却在步履艰难地，
跋涉　行走？
他不是冒险的淘金者，
他是在寻找金子般闪光的石油。

此时他多么需要一丝凉荫，
多么需要水　哪怕仅有一口，
润一润焦渴的咽喉。
就像运转很久的机器，
急需补充燃油。
同时　他也清晰地听到，
世界的竞技场上，
中国的赛车，
正在急切地呼唤：
加油　加油。

他的串串汗珠，
滴在沙丘，
滋溜一声，
就化作一丝白气飘走。
他相信大漠，
会千百倍地予以偿还，
——用它涌泉般的石油。

他确信这片，
肤黄色的沙漠的富有。
这片孕育了长江黄河的土地哟，
定然也蕴含江河般丰沛的油流。
就像相信自己的血管，
自有热血在奔流！

他缘沿《梦溪笔谈》
和“华夏结构论”的路径，
苦苦地寻求。
在历史与现实的延长线上，
执着地向未来奔走。

汗水　急雨般地流泻，
工装　早已被汗水浸透。
啊　从他热汗淋漓的脸上，
我找到了，
石油河不竭的源头……

西湖水

丹桂飘香沁腑肺，

一泓醒浓碧水。
影漾湖光里，
不饮心已醉。
天酝地酿万千年，
西湖是满斟的酒杯！

赠仙人掌之一

看见了你，
使人想到刀枪剑戟，
和武士的甲胄。

在风沙肆虐的死亡地带，
唯有你能够，
劈出生命的绿洲。

面对严酷的境遇，
不能以花草的温柔。
迎接命运的挑战，
就应该用针刺武装的手！

即使是作为仙人的手掌，
一旦与金钟　吊兰，
一起被摆上阳台，
伸向人们生活的窗口，
那也只能叫做享受。

探索　奉献，
开拓　奋斗，
属于手的使命。

是任何一双　任何肤色的手，
永远不懈的追求！
而不是乞求与索取，
更非是去抢　去偷……

赠仙人掌之二

顾名思义，
你们应该是，
仙女的纤纤玉指。
温润　柔嫩　洁白　细腻。

土地的贫瘠，
风雨的侵袭，
烈日的暴晒，
流沙的砥砺。
自然环境的严酷与暴戾，
教会了你，
为了生存，
不可逆来顺受。
必须同命运抗争，
抗争到底。
于是，
从拱破土层的开始，
你就顽强地举起了抗争的手，
而且　长满了反叛的利刺！

注：本诗作于 1984 年 10 月 7 日晚。

落叶

曾以嫩黄与碧绿，
博取笔墨的渲染，
和诗歌的礼赞。
曾以繁茂与葱郁，
赢得多少人的青眼。

此时　随风飘零的黄叶，
纷纷扬扬　每一片，
都是对根的遗弃与背叛，
而敢于同风霜抗争的，
却是
瘢痕累累的虬枝铁干。

我

作为大写的人，
我　站立在时代起跑线。
该如何无愧于脚下的大地，
和头顶的蓝天?

我　卑贱而平凡，
但我却敢，
将自己的灵魂，
捧到阳光下晾晒。
把全部思想摊开，
接受时代的检验。

面对挫折　我不屈不挠，

面对赞誉　我羞愧汗颜。
回顾历史　我会深刻地反思，
面向未来　我有不拔的信念。

跨坦途　我用冲刺的速度，
越险峰　我可无畏地登攀。
漫长的人生之旅一旦开始起步，
属于我的，
只有永远退却的地平线。
理想之舟一旦起锚，
我就不再，
寻求避风的港湾。

当生命的芽胚拱破土层，
就要顽强地挺直腰杆，
向上　向上，
去努力拓展远大的空间。

我也曾悲观过，
但那只是昨天；
我也曾迷惘过，
但仅仅是瞬时的短暂。

我是用啼哭来到人间，
但现在　我却以微笑，
去迎接生活与命运的挑战。

的确　我曾经索取过，
索取空气和与阳光；
也吸吮过，

乳汁和雨露的甘甜。

但这些，
我将以青春　花朵，
与果实的回报，
加倍地偿还！

历史耕耘者心声

在昨天的土地上耕耘，
我们用一颗颗年轻的心播种。
在历史的古树上嫁接，
用我们新一代人朝气蓬勃的青春。

啊　五千年风云变幻，
岁月的脚步匆匆。
民族的兴衰，
人世间的欢乐与悲恸，
早已全部
沉淀在黄土地深沉的记忆之中。

此时　我用崭新的目光，
从岁月的深层发掘真理；
用我们犀利的思维，
去剖析前人遗留的古训。
凭着发自于内心的一股热情，
定能叫时间的冰层解冻……

开拓未来　用我们的笔，
跨越时空，

架一座永恒的桥梁，
将古往与今来贯通。

为了无愧于
这山一般沉重的典籍，
也无愧于我们的后辈与先宗。
我们终于懂得：
该怎样用心血与生命，
续写属于我们自己的光荣……

啊！五千年的文明史，
正在向明天延伸；
在这片浩瀚无垠的文字的沧海中，
正腾飞起一条，
名字叫做中国的龙。

注：此诗发表于1991年《档案与建设》第5期。

历史的回声

——写给录音档案

（一）

沉重的铁门，
锁闭了远逝的风声，
雷声　人语之声。
一切的音响被浓缩，
浓缩为这静默的永恒。
静默　真理的静默，
往往比呐喊，

更气势恢宏，
更令人激奋……

（二）

如同琥珀，
再现鲜活的生命。
而包裹着它的，
却是昨天痛苦的泪痕。
是的　真理，
不甘寂寞的歌喉，
终究要唱出自己的心声。
听
他正以浑厚而深沉的历史颤音，
叩响了新生活的大门！

（三）

激烈的争论，
滔滔的雄辩，
生命的呐喊与喧哗……
终于凝固成，
一段沉默的历史。
静静地　耐心地等待，
等待未来的回答……

（四）

笑语与啼哭，
宏亮与嘶哑，

音乐与噪声的共振，
谎言与真理的混杂。
一切和谐与不和谐的声音，
都高密度地，
沿着这岁月的田垄播下……
不管时间将它埋得多深多深。
但我相信，
腐烂的只能是谬误。
而真理，
必将会绽出生命的新芽！

注：此诗发表在《档案与建设》1989 年第 6 期。

写给历史档案

这是片已经收获的田地，
也是片等待播种的土壤。
它是有待于更深层次采掘的矿床，
向时代展示出博大而深厚的珍藏。

上下五千年岁月，
被重新严整地排列组装。
当历史以真实的面目站立，
走近它　认识它，
人们　该用怎样的思想，
怎样的目光？
是的，在我们的身前背后，
有先驱及后辈们
殷切的期待，
与深情地瞩望……

揭开岁月的扉页，
不仅仅嗅到油墨的芳香，
也不仅仅有诗的浅吟低唱。
它的每一页都涌动着，
涛飞浪激的历史风云；
每一张都有，
铁马金戈的铮铮鸣响！
恨　力透纸背，
血　染红篇章。

啊　这片古老的土地，
更适宜于希望拔节生长。
昨天的血泪　今天的汗水，
每一滴　都是孕育未来的营养……

注：此诗发表在1992年《档案与建设》第5期。

在历史与未来之间（组诗）

（一）档案馆

对于昨天　这里是终点，
对于明天　这里是起点。
啊　一座人类思想的驿站，
耸立在历史与未来之间，
坐落在理想与现实之间。
在生活的航路上，
它以构筑在历史上的高度警示，
并引导争流的百舸，
汽笛与风帆……

（二）档案

它是思想的凝固，
智慧的积累。
它是沉淀与浓缩了的，
时间与空间。
而且正在，
日复一日地增长升高，
一座博大而蕴藏甚丰的矿山。

它是属于社会，
属于整个人类的财富，
由历史移交给今天。
文字和语言的矩阵，
站立起史实的神圣与庄严。

哦　如果谁想查明，
它的储量和内涵。
那么　请用你的目光，
用你的心灵与思索，
在这岁月的断层上，
认真地钻探……

（三）案卷前的思考

有序的排列组合，
串起一部人类的文明史。
每一卷　每一页，
乃是它不可缺少的一个链环。

它与祖国的历史一起，
曾经历过，
文明被放逐和关押的忧患，
真理被践踏与焚烧的劫难。
请辨认这些字迹吧，
清晰的　是不灭的灯盏，
模糊的　是哭诉的泪眼。

此刻这些沉默的语言，
终于能站立在时代的演讲台上，
面对世界　郑重地发言：
关于命运　关于民族，
关于国家　社会的变革与发展……

是的，
当历史终于翻过了沉重的一页，
我在心底也默默地祝愿：
昨天
不要在共和国的土地上再版。

（四）致查档者

有的满足　有的失望，
有的则抱深深的遗憾。
当人们怀着不同的心情离开，
我提醒：要珍视过去，
珍视历史的发现。
但未来　人们
也只能在各自的实践中，
去寻找　属于自己的答案……

朋友　请记住这里，
不应再成为，
禁锢与束缚思想的桎梏。
它本来就是，
明天　新生活的摇篮！

（五）阅档室

这里有通往过去唯一的路径，
历史敞开门扉将新一代迎接。
我像一条游鱼，
沿着岁月的长河回溯。
对前人的航路，
再作一次反方向的考察探索。

这是一条充满无数风险的历程，
如此地饱经了艰辛地跋涉。
穿越在历史的峡谷里，
我不敢有半点的懈怠，
不能有丝毫的马虎。
因为　岸壁上，
有千万只炯炯不灭的瞳仁，
每时每刻，
都在注视着我们的学习与工作。

（六）清醒的史实

谁能封住历史的嘴巴？
是非功过，
唯它能够作出最权威的评说。

躺在铁橱中的卷帙，
并非都已昏昏然睡着，
一旦需要，
每一页薄薄的纸张将会站立起来，
变作铮铮作响的钢铁！

（七）收获

历史的长藤在绵延生长，
岁月之树缀满了丰硕的果实。
在这片古老的疆土上，
等待着我们的
不仅仅是收获；
面对一代又一代人
智慧　汗水与心血的结晶，
我懂得了　该如何不懈地，
耕耘与开拓……

注：此组诗刊登在1989年第四期《档案与建设》并获征文二等奖（一等奖空缺）。

面对历史的年轻人

（一）

与排列的卷宗相比，
他单纯；
与发黄的故纸相比，
他年轻。
年龄与案卷的反差，

更使他充满青春的活力。

面对着海一样浩淼的过去，
面对着山一般沉重的典籍，
他有一种使命感，
一种无形的负荷与压力。

当他用穿透世纪的目光，
去鉴别
那些蒙尘的文字；
当他用时代的听诊器，
感应到历史遥远的呼吸。

他也会参照前人脚印，
来校正自己，
心灵的罗盘
与人生的足迹。

他突然感到自己，
仿佛是一粒成熟而饱满的种子，
应该播入，
这片古老而肥沃的土地。

在历史与未来的交叉点，
在理想与现实的经纬线上，
在生活的坐标系，
他找到了，
真正属于自己的位置……

（二）

退走了　岁月的潮汐，
远去了　流逝的历史。
生活的沙滩上，
仅留下了无边的空寂，
只留下了沉默的迷。

茫茫的空旷与荒凉中，
早已覆盖了尘埃和淤泥，
布满了卵石与沙砾。
当然　也有彩贝，
或者珍珠的记忆，
如点缀于夜空的星星，
只要你用心，
就会隐隐约约地发现，
那遥远的美丽与神奇……

（三）

徜徉在岁月的岸边，
他在寻找昨天的记忆。
伫立在历史的门前，
他在叩问迷一般闭锁的往昔。

似乎无人相信，
这属于昨天的语言和文字，
仿佛是来自，
另一个世界的密码与信息。
却被他，

最年轻的心灵破译。

凭着他对历史的虔诚，
对生活的挚爱，
对未来的追求，
和对过去的反思，
他找到了开启昨天的钥匙。

啊　他从生活的堤岸，
从被烟波乃至，
泪水冲刷过的痕迹，
清晰地辨认出，
共和国昨天
曾经大起大落的潮汐……

注：此诗发表在《档案与建设》1991 年第 2 期。

古树新花

——有感于历史档案的开放

饱览了历史的沧桑，
记忆的年轮里，
圈阅了岁月的悠远与漫长。
植根于原始真实，
这片丰厚的土壤，
含苞结蕾于，
生活的风雨冰霜。
执着地期待，
苦苦地盼望，
——开放。

以吐露美的情怀，
以倾诉心底的珍藏。

呵　开放，
是属于每一朵花蕾的希望！
希望自己能，
争艳于群芳竞发的春天，
参与万紫千红色彩的合唱。

开放　只有在今天，
在新时代的春风里，
古树新花，
才会喷发历史的幽香。

“开放”　当这枚
红艳夺目的印戳，
鲜花般地绽开在，
案卷业已发黄的扉页上，
她恰如一枝报春的红杏，
含笑探出了高墙……

注：本诗作于1988年4月22日。

贺《沭阳信息报》创刊

催人奋进，
你应该是鼓鼙；
指引征程，
你应该是旗帜；
昭苏万物，

你乃是第一缕春风；
迎来曙色，
你正是第一声嘹亮的鸡啼！

啊　为了收获富庶与幸福；
为了采撷生活的甜蜜；
为了书写，
无愧于先人与后辈的历史；
也为了使这片
我们世世代代繁衍生息沃土，
勃发出无限的生机；
是你将时代信息的种子，
播撒进　一百三十万人复苏的心地……

高层住宅楼

窗口将楼体分割成，
无数大小的明亮的方块。
千家万户　是社会独立的细胞，
在浓重的夜色中流光溢彩。
每一扇窗口，
贮满了多少温馨　欢乐和爱？

住宅楼　以令人钦羡的高度，
将生活的多层次　多元化展开。
高耸云霄，
闪耀着群星的光彩；
辉煌灿烂，
填补了天与地之间的空白。

牛郎　织女感到惊诧，
璀璨的群星闪光喝彩！
啊　不同的高度，
不同的亮度，
耀眼的光芒，
明丽的色彩。
交织成夜光的交响曲，
构成了新生活的完美与和谐……

注：1988年国庆作于杭州。

心之歌（外一首）

——献给中国人民保险徽记

这是一颗心，
一颗善良的心，
一颗在强烈搏动着的心。
搏动着，
伴随着共和国前进的足音。

不只是一种象征，
一个徽记　一种图形。
干旱中　她是一眼清泉；
烈日下　她是一片绿荫；
冰雪里　她是一股暖流；
黑暗中　她是一束光明。
在灾难与厄运面前，
在死神面前，
她是永远不可战胜的生命！

她是一颗心，
母亲般的慈爱，
妻子般的柔情。
她是真善美愿望的浓缩，
她是理想与信念的结晶。

她是温热的，
能融化生活中的坚冰。
她是坚强的，
可承担起世界上所有的不幸。
她是历史　岁月的古树上，
一枚成熟的果实，
曾经历了无数的灾难与忧患，
风险与艰辛……

吉祥的星

你是宇宙间　最年轻的星体，
与年轻的共和国同龄。
你比太阳、比月亮，
比所有的星辰，
距我们更近。

在人们的企盼中，
你灿然升起；
在人们的瞩望中，
缓缓向我们走近。

你以自身运动的轨迹证明：
世界　人与人之间，

本来就应该，
充满友爱与温馨……

你是颗吉祥的星，
与共和国旗帜上的
五颗星星一起，
永远高悬在，
人们生活的头顶。
赢得了亿万颗，
有血有肉的心灵。
亿万双充满信任的眼睛，
一起向你，
——致敬！

注：此诗发表在 1990 年第 3 期《江苏保险》。

吉祥鸟的翅膀

不是蛱蝶，
只能在鲜花丛中起舞；
不是白鸽，
只能在蓝天与白云间回翔；
也不是黄莺，
只能在林间鸣啭　枝头歌唱；
更不是乱飞的群鸦，
漆黑的双翅，
毕竟遮不住晴空的太阳。

啊　在飞翔的家族里，
你的巢已牢牢地，

构筑在亿万人民的心房。
而你的理想，
你的志向，
以及你的一双矫健的翅膀，
总是向生活奉献，
奉献幸福与吉祥……

穿过冰雪的冷酷，
穿过雨雾的迷茫，
冲破烈火与浓烟织成的网，
飞越灾难与凶险耸起的屏障。
你的羽翼，
正是在同命运的抗争中，
逐渐地丰满；
在与风险的搏击中，
练就摔打如此坚强。

当愁云笼罩在人们心头，
当灾祸猝降到你的身旁，
无须再祈求神明与上苍。
啊　吉祥鸟的双翅，
将永远忠实地为你命运之舟护航。

扇送流流的清风，
驮着明媚的阳光。
如一双温情的手，
自会抚平心灵的创伤。
是两支奋进的桨，
给人以向前的力量！

对于美的憧憬，
对于幸福的渴望，
对于明天的追求与未来的向往。
万里云天，
本是百鸟振翮的舞台，
竞技奋飞的赛场。
请看　吉祥的羽翼，
扶摇直上，
正牵系着，
人民共和国腾飞的希望！

注：此诗发表在 1990 年第 5 期《江苏保险》。

吉祥鸟之歌

穿越夏的炎热，
与冬的冷酷，
掠过沧海的浩瀚，
飞越崇山的险峻与巍峨。
穿过浓烟烈火
冲破灾难与死亡的重重封锁。

如报春的紫燕，
如啼血的杜鹃，
如矫健的雄鹰，
如圣洁的天鹅。
我问你们，
可曾见过？

问苍大　问大地，

问轻轻的柔风，
问飘逸的云朵，
她可属于飞翔的家族？

她是人们
心窝里放飞出的精灵，
历史在深情地诉说；
经历五千年艰辛的岁月，
经灾难反复锻打的翅膀，
已习惯于在逆境中奋力拼搏。
她爱蓝天的高远与辽阔，
她爱罡风的强劲与猛烈！

张开翅膀，
去拥抱太阳，
拥抱阳光下火热的生活；
放开歌喉，
歌唱崭新的时代，
歌唱辛勤的劳动与沸腾的建设。
垂天的羽翼下，
是祖国，
是春光锦绣的山河……

生命之树常青

——致人民保险事业

把绿荫投给大地，
风雨却留给了自己。
默默地承受　抗御，
灾难与不幸的侵袭。

把温暖与幸福分赠，
给他　给我和你……
不著花蕾，
却四季喷放爱的馨香；
没有果实　却在为明天
酿造生活的甜蜜；
作为树的职责，
旨在撑起一片明丽的晴空；
作为树的使命，
就是扬起一面绿色的旗帜。

拱破厚重的黄土层，
当你生命的芽胚，
随着上升的五星红旗，
在古老的东方，
在亚细亚的地平线上升起。
历史　以深情的目光关注你；
祖国　以殷切的希望培植你；
岁月　以无情的风雨考验你；
人民　以满腔的心血浇灌你。

将烈日扛在肩头，
在你的每一圈年轮中，
都留有雷与火的劫痕，
都有冰霜铭刻的记忆。
但凄风苦雨更能为你，
注入青春的活力啊，
你葱郁的生命，
你强大的根系，
已深深地扎在亿万人民的心底……

注：此诗发表于《江苏保险》1991 年第 3 期。

生命的太阳

——致抗洪救灾中人民保险徽记

对冻僵的躯体，
你以一团火的温暖。
对烈日下的身躯，
你投下一片绿荫的凉爽；
对受伤的心灵，
你涂以爱的膏剂。
抗御灭顶之灾，
你是压不垮的脊梁；
面对滔滔浊浪，
你是冲不决的堤防。
对于围困于洪水汪洋里的灾民啊，
你就是普度众生的慈航……

将美好的幻想，
变成眼前的现实；
将沉重的叹息，
化作轻歌的悠扬；
将惨淡的愁容，
舒展为幸福的微笑；
将凄苦的泪水，
酿作甘美的琼浆。

用光明抹去阴影，
以新生战胜死亡。
你是冬天里的春天，

你是绝望中的希望。

谁也无法计算，
你所蕴含的能量。
谁又能够描述，
你具体的形象？
一枚圆圆的徽章
一枚印有特殊标记的徽章，
曾吸引多少企盼的目光？
曾招致多少热切的向往？
历史将永远铭记，
大地更不会遗忘。
公元一九九一年夏季的中国，
你在洪峰和浪尖上闪光。
每一枚徽章，
都是一张亲切而熟悉的面孔；
每一枚徽章，
都闪射着爱的光芒。
在一双双噙泪的瞩望中，
在一双双感激的目光里，
生活的天空，
升起了一轮辉煌的太阳！

注：此诗发表在《江苏保险》1992 年第 1 期。

一张赔款通知单

像羽毛一样轻盈，
像白云一样飘逸，
像雪片一般圣洁，

仿佛自天国飞降的福祉，
捧在他　捧在他颤抖的手里。

对于一个不幸的家庭，
对于一颗破碎的心，
一张蕴含着情爱的赔款通知，
它的含金量，
难道仅仅是这几位阿拉伯数字？
人们期待着，
爱所演绎出人间的奇迹。

洪水洗劫后的土地，
将重新呈现春天气息；
枯朽的古树，
会再度萌发绿色生机；
一片狼藉的废墟上，
将会有新的希望的崛起；
泪水浸透的面颊，
还会泛出欢笑的涟漪……

啊　这份印有人民保险
标识的纸页，
在人们的手上，
把人世间最美好的情感传递。

迎接风浪，
它是一片征帆；
对于生活，
它是一面旗帜。
对于幸福　它是相邀的请柬，

抗击灾难　它是压不弯的骨脊。

它分明是
递交给未来的名片，
高擎在人们手中，
它就是开启明天，
新生活的钥匙……

握手之间

——写在水灾之后，人民保险公司送赔款给出险受灾户

架设一座心灵的桥梁，
两双紧握在一起的手。
将最诚挚的爱传递，
将最美好的情感交流。

这是一双力挽狂澜的手；
这是一双披荆斩棘的手；
这是一双创造奇迹的手；
这是一双开拓未来的手；
这是一双把握着自己命运的手。
紧握在
共同战胜了灾害与风险之后。

用快门，
摄下这感人肺腑的时刻，
闪光的记忆，
将永远珍藏在人们的心头。
相互祝福，
相互信任，

紧握在一起的合力，
足以叫灾祸退却，
叫死神低头。

握手，
用我们当今
最普通的礼仪，
相邀在今天。
共和国前进的足音里，
有我们心灵与脉搏，
强烈跳动的节奏……

为了祖国的明天

——摄于保险服务站

是对幸福的邀请，
是对吉祥的召唤。
一双双稚嫩的小手，
如同春天的田野，
簪出鹅黄色的芽尖。

从稚嫩走向成熟，
从纤弱成长为强悍。
这是一切生命的必然。

幼苗　需要春风的抚慰，
需要阳光的温暖。
需要大地母亲的慈爱，
需要雨露滋润甘甜。

但也要准备迎击，
雷火与冰霜的侵袭，
灾难和风险的考验。

啊　为了祖国的未来，
为了新一代的明天，
今天　无私地给予
正是为了明天奉献……

爱的礼赞

——致千万父亲和母亲

用父亲有力的双手，
用母亲温暖的膀弯，
父母以无私的大爱，
编织成人生襁褓与摇篮。

一片深情的海
一片希望的蔚蓝。
镀金的标尺，
又怎能测量出，
你的深沉　博大与浩瀚……

啊　慈爱的心，
真美与善，
人世间诚挚的情感，
就应该获得诗的礼赞！

雏鹰的巢，
是搏击万里苍穹的起点，

营造今天
生命的锚地，
温馨的港湾，
明天　将会从这里驶出，
强者进击的风帆！

爱的力量

千万颗慈爱的心田，
是生命繁衍的土壤；
父母殷切的目光，
是我们走向成熟的桥梁。

为了果实的甘甜，
为了花朵的芳香，
为了幼苗茁壮地成长，
为了生活有永驻的春光。
用母爱哺育，
用心血喂养。

倾注心灵的圣水，
情感的甘露，
和爱的乳浆。
以父亲母亲们的名义，
以历史对于未来的希望，
双手牢牢地托起，
共和国明天的太阳！

洪水退去的家园

当眼泪与洪水一起退去，
他们又回到了故里。
啊　仅仅一个星期，
时间　仿佛倒转了漫长的世纪。
仿佛又回到了远古与蛮荒，
洪水洗劫后的大地，
已无法寻找生命的痕迹。

面对荡然无存的田园，
以及毁坏的断墙残壁。
他没有眼泪，
也不再哭泣。
他只记得有位伟人说过：
一张白纸，
可以画最新最美的图画，
可以写最动人的诗……

播种

这双手　虽然曾
挽过锄把和犁，
曾耕耘了几十年土地。
曾向国家奉献出数万斤公粮。
但当他捧起这远方寄来的麦种
双手　竟然在不住地颤栗！

这是充满希望的种子啊，
饱含祖国对灾区一片赤诚的心意！

仿佛还带着体温，
还有心灵的搏动与呼吸。
它分明就是：
天安门国徽上的麦穗
新脱下的籽粒！

他珍惜手中这沉甸甸的种子，
但他　还是强忍着眼泪，
将麦种大把大把地，
播撒在希望的田野……

作为农民　他知道，
明年春天，
能够发芽的　是种子，
而不是泪滴。

雨花石随笔之一

是岩浆的冷凝？
是地火的冶炼？
是岁月的力作？
还是大地　赤诚地奉献？

本来　应该用来弥补苍天，
或者　永恒地珍藏于艺术的宫殿。
以雨花命名，
原本并非是鲜花或雨点。
色泽殷红的斑纹呀，
凝固着滴血的历史，
和流泪的昨天……

她是千千万生命的火种，
沉埋在大地，
被后人发掘，
并重新认识于今天。
啊　爱与恨，
理想与信念，
已在一代代年轻人的目光里，
得以传承与绵延……

雨花石随笔之二

没有焚香，
没有跪拜，
我们却是最虔诚的朝圣者，
追随国际歌雄浑的旋律走来。

雨花台，
十万英魂蒙难处，
只会延续壮烈，
不会生长悲哀。

散落在此地的每一粒石子，
都是冷凝的热血，
生长于此的每一株松柏，
都是不屈的骨骸。

踏着先烈们，
用理想与誓言铺筑的台阶，
一步一步地走向生命的制高点
——雨花台

让我们追思历史，
感悟今天，
展望明天和未来……

致雨花石

是雨滴　就能滋润大地，
是鲜花　必将香飘天外。
是热血　即使被岁月掩埋，
即使被泥土所覆盖，
也永远不会褪变，
她血染的风采。

我有幸　今天，
寻得这方圣土，
在这里，
将自己的灵魂与思想摊开，

和雨花石一起，
接受风雨的洗涤，
接受阳光的曝晒，
经受岁月与历史的选汰……

天鹅标本

风　不再属于你，
云　不再属于你，
也永远地失去，
拥抱蓝天的权利。

潇洒地飞翔，
矫健的羽翼，
已经被复制成，
一种静态的美丽。

展翅欲飞，
永远在起飞线上，
以永恒的姿态在表述，
永不堕落的青云之志。
生命结束之后，
而飞翔　则刚刚开始……

黄山瀑布

自天而降，
却没有跌落的悲伤，
背倚山的崇高，
崖壁　给她以站立的形象。

柔美与刚强的结合，
山与水的协奏，
便产生了，
世界上最雄浑壮美的乐章！

跌落的水，
是站立的江河，
粉身碎骨的瞬间，
唱响一曲生命的壮歌。

眼睛

欲望的深潭，
迷人的海，
这里通向灵魂的深处，
最神秘的地带。
两扇小小的窗孔，
容纳了大千世界，
黑白相间的单调，
却拥有生活的全部色彩。

涌出心灵的圣水，
洗涮腥秽与污浊，
容不得半点尘埃。
明净纯洁，
或鄙夷　或青睐。
明鉴古往今来，
辨别是非成败。

开启时，
你会被拒之于门外；
而闭合时，
我却能悄悄地进来。
闪烁刀光剑影，
有冰霜的严峻冷酷，
也荡漾着月光的柔情，
太阳的温暖，
和火一样炽热的爱。
仅仅短暂的一瞥，
就会将一座冰山溶解。

她的目标，
她的追求，
是明天，
是无限光明的未来……

生日贺诗

——致一月份出生的人

冲破严寒　迎着飞雪，
作为生命的先行者，
在新年的钟声里，
你们　第一批，
勇敢地走向人生。

第一声啼哭，
吹响了新年的号角，
从此　你们各自分赴，
自己生命的漫漫旅程……

探索　开拓，
总是属于，
先驱者的使命与责任，
同样　光荣也永远伴随着
走在时间最前头的人。

生日的问候

地球是圆的，
太阳　月亮是圆的，
车轮是圆的　句号是圆的，

果实也是圆的。
圆　即是完满的象征。

但愿每一年今天，
在你的心头，
能收获一圈浑圆浑圆的年轮，
而不是空无的零分。

二月的生日

这一天　也许是上帝的安排，
料峭的寒风里，
你携带立春的信息到来。

生命的起点，
无法选择，
在人生的竞技场，
开始　奔向各自的未来。

你们应最先感到，
祖国同节气一样，
正从严冬走向阳春，
新与旧交替的伟大时代……

三月出生的人

是欢乐　是痛苦？
是一支嘹亮的歌。
或是一首动人的诗句？
生命的一声呐喊，

奏响一串最美妙的音符。

真该感谢上帝啊　真主！
千里莺啼　迷蒙的烟雨，
袅袅柳条　用柔情的手臂，
为你撩开人生的帷幕。
啊　祝福你！
好乘万里春风，
伴随蝶飞燕舞，
去追赶，
时代前进的脚步……

四月的生日

清明时节纷纷雨，
无声地滋润着，
祖国的山河，
静静地飘洒　滴落在，
每一个人的心窝。
杏花村的酒旗，
蒙蒙烟雨里，
点燃了一把不灭的火。

四月的原野，
遍开了灿烂的花朵，
四月的枝头，
缀满了小鸟深情的歌。

于是　四月，
赢得了更多的

墨的渲染，
诗的唱和。

当流着体温的泪水，
春雨般地打湿了纪念碑
大理石的基座，
四月的面孔便显得，
无比的神圣　庄严　肃穆。

你们是在四月
这一特殊的时间段，
取得了共和国
公民的资格。
双肩与　心灵，
应感到一种沉甸甸的负荷。
于是　四月的每一页日历，
才不会被轻轻地揭过……

珍珠蚌

不断地充实
完善自身的价值，
于痛苦中结胎孕育，
于污泥中悄悄生长。

不屑于显露，
不屑于炫耀与张扬。
泥土　水分
滋以最朴素的营养。

其貌不扬的心底，
却有最珍贵的收藏。
最终将奉献给生活，
那是心灵的闪光……

写给我的贝雕台灯

离开了大海，
你生命最初的摇篮，
巨大的涌潮，
将你推上新生活的彼岸。

你像散落在沙滩的星星，
彩色的纹理，
凝固了海的波澜。

骄阳的暴晒，
豪雨的洗涮，
岁月的磨砺，
血液业已风干，
肉体虽已腐烂，
而灵魂却附丽于躯壳，
折射出你理想的璀璨！

从你精美的波纹中，
我似乎能听到，
大海的磅礴的心音，
和遥远地呼唤。

岁月无情地选汰，

但美　永远不会搁浅。
你美丽的躯壳，
正擎举着思想的灯盏。
用心灵之光，
去点燃　照亮，
人们生活的每一个夜晚。

浪花

被排斥在花的家族之外，
我没有诱人的芳香。
没有庞大的根系，
从大地获取营养。
我纯洁的心灵向往生活，
我生命的色彩盼望开放。

我苦苦地寻觅，
浪迹天涯　终于
我选择了海的辽阔与浩荡。
我爱海风的迅猛与狂放，
更爱礁石的刚毅与坚强。
圣洁的爱情之花，
在与磐礁接吻的瞬间，
获得了最壮丽的绽放！

我没有一年一度，
含苞待放的期待与羞涩；
也没有岁岁秋风里，
纷谢凋零的悲叹和哀伤。
我以簇簇晶莹与洁白，

奉献给生活。
一曲气势磅礴的生命之歌，
永无休止地在海天间回响。

哦　朋友，
不要哀叹命运，
大胆地爱　大胆地追求，
请相信　自己的力量！

致长城

因为
人心之间的相互设防，
才构筑高墙。
一条隆起于地表的鸿沟，
以它的坚固与高大，
蜿蜒与绵长，
但并非能够，
将一切阻挡。

当西伯利亚的滚滚寒流，
太平洋上的惊涛骇浪，
猛烈地席卷　拍击，
这片雄鸡形的国土。
你只能像一段站立的警句
在说：雄伟与高大，
只是我　历史与过去的形象。

血泪与尸骨的垒砌，
始终　未能成为屏障。

但却紧紧地禁锢了，
自己的手脚　思想与目光……

啊　民族与民族之间，
心灵与心灵之间，
是多么需要，
更多的通道与桥梁，
而不是人为的城墙。

也并非是，
不需要所有的墙。
今天　当构筑长城的子孙们，
正站在你稳固的肩上，
凭借你的高度，
或眺望　或遐想。
甚至还要摸一摸自己，
是否有你一样，
坚挺的脊梁……

致国庆女兵方阵

卷着雄风　裹着霹雳，
挟着千万钧雷霆的声威。
叩击大地　铿锵的脚步，
也叩击着历史深沉的心扉。

枪刺与鲜花组成的阵容，
力量与美构建的方队。
前进　在钢铁的长河里，
一簇亮丽的浪花，

在春天的国度里，
一丛带刺的玫瑰。

以坦克与战车为先导，
作为强悍与勇猛的后卫。
以钢盔覆盖的妩媚，
和钢枪武装的壮美，
前进　新中国的女性，
会让战争远远地后退……

穿越岁月的艰辛，
跨越两万五千里险山恶水。
从雪山草地，
从炮火硝烟，
从木兰诗优美的韵律中走来，
额头，
正闪耀着太阳般辉煌的军徽。

迎着全世界的目光，
接受时代的校阅。
向前　向前，
义无反顾地向前，
无论是走向枪林弹雨，
走进凯旋门　走向纪念碑，
或者是走向墓碑。
铿锵的步伐　都会让霓虹灯下，
最优雅的舞姿，
感到自卑与羞愧。

敬礼　　肩扛金星的将军，

此刻　庄严地举起了右臂，
头顶，
拖着哨音的鸽群，
正在蓝天上奋飞……

注：本诗作于2009年国庆节。

致汨罗江

我问长江，
我问黄河，
我问钱塘江潮的浩荡与磅礴，
我问漓水的明澈与清悠，
我问大地的每一条水系，
我问祖国的每一道河流。
何处寻觅　中国，
诗歌的源头？

啊　两千余年奔流不息，
两千余年的岁月悠悠，
汨罗江，
你的每一个漩涡，
都洄漩诗的韵律；
你的每一朵浪花，
都跳荡着诗的节奏；

诗人把生命托付给你，
诗人将希望寄托于你，
一腔忧国忧民泪，
已化作一江碧水的万古长流……

我敢说：
被水流冲走的，
只能是泡沫与泥沙；
沉入江底的，
只能是沉渣与石头。
看如今　千里江流，
便是千里诗的歌喉，
万朵浪花，
便是万双鼓掌的手……

比之黄河，
你欠壮阔。
比之漓水，
你欠温柔。
而你的风韵　你的气质，
你的理想　你的追求，
却比所有的江河更富有。
万里神州的沃土，
无不被你的乳汁渗透；
十亿人的血管，
都是你生命的支流……

继一个饱经忧患的身躯，
投入你汹涌的江涛之后，
在这片土地上　又曾昂起，
岳飞怒发冲冠的额头；
驶出了秋瑾　只身渡海的飞舟；
曾唱响　悲壮激昂的黄河大合唱；
也曾泛起　邓世昌染红黄海的血流！

当历史同江水一道，
奔流到二十世纪之末，
也是时代　最需要诗的时候，
人民呼唤诗　祖国呼唤你，
需要大江东去的豪放，
也需要　春风杨柳的温柔。

诗　应该为风驰电掣的车轮加油，
诗　应该为历史前进的步伐伴奏。
时代呼唤诗人出，
新的绝唱　新的情骚与风流……

啊　上下五千年，
不堪回首；
前程八万里，
迈步从头。

汨罗江　曾拥抱诗魂的不朽，
今天的端午　请看，
世界的竞技场上，
驶来了我们——屈原的传人，
中华民族　奋勇竞渡的龙舟！

注：本诗作于1990年端午节。

郭老师向我们挥手

——郭老师给大家调理时，常常把手举起，教大家看着他的手。

这是对未来的召唤；
这是对真理的追求；

这是对科学的探索；
这是为理想而奋斗。
拒绝名利，
他是高耸的山峰，
无私奉献，
他将一腔赤诚的心血遍洒神州。

粗壮而不失细腻；
坚强而不失温柔。
轻轻地拂去了多少思想的尘埃，
又擦拭多少灵魂的污垢。
抚平身体上的疤痕，
癒合心灵的伤口。
是他　曾将千万虚弱的病体扶起，
是他　曾将无数濒危的生命拯救。

啊　他是理想的桅杆，
举起生命的盾牌，
展开便是，
普度万灵的诺亚方舟！

他潇洒地挥动，
拂面而来的是
阵阵和煦的春风，
是一股炽热的爱的暖流。
他能教心灵的荒漠变为绿洲；
他能教希望的田野铺满锦绣。
是的　我清晰地看到了
大地上无限的春光；
是的　我真切地听见了

白鸟的啼啭　清泉的鸣奏。
我看到了西子湖的潋滟波光；
我看到了漓江的碧水悠悠；
我看见了古长城的磅礴与雄伟；
我看见了黄山的险峻与奇秀。

他属于中国，
他是东方民族的骄傲，
黄色的皮肤，
就像孕育他的黄土地一样地深厚。
五指　是巍巍五岳三山稳固的支点，
掌纹　是滔滔长江黄河不竭的源头。
他的掌心　浓缩了整个世界和宇宙。
他在助力时代车轮的旋转；
他在应和着人民共和国前进的节奏。

他清贫
从不为个人聚敛分文的钱财，
他富有
双手将幸福奉献给人类
把光明布洒全球。
同样是一双手，
有的则是：
搜刮　攫取
掠夺　挥霍　享受，
为饱私欲而不择手段，
甚至于将
自己的良心也掏出去廉价出售。
啊　这双巨手
就是高悬于人们心头的明镜，

光鉴一切，
并教会我们，
如何识别真与假，
善与恶　美与丑。

啊　面对这双手，
我第一次感到，
我的词汇是那样地贫乏，
我的诗句是如此苍白枯瘦，
我的笔是这样地沉重，
我的手与心灵一起在激动　颤抖……
面对这双手，
我考虑了许多许多，
我沉思了很久很久……
关于社会　关于人生，
关于事业与追求。
以及今后　步该怎样迈，
路该怎么走，
又该如何
写完自己这部人生的春秋……

啊　正是这双巨手，
化腐朽为神奇
移日月与星斗。
拔地擎天　创惊世之伟业；
力扛九鼎　挽百川之巨流。
拥有这双手　如果种田，
岁岁会获得喜人的丰收。
如果拿枪，
定然百发百中地将靶心穿透。

竞技体育，
将总揽奥运之金牌。
如果写诗，
定会教李白搁笔，杜甫俯首。
设计工程，
蓝图上将崛起理想的辉煌：
安邦治国　中华的强盛
必定雄踞于世界的榜首！

生活需要这双手，
人民盼望这双手。
永不懈怠地创造　开拓；
永不满足地进取　奋斗。
他庄严地宣告：
智能医学　潜意识科学，空间医学
中国　已经远远地走在世界的前头。
举世瞩目　万民景仰，
他像旗帜一样高高地举起。
——开拓医学的明天。
请看　在他的指引下，
正浩浩荡荡地前进着，
现代医学发展的巨流……

注：1995 年 1 月 6 日作于石家庄郭志辰修养院。2014 年 5 月略作修改。

写给七月一日(外一首)

——庆祝香港回归之日

当十二亿双颤抖的手,
同时掀开七月一日的日历。
当十二亿双期盼的眼睛,
同时瞩望;
一九九七年七月一日的黎明。
我在默默地祈求,
我在虔诚地恳请,
七月一日的时钟,
请缓缓地　慢慢地行进。
时光老人,
请将七月一日这天,
永远　永远地固定。
因为短暂的24小时的光景,
怎能够容纳,
世界上人口最多的国度。
如此隆重的喜庆,
又怎能够承载,
历史给予今天,
千百倍的欢欣?

静海寺的钟声

从历史的纵深处传来,
从岁月的记忆中传来,
一百五十五个亢奋的音符,
一百五十五声惊天动地的轰鸣。
啊　这是站起来的,

东方巨人的呐喊，
这是发自文明古国，
肺腑呼吸的最强音。
深沉　悠远，
激越　雄浑。
惊雷一般地滚过，
长江　黄河，
崇山　峻岭。
掠过静默无声的虎门炮台；
掠过庄严的
人民英雄纪念碑的头顶；
也沉痛地撞击着，
十二亿炎黄子孙血肉的心灵！

曾用青铜，
铸造司母戊大方鼎的民族，
惯用青铜，
铸造铧犁和编钟的子民。
今天　再次用青铜浑厚的声音，
再次以金属响亮的语言，
向世界诉说：
一个民族的激动　喜悦与欢欣。
以及她　没有忘却的悲愤与耻辱，
和不该忘却的灾难与不幸……

被笑脸与鲜花装点的七月一日，
被美酒与歌声陶醉的七月一日，
而钟声　却是异常地清醒。
是的　生活并非全是鲜花与美酒，
在历史前进的进行曲里，

常常会夹杂一些不和谐的噪音。

我们应该听到，
阳光下的阴影里，
有咬牙切齿的诅咒，
有无可奈何的哀鸣。
我们应该看到，
昨天的炮口，
硝烟尚未散尽；
缺刃的屠刀上，
依然沾满了血腥。

啊　为了医治，
被酒精灌醉的听觉，
和被摇滚乐麻木的神经，
静海寺的洪钟，
自有它的特殊使命。

振聋发聩　催人奋进！
一百五十五响
在时代的回音壁上，
激起了山呼海啸的共鸣。

对于历史，
钟声是休止符；
对于未来，
钟声是进军令。
请看，
踏着第一百五十五响
之后的袅袅余音，

一个朝气蓬勃的中国，
正从古老走向年轻。
正昂首阔步地走向，
二十一世纪，
光辉灿烂的黎明！

举国的哀思

——写给5月19日国祭日

哀乐低回，
汽笛长嘶，
江河在呜咽，
风雨在啜泣，
泪水
打湿了半降的国旗。
深切悼念汶川地震遇难同胞，
——以人民共和国的名义。

送别亲人　一路走好，
我们用祈祷，
为你们搭就，
通往天国的云梯……

面对灾难　我们选择刚强，
面对死神　我们无畏而坚毅。
但我们没有忘记，
对于生命的尊严，
应给予最崇高的敬意。

十三亿颗头颅，

与国旗同时低垂；
十三亿颗心灵，
在三分钟肃默中颤栗……
呵，三分钟眼泪的洗礼，
三分钟大脑的沉思，
三分钟哀鸣的汽笛，
为所有活着的人与灾难幸存者，
注入了一股灵魂的清醒剂。

从此，我们对生活会倍加珍惜，
从此，我们会更懂得生命的意义，
从此，我们更清楚肩上的责任与义务，
和为了祖国的明天，
将要付出的艰辛与努力。

呵，三分钟泪水的洗涤，
共和国的蓝天　会更加明丽，
三分钟泪雨的滋润，
劫后的大地定然会萌发无限的生机。

将眼泪悄悄擦干，
将悲恸深埋在心底，
让世界重新认识中国，
有了这三分钟思想的涅槃
和心灵阵痛的经历，
十三亿人的额头　会更高地昂起，
迈向未来的步伐　会更加铿锵有力。
中国　将踏着义勇军进行曲的节奏，
一往无前　所向披靡！

废墟下的读书声

当轰然坍塌的楼体，
钢筋与混凝土的重量，
沉重地压在这群孩子身上。
瓦砾将他们与世界隔开，
不停的余震，
随时会将鲜活的生命埋葬。

没有食品与水
也缺少空气与阳光
维持生命的营养，
——用读书来驱赶恐惧与死亡。
记得老师说过：
知识就是力量！
他们在黑暗中摸索到自己熟悉的书本
看不清字迹，
但却本能地，
闻到了扉页里油墨的芳香！

呵，灾难是炼狱，
更是人生的课堂；
地震是浩劫，
又是灵魂的考场。
一个崇尚知识的民族，
读书学习　已成为新一代
最高的价值取向，
即使身处绝境，
即使面对死亡。

透过瓦砾与废墟，
穿透断垣与残壁，
还是细心的救援队员
听到了地下传来的书声朗朗……

这是生命的最强音啊，
比呼救的呐喊更有力量！
稚嫩的读书声，
在昭告世人，
——我们是中华民族
震不垮的希望！

折翅的雄鹰

——敬献给邱光华机组

熟悉你矫健的身影，
熟悉你引擎的轰鸣。
你是最先飞临灾区的鹰，
在震后的第一时间，
带来援救的福音。

当强震摧垮了桥梁，
山崩堵塞了路径；
无数城镇与村落，
被分割为彼此隔绝的孤岛。
地动山摇的瞬间，
切断了生与死的音信。
隔断了　废墟里求救的呼喊，
窒息了　瓦砾下痛苦的呻吟。
最高统帅部电令，

钢铁的羽翼，共和国年轻的鹰，
以风驰电掣的速度，
向震区疾进。

他们明知，
高山　峡谷　丛林，
浓雾迷漫，风云变幻莫测，
航路上　处处有死亡的陷阱。
在飞行的教程里，
这里是禁区

但他们更懂得，
自己的职责与使命。
他们最清楚时间与速度的含义，
早一分钟、快一秒钟，
就能从死神的手中，
多抢救回一条生命。

用生命开辟一条，
拯救生命的通道；
用忠诚在长空，
架设一条希望的路径。

在亲人求助的瞩望中，
在灾民急切的期盼中，
一次又一次地起飞　降落，
一次又一次地爬升　旋停。
运送的不仅仅是生命急需的，
物资　医药，
也不仅仅是给养　食品。

还有祖国源源不竭的爱，
和十三亿同胞血浓于水的深情。

这是灾区与外界，
唯一的空中通道，
紧联着汶川与北京。
犹如一条生命的脐带，
紧连着婴儿与母亲。

每当满怀深情地从空中俯瞰，
泪水模糊了他的眼睛。
旋翼下是哺育他的故乡啊，
他熟悉这里的每一块梯田，
每一条河流，
每一片竹林。

这里的山曾是那样地苍翠，
这里的水曾是那样地纯清。
眼下已惨不忍睹，
悚目惊心，
崩塌的山体裸露出惨白的伤痕，
岷江的浊流在诉说自己的不幸……

不负重托　不辱使命，
只要残垣中还有最后一丝微弱的呼吸，
只要废墟下还有最后一声不绝的呻吟，
钢铁的翅膀　就永不会放弃飞行。

呵，鹰属于蓝天，
蓝天也属于鹰。

任他乱云飞渡，
航路上，永远有他搏击的身影。

谁也不会相信，
谁也不愿相信，
无畏的英姿，
突然会从荧屏上消失。
任人们千百次呼唤，
再也听不到你电波的回音。

无数焦灼的目光，
努力在蓝天与白云间搜寻……
人们始终不愿看到，
散落在地面的残骸。

人们相信，
你是鹰，只有飞翔的姿态，
永远在记忆中定格。
你是鹰，
是羌寨儿女，
翱翔在蓝天的精灵。
留给故乡，
留给大地的，
永远是奋飞的投影……

后记

“笔写春秋愧不才，征程万里赋诗怀。风花雪月真情聚，终盼成书问世来。”《万里征程岁月情》这部诗词选终于即将成书问世，此时我激动的心情绝非是这首小诗可以言表的。

在本诗词选编辑出版过程中，南京出版社一般图书中心主任沈丽国、编辑严行健、美编张淼等同志对于本书所选的诗词内容、相关章节字句的修改、排版装帧设计及其书的最后命名提出许多宝贵的意见。可以毫不夸张地说，对于本诗词选的出版，南京出版社的同志是倾注了大量心血。

本诗词选时间跨度四十六年之多，新旧诗词文体兼有，豪放婉约之风并蓄。基本反映了本人从投笔从军、训练演习、戍边参战到转业地方工作、游览祖国山河等战斗、生活阅历和人生轨迹。蕴含了报国情、战友情、同志情、山水情、恋情爱情思乡情等情感历程。根据南京出版社编辑同志的意见，故取书名为：万里征程岁月情。

在本诗词选选编过程中，也得到了我老部队——原炮兵第十二师的很多老首长和老战友的热情关注和大力支持，他们对诗选的内容及文字提出了许多非常中肯的改进意见。如为了方便读者理解诗词内容，在涉及一些历史典故词句后面，增加了文字注释。对有些相关历史事件发生的时间、具体地点也作了必要补充说明等等。

尤其令我感动的是：我原部队的老领导、时任炮兵第十二师政委，后任广州和成都两大军区政治委员、中共第十五、十六大中央委员的刘书田上将（现已退休）不顾年事已高，欣然应邀为本书作序。热情推介本诗词选。对此我谨表深切的谢意，并致以崇高的敬礼！同时我也向所有热情关心、支持帮助本诗词选出版的同志、首长、战友和朋友们一一表示衷心的感谢！

本书虽经反复精筛细选，亦难免或有遗珠、多有充数之憾。其中谬误及不当之处，敬希读者不吝赐教，批评指正！

汪　润

2014 年 11 月

南疆红土地

远眺战场

前线一号观察所前留影

与炮场战友合影

与战友在炮场

同行战友在炮阵地

战车将出发

在前线炮阵地

战友情（一）

战友情（二）

与战友在小石洞车场

与文工队战友合影

与战友在盘龙江边留影

凯旋军列

参战归来

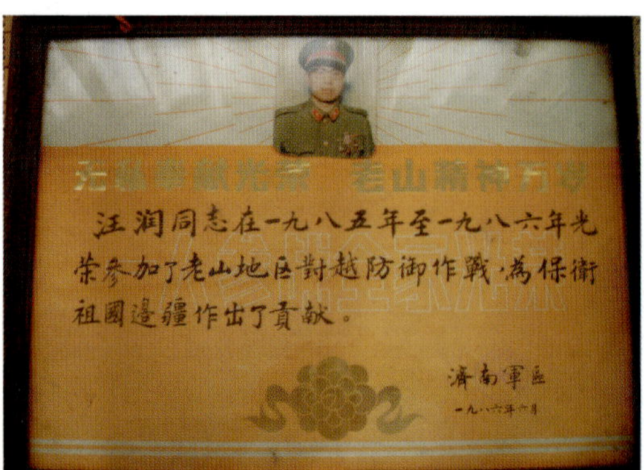

参战纪念

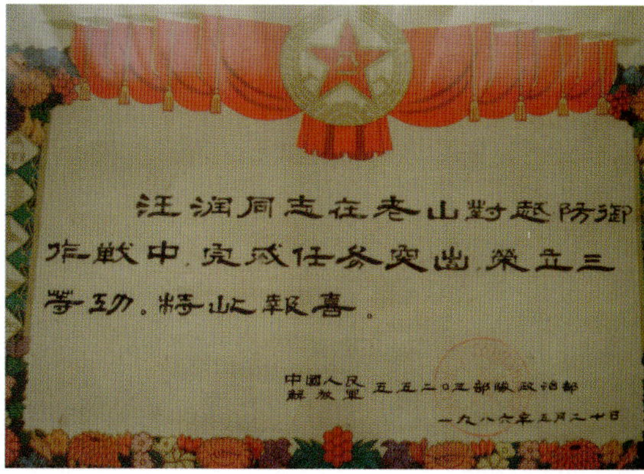
汪润同志在老山對越防御作戰中，完成任务突出，榮立三等功，特此報喜。

中國人民解放軍五五二〇五部隊政治部

一九八六年五月二十日

参战立功奖状

桂林漓江游

长城留影

20世纪80年代出版的载有作者诗作的诗集

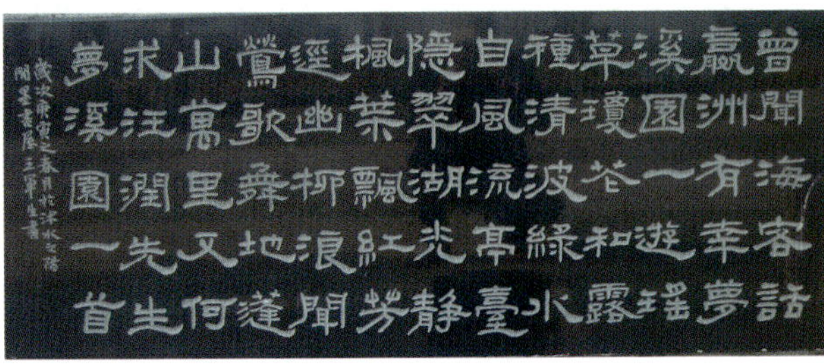

梦溪园诗碑之一（诗歌为作者所作）

后勤工程学院同班同学长沙聚会(2013年秋)